Honey trap

:다시 돌아온 줄리엣에게 은밀한 키스를

Honey trap

초판 1쇄 인쇄일 2015년 02월 16일
초판 1쇄 발행일 2015년 02월 25일

지은이 | 한기라
펴낸이 | 김기선
편집장 | 김은지

펴낸곳 | 와이엠북스(YMBOOKS)
출판등록 | 2012년 7월 17일 (제382-2012-000021호)
주소 | 서울시 도봉구 노해로 379, 1005호(창동, 대성빌딩)
전화 | 02)906-7768 / **팩스 |** 02)906-7769
E-mail | ymbooks@nate.com

ISBN 979-11-322-1245-4 03810

값 7,000원

Honey trap

:다시 돌아온 줄리엣에게 은밀한 키스를

YMBOOKS ROMANCE STORY 한기라 중편소설

YM BOOKS

목 차

프롤로그

"골반 좀 들어볼래요?"

어두운 조명이 어른거리는 낯선 천장의 모텔 방 안.

천장만 낯선 게 아니었다. 한이는 그녀를 둘러싸고 있는 모든 상황이 어리둥절했다.

술기운이 가득한 머리는 어지러웠고, 바깥을 한참 돌아다녔던 지라 손가락 끝은 차갑게 굳어 있었다. 입술에 발랐던 립스틱은 반쯤 지워져 있었다.

한이가 그의 말대로 고분고분하게 골반을 들었다. 굵고 두꺼운 남자의 손이 허리 아래로 쑥 들어오더니, 그녀가 입고 있던 치마를 능숙하게 끌어 내렸다.

순식간에 하반신이 휑해졌다. 그녀는 스타킹만 신고 있는 채였다.

"팔도."

그의 목소리는 낮고 부드러웠으며, 노래 부르는 것처럼 끝이 늘어졌다. 그도 술에 꽤 취해 있었기에 두 뺨이 붉었다.

한이가 팔을 들자 그가 흰색 니트를 벗겼다. 한이의 찰랑거리는 긴 머리가 흐트러졌다.

그가 한이의 브래지어 후크를 풀었다. 스르륵, 브래지어가 젖가슴을 스치고 빠져나가 바닥으로 떨어졌다.

그러니까, 어쩌다 이렇게 되었더라.

한이가 무거운 눈꺼풀을 깜빡거렸다. 비틀거리는 다리에 힘을 주려 애쓰며, 모텔을 찾기 위해 이곳저곳 골목을 쏘다니는 것까지는 기억이 난다.

그러나 나머지는 군데군데 기억이 끊겨 있거나 희미했다.

"정말 예쁘네요."

한이가 술기운으로 둔해진 머리를 굴리며 차근차근 생각해보려 했지만, 귓가에 가깝게 닿아오는 목소리 때문에 그럴 수 없었다.

내가 예쁘다고?

한이가 입술을 벌렸다.

그동안 얼마나 듣기를 바랐던 말인데, 직접 남자에게 듣자 실감이 나지 않았다.

그가 커다란 손을 뻗어 한이의 젖가슴을 움켜쥐었다. 두툼한 살집이 손가락 사이로 삐져나왔다. 그리고 검지로는 유두를 살살 굴렸다.

"앗······!"

발끝부터 퍼져 오르는 간지러운 감각에 한이가 어깨를 움찔거렸다.

왜 이렇게 되었는지는 이제 별로 중요하지 않았다. 피부에 붙어 있던 차가운 기운도 다 가시고, 땀이 조금씩 나기 시작했다.

그가 가슴을 입에 담고 살살 혀로 핥아 올렸다. 축축하고 뜨거운 혀가 살갗에 닿자 그녀는 오금이 저렸다. 한이가 스타킹만 신고 있는 다리를 비틀었다.

그러나 남자가 꼬아진 그녀의 다리를 우악스럽게 붙잡아 벌렸다. 얇은 스타킹 위로 뜨거운 손바닥이 스으윽, 스치고 지나간다. 맨피부가 만져지는 것보다 더 저릿한 감각이었다.

"아, 흐읏, 아앙……."

저절로 입 밖으로 신음이 튀어나왔다.

그가 낮게 웃으며 한이의 옆구리를 만지작거렸다. 옆구리에 살이 튼 자국이 조금 남아 있어 그녀는 부끄러웠다.

한이가 붉어진 눈동자로 그를 바라보았다. 새카만 눈동자와 짙은 눈매. 단단한 이마와 턱 선. 웃을 때 입 아래에 푹 파이는 보조개.

낯익은 얼굴.

사실, 한이는 그를 알고 있었다.

그는 한이를 모르는 것 같았지만, 뭐, 이제 와서는 아무래도 좋았다.

남자도 흥분했는지 슬슬 호흡이 거칠어졌다. 그가 한이의 허벅지를 손으로 강하게 주물럭거렸다. 그의 손등에 퍼런 힘줄이 불거졌다.

"으읏……!"

"하아. 잠깐만요."

그가 잠시 몸을 일으켜 셔츠를 벗었다.

셔츠 단추 하나하나가 톡톡 풀리는 소리가 유달리 크게 들리는 것 같았다. 단추 풀리는 소리, 그리고 둘이 숨을 쌕쌕 내쉬는 소리가 방 안에 가득했다.

그가 검은색 와이셔츠를 벗자 탄탄한 잔근육이 박혀 있는 상체가 드러났다.

'……여전히 운동 많이 하나 보네.'

한이가 그의 복근을 바라보다가 어쩐지 부끄러워져 시선을 옆으로 돌렸다.

달칵, 그가 벨트도 풀어서 침대 아래로 던졌다. 옷을 하나둘씩 벗고 있는 남자 앞에서 가만히 누워 있기가 민망스러워 한이가 우물쭈물하며 물었다.

"저…… 스타킹 벗을까요."

남자가 바지 지퍼를 내리다 말고 날카로운 눈을 휘어지게 웃으며 고개를 저었다.

"아니요. 이게 좋은데."

"음, 그래요."

스타킹을 신고 하는 걸 좋아하는 남자들도 은근히 있다던데.

남자가 각이 잡힌 검은색 바지를 벗었다. 허벅지와 종아리도 탄탄한 근육으로 빈틈없이 짜여 있었다. 손가락으로 쿡 찔러도 들어가지 않을 것 같았다.

허벅지 안쪽, 드로즈 겉으로 벌써 반쯤 단단하게 일어선 성기의 윤곽이 보였다. 그녀는 똑바로 바라보고 있기 부끄러웠다.

"불 끌까요?"

남자가 한이의 얼굴 표정을 살피더니 다정하게 물어왔다. 예나 지금이나 그는 여자에게 다정한 성격인 듯싶었다.

한이는 잠시 고민하다가 고개를 가로저었다.

엄청 부끄러웠지만 그냥 이 순간을 어둠 속에서 흘려보내기는 싫었다. 어차피 술에 취했겠다, 온전한 제정신도 아니니 쪽팔릴 것도 없었다.

"괜찮아요."

"그래요."

그가 다시금 한이의 허벅지 사이에 자리를 잡고 상체를 숙여왔다.

쪽쪽, 입술로 도장을 찍듯 한이의 목부터 쇄골, 가슴, 아랫배까지 짧게 키스했다. 그의 까칠한 입술 표피가 닿는 곳마다 열이 났다.

이런 식의 부드러운 애무는 처음이었다.

남자가 싱긋 웃더니 콘돔 비닐을 찢었다. 한이가 침을 꿀꺽 삼켰다. 그의 성기가 어느새 빳빳하게 발기해 아랫배에 올라붙어 있었다.

"씌워줄래요?"

"제가요?"

"싫어요?"

"아뇨, 싫은 건……."

한이가 상체를 살짝 일으켜서 콘돔을 받아 들었다. 처음 하는 것도 아닌데 오랜만이라 그런지 긴장이 됐다.

한 손으로 성기를 감쌌다. 손바닥에 뜨겁고 단단한 그의 성기가 느껴졌다. 콘돔을 끼우려고 하는데 자꾸 손이 미끄러졌다.

"윽……."

하하, 남자가 낮게 웃더니 콘돔을 뺏어 들어 자신이 마저 끼웠다.

"누워요, 다시."

다정한 톤이었지만 거부할 수 없는 단호함이 깃들어 있었다. 흥분으로 달아오른 그의 얼굴은 붉고 거칠게 보였다.

어쩌다 이렇게까지 된 거지.

후회할 기회는 이미 이 방 안으로 들어온 순간 날아갔다.

그가 홱, 한이의 발목을 손으로 낚아챘다. 검은색 얇은 스타킹에 감싸인 복숭아뼈를 문질거리며, 종아리로 손이 스르륵 올라온다.

"하웃……."

그래, 날 알아보지도 못하는데. 한 번 모른 척 즐기는 게 어때서.

한이는 몸에 찾아오는 야릇한 감각에, 더 이상 생각하는 걸 포기했다. 그저 그의 손에 몸을 맡기기 시작했다.

남자가 골반을 손바닥으로 감싸며 올라와 스타킹을 위에서부터 살살 말며 벗겼다. 스타킹이 피부를 스치고 내려가는 기분에 골반뼈부터 오싹한 기운이 퍼진다.

한이가 발가락에 힘을 꽉 주었다. 발가락이 안으로 거세게 곱았다.

스타킹이 반쯤 벗겨져 무릎쯤에 걸쳐지고, 그녀의 하얀 허벅지 살과 팬티가 드러났다.

"하아, 키스해도 돼요?"

분위기와 은밀한 스킨십 때문에 더욱 몸이 달아오르고 안달이 났다.

그는 말로는 허락을 구하면서, 이미 바짝 다가와 입술을 살짝 맞붙인 상태였다. 그가 아랫입술을 맞대고 있는 채로 느리게 속삭였다.

"정말 예뻐요."

그가 눈을 감으며 키스했다. 말캉한 혀가 입술 사이로 들어와 처음에는 느리게 혀끝을 건드리더니 이내 입안을 휘저었다.

목구멍으로 침이 꼴깍꼴깍 넘어갔다. 키스만으로 몸이 짜릿해져 골반을 뒤틀어 서로 몸을 비벼댔다. 남자의 단단한 성기가 한이의 허벅지 쪽에 문질러졌다.

"으읏, 응……."

몸을 비틀어 치대면서 손으로는 서로의 어깨를 쓰다듬었다.

남자가 턱을 틀어 더욱 깊숙하게 입을 맞춰왔다. 혀가 입 안쪽 연한 살을 꾸욱 거세게 누르다가 목구멍 안쪽까지 쭉 들어왔다.

숨을 쉬기가 버거워 한이가 젖가슴을 들썩이며 헐떡거렸다. 츄웁, 츕. 입술을 부딪치고 서로의 침을 삼키는 소리가 요란하게 방 안에 울렸다.

그녀의 하얀 유방이 조금씩 움찔거리고 흔들렸다. 갈색 젖꼭지는 바짝 서서 빳빳해져 있었다.

남자가 한이의 젖가슴을 주무르다가 손을 아래로 내려 팬티마저 쭉 벗겨냈다.

"하으……."

음부가 차가운 공기에 노출되자 저절로 앓는 소리가 새어 나왔다. 남자의 따뜻한 손이 옅은 체모를 헤집고 한이의 여성을 살살 쓰다듬었다.

"아, 아……!"

키스를 멈추고 남자가 고개를 쭉 내려, 한이의 음부에 자신의 얼굴을 파묻었다. 한이가 깜짝 놀라 어깨를 화드득 떨며 급한 대로 남자의 머리칼을 쥐었다가 놓았다.

"저, 저기요……."

한이가 다급하게 그를 불렀지만, 남자는 개의치 않아 했다.

남자가 혀로 그녀의 클리토리스를 살짝 건드렸다. 입으로 자극된 건 처음이었다.

말캉거리고 뜨뜻한 살덩어리가 클리토리스를 비벼오자 전에는 느껴본 적 없는 아찔하고 간질거리는 감각이 아랫배에 강하게 느껴진다.

소변이 마려운 것 같기도 했으나 그것과는 달랐다. 훨씬 뜨겁고 좋은 기분이 들었다.

"아, 아응!"

저절로 신음이 새어 나왔다. 한이가 당황해서 머리를 틀어 시트에 파묻었다.

"이거 안 받아봤어요?"

남자가 고개를 살짝 들어 물었다. 한이가 빨갛게 된 얼굴로 간신히 고개를 끄덕였다.

할짝, 혀가 따로 살아 움직이는 생명체처럼 움직였다. 그가 클리토리스를 문지르고 혀로 핥아 올렸다. 한이는 흥분으로 인해 점점 애액으로 아래가 축축하게 젖어 들어갔다.

"하아앙……!"

애액이 흐르는 걸 보여주고 있다는 게 미칠 만큼 수치스러웠지만 그만큼 아찔한 쾌감이 따라왔다.

츕, 츕, 그가 점차 더 농밀하게 혀를 놀려 클리토리스를 자극할수록 한이의 몸이 이리저리 꼬였다. 저절로 엉덩이가 들썩거리고 허벅지가 안으로 굽어졌다.

머릿속에서 폭죽이 터지는 것 같다.

"아, 자, 잠깐, 아, 아!"

남자가 혀로 핥고 입술로 빨아들이면서 손가락 하나를 질구에 가져다 댔다. 부드럽게 쑥 밀어 넣더니 이미 축축한 안을 헤집기 시작했다.

"으응, 아……!"

삽입도 하지 않았는데 흥분이 끓어올라 머리가 멍해졌다. 흉곽이 거세게 들썩거리며 심장이 빨리 뛰었다.

오르가슴의 직전 상태로 몸이 빠르게 달아올랐다.

한이가 어쩔 줄 몰라 하며 허리를 비틀다가 손을 휘저어 남자의 어깨를 붙잡았다.

"저, 저기, 아응! 아, 아, 잠깐, 아, 안 돼, 아아아앗!"

그대로 한이의 숨이 잠시 멈추더니 목이 뒤로 꺾였다.

입술이 톡 벌어지고 입안에 침이 고였다. 몸 전체에 거센 쾌락이 밀려오면서 둔기에 얻어맞은 것처럼 머리가 찡하고 다리가 벌벌 떨렸다.

남자는 고개를 들어 침과 애액으로 번들거리는 입술을 손등으로 쓱 닦았다.

"빠르네요."

"하아, 하아……."

안 한 지 한참 됐더니 조그만 자극에도 금방 쾌락이 차올라 미칠 것만 같았다. 한이가 제대로 대답하지 못하고 물기 젖은 눈으로 그를 올려다보았다.

"흐으……."

그는 부드러운 인상은 싹 사라지고, 어느새 흥분에 젖은 사내의 모습만 남아 있었다.

그가 땀 때문에 이마에 달라붙은 앞머리를 쓱 쓸어 넘기곤 한이의 질 안으로 손가락을 넣었다.

푹, 푹, 안을 늘려 놓으며 손가락이 질 내벽 이곳저곳을 찌르고 헤집었다.

"좋아요?"

"아응, 웃…… 네……."

남자의 손가락이 들어갔다 나올 때마다 한이의 골반이 그에 맞춰 움직였다. 그는 만족스러운 듯 입술을 끌어 올려 씩 웃었다.

그가 손가락을 쑥 빼냈다. 손가락에는 애액이 잔뜩 묻어 흘러내리고 있었다. 남자가 애액을 쓱, 복근에 손가락을 문질러 닦아냈다. 한이는 얼굴에 불이 나는 것 같았다.

그가 한이의 붉어진 뺨을 쓰다듬으며 부드럽게 웃더니 한이의 양 허벅지에 손을 각각 올려놓는다. 허벅지를 살짝 움켜쥔 손이 단단했다.

이윽고, 천천히 그의 성기가 한이의 여성에 들어오기 시작했다.

"으윽……."

아래가 충분히 젖었음에도 성기 끝이 밀고 들어오자 날카로운 통증이 느껴졌다.

"큭."

그도 잘 벌어지지 않는 입구 때문에 미간을 살짝 찌푸렸다. 그가 손을 뻗어 한이의, 힘이 바짝 들어가 바들거리는 아랫배를 쓰다듬었다.

"힘 좀 빼볼래요?"

"아윽……."

남자는 한이의 골반을 살짝 들어 올린 다음, 급하지 않게 천천히 성기를 삽입해왔다. 남자의 것은 평균치보다 훨씬 크고 굵었다. 성기 뿌리까지 꽉 안에 들어오자, 가득 차는 느낌에 숨이 막힐 정도였다.

"후우……."

남자가 숨을 내쉬며 살짝 골반을 흔드는데, 그 작은 움직임에도 한이는 안이 뒤집어지는 것 같았다.

"아으읏!"

그가 한이의 한 손에 깍지를 끼고 허리를 움직이기 시작했다.

콘돔에 묻어 있던 윤활유와 애액 때문에 한이의 여성이 잔뜩 젖었다. 성기가 드나들 때마다 찌걱거리는 소리가 울려 퍼졌다.

"하, 윽……. 한이 씨."

남자의 움직임은 느리고 조심스럽다가, 이내 몰아붙이는 것처럼 거칠고 빨라졌다.

한이는 숨 쉴 틈도 없이 몰아치는 쾌락 때문에 눈이 풀리고 있었다. 침대가 덜컹거리며 삐걱거리는 소리가 났다.

"아, 아, 한이 씨. 좋아요."

그가 성기를 끝까지 빼냈다가 다시 강하게 꽉 삽입하며 말했다. 그도 쾌락 때문에 목소리가 살짝 탁해져 있었는데, 평소보다 배는 섹시하게 들렸다.

한이가 찡그려진 남자의 미간을 올려다보며 그 아래에 자리한 짙은 눈썹을 만져보고 싶단 생각을 했다.

한이의 두 다리는 어느새 남자에게 붙잡혀 허공에 들려 있었다. 푹푹, 성기가 꽂힐 때마다 온몸에 소름이 싹 돋았다가 열이 났다.

"아, 아웅, 아, 하아……!"

"한이 씨, 진짜 최고야. 윽, 내가 해본 것 중……. 아, 아!"

남자의 목젖이 울렁거리며 목이 뒤로 젖혀졌다. 그는 끝을 느꼈는지 잠시 움직임을 멈추고 숨을 참았다.

"후, 한이 씨가 위로 올라올 수 있어요? 나 그렇게 하면 좀 덜 느끼는데."

한이가 고개를 끄덕였다. 남자가 침대에 눕고, 한이가 살포시 그의 허리춤에 앉았다.

"원래, 윽, 이렇게 금방 느끼지 않는데……."

한이가 한 손으로 남자의 가슴팍을 짚은 채 천천히 성기를 자신의 안에 넣기 시작했다. 한 번 들어가고 나자 두 번째는 수월했다.

금세 한이의 여성이 그를 완전히 오물오물 집어삼켰다. 끝까지 들어가자마자 남자가 손으로 이마를 짚으며 눈을 감았다.

"아, 미치겠네."

"읏, 왜요……?"

한이가 그의 위에 올라탄 채로 느리게 허리를 돌리기 시작했다. 남자의 성기가 길고 두꺼워서, 깊은 곳까지 꽉 차는 느낌이 좋았다.

"너무 좋아서요."

남자가 흥분으로 벌게진 눈을 하고선 한이를 뚫어지게 올려다보았다.

한이가 점차 빠르게 허리를 둥글게 돌리고 아래위로 흔들었다. 남자가 곧게 뻗은 두 다리를 비틀며 낮게 잠긴 신음을 토해냈다.

"으윽……! 왜 이렇게, 잘해요?"

남자의 물음에 한이가 눈을 동그랗게 떴다.

위에서 바라보는, 남자의 흥분한 얼굴은 섹시했다. 묘한 정복감이 들기도 했다. 한이는 남자의 칭찬에 더 골반을 진동시키며 성기를 꽉 조였다.

"큭!"

남자가 목을 뒤로 젖혔다.

"안 되겠네."

그가 자신의 위에 앉아 있던 한이를 밀쳐내고 자기가 휙 그녀의 위에 올라탔다.

다시 정자세로 삽입하며 한이의 얼굴 이곳저곳에 쪽쪽 정신없이 키스했다. 남자의 욕정에 찬 뜨거운 숨이 한이의 피부로 쉼 없이 쏟아졌다.

"좋아요, 하, 최고야……."

퍽퍽, 성기가 거칠게 질 안을 드나들었다.

"아응, 하아앙!"

둘이 몸을 꼭 끌어안은 채로 골반만 빠르게 흔들었다. 두 가슴이 맞붙었고, 한이의 토실토실하고 봉긋한 젖가슴이 남자의 가슴팍에 눌려 옆으로 퍼졌다.

남자가 한이의 귓바퀴에 쪽 키스하며 귓구멍으로 숨을 불어 넣었다.

"좋아요? 응?"

"응, 으응…… 아아앗!"

침대 삐그덕거리는 소리가 너무 커져서 신음 소리가 묻힐 지경이었다. 침대 시트는 이미 엉망으로 구겨졌다.

한이의 아래는 애액이 계속 흘러나와 음모를 잔뜩 적셨고 시트 위에도 애액이 뚝뚝 떨어졌다.

남자가 한이의 목에 입술을 파묻으며 마지막 허리짓에 박차를 가했다.

"크윽……!"

절정에 다다른 그의 얼굴이 살짝 일그러졌다. 이마에 주름이 졌고, 그 위로 땀방울이 흘러내렸다.

익숙했지만, 전보다 훨씬 남자답고 거친 느낌이 나는 얼굴이었다.

남자가 한이를 꽉 끌어안은 채로 사정하자마자 한이도 곧 오르가슴을 맞이했다.

"아, 앗, 하아아앗!"

이렇게 동시에 간 적은 두 사람 모두 섹스하면서 처음이었다. 방 안에는 뜨거운 숨을 내뱉는 소리만 가득했다.

아무 말 하지 않아도 둘 다 지금의 섹스가 평생에 몇 번 접하지 못할 최고의 순간이었다는 걸 느끼고 있었다.

한이가 하얀 가슴을 들썩이며 숨을 진정시켰다. 아래에 짜릿하게 퍼졌던 감각이 차츰 줄어들며, 오르가슴의 여파가 몸을 뒤흔들었다.

남자가 땀으로 젖은 자신의 앞머리를 뒤로 넘기고, 한이의 머리카락을 쓱쓱 손으로 빗어 정리해주었다.

흥분이 서서히 가시면서 한이는 이 즉흥적이며 예상치 못한 재회에 대해 곰곰이 생각했다.

"한이 씨, 예뻐요."

그는 한이가 무슨 생각을 하고 있는지 모른 채 그녀의 입술에 짧게 쪽 키스했다.

그는 자신을 모르니 재회가 아니라 첫 만남이라고 알고 있을 테지만. 여하튼, 남자와 재회하게 된 건, 몇 시간 전 그녀의 전 남자 친구 결혼식 피로연 자리에서였다.

1. 하룻밤의 요행

짝짝짝.

한이가 최대한 밝게 웃으려 애쓰며 손뼉을 두드렸다.

"김 대리가 장가 하나는 진짜 잘 간다니까. 신부가 엄청 부잣집 딸내미라지?"

한이는 옆에 앉은 직장 상사인 최 부장의 말에 어색하게 웃었다.

결혼식장은 크고 화려했고, 여러 하객들로 가득 차 있었다. 한이는 신랑 측으로 초대받았다. 오늘의 신랑, 찬은 행복하게 웃으며 그보다 세 살 많고 예쁜 여자의 손을 꼭 잡았다.

맞절에, 케이크 커팅에, 축가에. 밝은 조명 아래서 요란스럽게 여러 순서가 지나갔다. 시간이 흐를수록 한이의 머릿속은 어지러워졌다.

식이 끝나고 피로연장으로 다들 향했다.

한이는 같이 온 직장 동료들과 함께 테이블에 앉았다.

"아직까지도 다이어트 하는 거야?"

한이가 뷔페 접시에 음식을 조금씩 덜어오자 최 부장이 한마디 했다.

"아뇨. 그냥 속이 좀 안 좋아서요."

최 부장만 아니었다면, 결혼식이고 피로연이고 뭐고 이 자리를 뛰쳐나가서 토하고 싶은걸.

한이는 연어 샐러드를 우물우물 씹어 먹으며 저쪽에서 하객들에게 연신 인사를 하고 있는 찬을 바라보았다.

멀끔한 흰 정장을 입은 모습이 보기 나쁘지는 않았다.

아니, 사실은 어찌나 환하게 웃고 있는지. 사람이 웃으면 인물이 산다고 평소보다 몇 배는 반짝거려 보였다.

그를 바라볼수록 한이는 점점 더 속이 얹히는 것 같았다. 결국 몇 입 먹지 못하고 포크를 내려놓았다.

그도 그럴 것이, 오늘의 축복받은 신랑인 찬은 그의 전 직장 동료이자…….

"아, 오셨네요. 감사합니다."

3년을 사귄 전 남자 친구였으니까.

찬이 한이가 앉아 있는 테이블에 다가와 신부를 옆에 끼고 방긋 인사를 했다.

어쩌면 저렇게 뻔뻔해.

그러나 한이는 속이 불편한 걸 겉으로 티 낼 수는 없었다. 그들은 사내 연애였기에 철저하게 그들의 관계를 비밀로 하고 있었기 때문이었다.

"와주셔서 감사해요."

"신부가 엄청 미인이시네."

"하하."

찬이 최 부장과 기타 전 직원 동료들과 말을 주고받으며 붉어진 뺨을 긁적였다. 찬이 얼굴을 돌려 한이를 쳐다보았다.

"한이 씨도 와줘서 고마워."

"……."

"못 본 새에 엄청 예뻐졌네. 사진 보고 놀랐는데, 실물로 보니 더 놀랍다."

찬이 유들유들한 목소리로 말하며 웃었다. 호기심이 섞인 놀란 표정이었다.

예쁘겠지. 오늘 여기 온다고 샵 가서 풀세팅하고 왔으니.

한이는 포크로 접시를 콱 깨부수고 싶은 심정이었다. 테이블 아래로 숨긴 손가락이 바들바들 떨렸다.

'헤어지자.'

반년 전이었지만, 찬이 매몰차게 말하던 목소리가 여전히 생생하게 떠올랐다.

'여자 생겼어. 미안해. 연말에 그 사람이랑 결혼할 거야.'

마음이 떠나서 다른 여자가 생겼다고 말했다면 이렇게까지 어처구니가 없진 않았을 것이다.

백번 양보해서 3년 정도 사귀었으면 그래, 질릴 만도 하고 한두 달 질경질경 그를 친구에게 씹어대며 잊어보았을 텐데.

결혼이라니? 대뜸 헤어지자 말하고 몇 년 후도 아니라, 올해 말에 결혼이라니?

너무 황당해서 순간 화도 나지 않았다.

'그 사람이랑 사귄 지는 3개월 정도 됐어. 예쁘고 고운 사람이야.'

그렇게 일방적으로 이별을 통보받고 나자, 바로 찬의 카톡 프로필이 커플 사진으로 바뀌었다. 찬의 말대로, 그의 새로운 여자는 예쁘고 날씬했다.

평생 뚱뚱과 통통의 경계를 애매하게 오가다가, 최근 1년간 회사일이 힘들어져 폭식으로 화를 풀었더니 완전히 비만에 접어든 자신과는 달랐다.

찬은 회사도 곧 그만두었다. 여자 쪽 집안에서 지원해줘서 개인 사업을 할 거란다.

그때부터 한이는 이 악물고 악착같이 다이어트에 돌입했다.

살을 거의 30킬로그램 가까이 감량하고, 안경을 벗고 라식 수술을 했다. 피부과를 다니고 화장법을 다시 다 바꿨다.

주변에서 변화 과정을 지켜보는 사람들은 다 혀를 내둘렀다. 뭔가 심경의 변화가 크게 있었나 보다고.

한이는 차츰차츰 원래 그녀가 29년 동안 가지고 있던 모든 것을 내던지고 새로운 사람으로 변화해갔다. 남에게 싫은 소리 못해 우물쭈물하는 소심함도 지워버리려 애썼다.

"요즘 연애라도 하는 거야, 한이 씨?"

찬이 뻔뻔한 표정으로 말했다. 역겹다.

한이는 고개를 숙이며 자리에서 쓱 일어섰다. 최대한 웃으려고 애쓰며 말했다.

"두 분 잘 어울리시네요."

한이가 찬을 지나쳐 갔다. 뒤통수로 찬의 놀람과 당황함이 섞인 시선이 꽂히는 게 느껴졌다.

한이가 미소를 유지하려 볼 근육에 힘을 꽉 주었다. 피부가 발 발발 떨릴 것만 같았다.

쓰린 속을 부여잡으며 뷔페 쪽으로 향했다. 음식을 더 먹지는 못하겠고 시원한 음료라도 한잔 들이켜고 싶었다.

한편에 마련된 빨간 토마토 주스를 잔에 가득 따르고 몸을 돌려 걸어갈 때였다.

쿵! 촤아악!

"꺄악!"

"억, 괘, 괜찮으십니까?"

남자와 부딪쳐 한이의 와이셔츠 한복판에 토마토 주스가 잔뜩 묻었다. 축축하고 차가운 느낌이 안 그래도 더러운 기분을 한층 더 더럽게 만들었다.

"정말 죄송합니다. 아, 옷이……."

"도대체 앞을 보고 다니시는…… 흡!"

한이가 빨간 입술을 꽉 깨물며 고개를 팩 쳐들었다. 한이가 씩씩거리며 한마디 하려고 입을 열었지만, 곧 다시 조개처럼 합 다물었다.

"괜찮으세요?"

남자는 어정쩡한 자세로 한이의 안색을 살폈다.

기다랗고 새카만 속눈썹. 커다란 키와 탄탄한 어깨. 높은 콧날과 부드러운 눈매. 커다란 눈동자는 깊어 보였다.

최대한 안 꾸민 듯 포멀한 정장을 입고 왔지만, 가만히 서 있는 것만으로도 신랑을 위협할 외모였다.

"괘, 괜찮…… 괜찮아요."

한이의 눈동자가 당황한 빛을 띤 채 마구 흔들렸다. 남자의 외모가 마주치는 사람을 당황시킬 만한 정도긴 했지만, 그 때문만은 아니었다.

"와이셔츠가 다 젖으셨네요. 정말 죄송합니다."

"아뇨, 괜찮아요. 괘, 괜찮으니까 좀 비, 비켜주세요."

"세탁비 꼭 물어드릴게요. 여기 명함이라도……."

"괘, 괜찮다니까요!"

한이의 얼굴이 점점 허옇게 질려갔다.

한이가 걱정스럽게 자신을 바라보는 남자를 지나쳐 최대한 빠르게 걸어갔다. 바닥을 딛고 있는 다리가 후들거렸다. 숨소리는 점차 흐트러졌다.

놀라서 심장이 쿵쾅거렸다. 한이가 푹 젖은 와이셔츠를 최 부장에게 보여주고 몸이 아프다는 핑계와 함께, 피로연장을 빠져나왔다.

"말도, 말도 안 돼……. 어떻게 여기서……."

허옇게 질린 얼굴에는 혼이 다 빠져 있었다.

또각또각, 피로연장을 나서면서 점차 한이의 걸음걸이가 느려졌다. 긴장이 풀리자 온몸이 무겁고 욱신거렸다.

한이가 예식장 문을 완전히 빠져나가기 직전이었다.

"저기요!"

어제까지만 해도 절대로 다시 듣지 못할 거라 생각했던 목소리가 들려왔다.

뚝. 한이의 걸음이 멈추었다. 그러나 핸드백 손잡이를 꽉 움켜쥐고, 자신을 부르는 목소리를 무시한 채 걸었다.

"잠깐, 저기!"

확, 팔이 붙잡혀 몸이 강제로 돌려졌다.

눈앞에는 급히 뛰어 나왔는지 씩씩거리고 있는, 그 남자가 서 있었다.

"아……."

"그냥 그렇게 뛰어가시면 어떡해요."

"놔, 놔주……."

"얼굴이 너무 하얀데, 어디 아프신 겁니까?"

한이가 눈을 꾹 감고 도리질했다.

"바깥도 춥고, 옷도 다 젖으셨는데……. 처음 뵌 분한테 이렇게 무례를 범할 수는 없어서요."

처음 뵌 분.

남자의 부드러운 목소리가 한이의 귀와 머리에 꽂혀 들어왔다. 한이가 입술을 더 꽉 깨물고 눈은 더 꽉 감았다.

"여기 제 명함입니다."

남자가 급히 품을 뒤져 명함을 건넸다. 한이가 바들거리는 손으로 명함을 받아들었다.

<최정민>

세 글자가 명함에 박혀 있었다. 글자를 빤히 바라보는데, 순간 글자가 살아 움직여 요동치며 자신에게로 다가오는 것만 같았다.

최, 정, 민.

한이가 10년 전 우울했던 기억들 속에, 유일하게 산뜻하게 남아 있는 그 반짝이는 이름을 입으로 곱씹었다.

"네, 최…… 정민 씨."

최정민. 떠올리는 것만으로도 아릿하고 달콤한 감각을 느끼게 해주는 이름.

10년 만에 만난 그녀의, 첫사랑이었다.

"이렇게 안 해주셔도 되는데. 정말이에요."

"집까지 이러고 어떻게 가시려고요."

한이가 난감한 듯 정민을 올려다보았다.

한이는 최대한 정민을 피해보려 했지만, 정민은 기어코 한이의 팔을 붙잡고 예식장 바깥으로 빠져나왔다. 그러고는 근처 옷가게로 그녀를 끌고 들어왔다.

'저 다정한 오지랖은 여전하네, 정말.'

한이는 어쩔 수 없이 정민이 보는 앞에서 상의를 골라야 했다.

"이거 어때요?"

정민이 옷 하나를 집어 한이에게 보여주었다.

"예, 예쁘네요."

한이가 정민을 힐긋거렸다.

'날…… 기억 못 하는구나.'

입안이 씁쓸했다.

그가 자신을 기억해주리라 기대하지는 않았다. 외모가 완전히 달라지기도 했거니와, 그와 자신은 친구라고 부르기에도 애매한 사이였으니까.

"예쁘면 이거 살까요?"

정민이 아무렇지 않게 옷을 집어 들고 계산대로 가려 했다.

한이가 다급하게 막아서며 쓱 가격표를 보았다.

'헐. 0이 도대체 몇 개야…….'

고등학교 때도 집이 잘살더니 지금도 그런 듯했다. 입고 있는 옷만 봐도 그랬다.

"아니요! 괜찮아요!"

"그래요? 이거 잘 어울릴 것 같은데."

"저기, 정민 씨. 그냥 세탁비만 물어주시면 안 될까요?"

한이는 조금이라도 빨리 이 자리에서 벗어나야 할 것 같았다.

그가 보기 싫어서가 아니라, 오히려 너무 보고 싶었기 때문이다. 감정이 넘쳐흘러서 속이 울렁거렸다. 이러다간 다 들킬 것 같았다.

보물처럼 꽁꽁 숨겨둔 그에 대한 마음을.

그리고 자신이 10년 전, 그 보잘것없는 이한이임을.

정민이 빤히 자신을 쳐다볼 때마다 한이는 속이 너무 떨려서 얼굴에 열이 올랐다.

첫사랑과 오랜만에 재회하면 보통 실망한다고들 하던데, 정민은 전보다 훨씬 더 멋진 어른으로 자라나 있었다.

순간 정민이 한이에게로 쑥 다가왔다.

"허억!"

정신을 차린 한이가 뒷걸음질 쳤다. 너무 가까운 데다, 보조개가 파인 채 씩 웃고 있는 정민의 얼굴은 지나치게 잘생겼고, 그래서 당황스러웠다.

"세탁비도 물어드릴 거고 옷도 사드릴 겁니다. 이렇게 입고 가시면 감기 걸려요. 지금 날씨가 어떤데."

"정민 씨도 실수셨잖아요. 굳이 이렇게 해주지 않으셔도……."

"제가 하고 싶어서요."

"네?"

"사실 아까 예식장에서부터 계속 지켜보고 있었어요."

끅, 놀라서 딸꾹질이 올라오려는 걸 한이가 간신히 참아냈다.

'날 보고 있었다고? 최정민, 네가?'

한이가 눈동자를 떨며 정민을 바라보았다.

"왜, 왜요?"

"음……. 왜일까요."

정민이 뜸을 들이며 빙긋 웃었다. 마스카라를 칠해 짙고 긴 한이의 속눈썹이 깜빡거렸다.

"그냥…… 눈길이 계속 가더라고요. 신부보다 예쁜 분이 결혼식 내내 얼굴이 하얗게 질려서 곧 쓰러질 것처럼 앉아 있으니까."

"……."

"사연이 있어 보였죠. 아아, 그냥 축하하려고 온 건 아니구나."

한이가 정민의 시선을 피하며 침을 삼켰다.

"게다가 저 때문에 옷도 망치시고. 안 그래도 힘들어 보였는데, 여러모로 신경 쓰이고 죄송해서 데리고 온 거니까 부담 갖진 말아요."

"부담이…… 되는 걸요."

"부담 되면, 커피 한 잔 사든가요."

"네?"

정민이 낮게 웃었다.

"한이 씨는 놀라면 눈을 동그랗게 뜨는구나."

"놀, 놀랄 만한 말씀을 하시니까 그렇죠."

"뭐가 놀랄 만한 말이에요? 커피 사라는 게?"

"……네."

그냥 정민이 앞에 서 있는 것만으로도 요 근래 가장 놀랄 일 중 하나였다. 10년 만에 이렇게 첫사랑이 떡하니 눈앞에 나타나는 건 영화에서나 나오는 일인 줄 알았는데.

영화와 다른 점이 있다면, 스크린 속 그들은 재회 후 애틋한 눈빛을 주고받지만 정민은 자신을 기억하지 못한다는 것이겠지.

처음 만난 사람들이 그렇듯, 이름 뒤에 씨를 붙여 서로를 부르며.

"왜 놀라지. 너무 뻔한 수법인가, 이건?"

한이가 입술을 움찔거렸다.

"한이 씨와 좀 더 같이 있고 싶어서 핑계 대는 거예요."

"……저랑요? 왜요?"

"관심 가서요."

"네!"

"아, 또 눈 동그랗게 떴다."

관심? 최정민이 나한테? 한이가 얼이 빠져 있는 사이, 정민이 막무가내로 니트 하나를 꺼내 계산을 하고 왔다.

"옷 샀는데. 이제 못 빠져나가요. 커피 마실 거죠?"

"……"

"무언은 긍정으로 받아드릴게요. 옷 갈아입고 나와요. 춥겠다."

한이는 흰색 니트를 품에 안은 채 탈의실로 떠밀려 들어갔다.

여전히 얼떨떨한 표정으로 니트를 내려다보았다. 10년 전이라면 상상도 못할 일이었다.

잘생기고, 착하고, 공부 잘하는 도련님 최정민과 뚱뚱하고, 소심하고, 고아원에 사는 왕따인 자신.

둘의 접점은 같은 반이라는 것 빼곤 찾아볼 수 없었다. 한이가 니트로 갈아입으며 턱에 힘을 주었다.

'……예뻐지니까 이런 일도 다 있네.'

웃음인지 한탄인지 모를 것이 비식비식 입술 새로 삐져나왔다.

이대로 자신만 아무 말 하지 않으면 정민은 영영 모를 것이다. 고등학교 때와는 얼굴도 다르고, 성인이 되고 나서는 개명까지 했으니까.

그러나 그렇다고 완전히 모른 체하고 곁에 있을 수는 없었다. 속이는 것 같아서 마음이 초조하고 죄책감이 들기 때문이었다.

그는 예쁘고 늘씬한 현재의 이한이에게 호감을 가지고 있지만, 정민 앞에서는 그런 이한이를 유지하기가 힘들었다. 자꾸만 과거의 우울한 기억이 떠올라 머리가 복잡해졌다.

다시 봐서 기쁘고 설 지만, 요행은 여기까지만.

'나가서 커피는 거절하고 빨리 도망치자.'

결국 한이는 제 손으로 첫사랑을 끊어내기로 결정했다.

옷을 다 입고 나서 심호흡을 하고 탈의실 바깥으로 나왔다.

쿵!

"꺅!"

털썩, 한이가 탄탄한 가슴에 이마를 박았다.

"탈의실에서 왜 이렇게 한숨을 푹푹 쉽니까?"

탈의실 바로 앞에 정민이 서 있었다. 그대로 그의 가슴팍에 얼굴을 부딪쳐 안겨버린 꼴이 되었다.

"놔, 놔주세요."

"뭘요? 안 잡고 있는데. 한이 씨가 와서 들이박은 건데."

"헉."

한이가 얼굴이 새빨개져서 뒤로 물러났다. 정민이 싱글거리며 웃었다.

"옷 잘 어울리네요. 예뻐요."

나긋나긋하게 말하는 목소리가 달콤했다. 웃는 얼굴은 또 어떻고.

첫사랑이 앞에서 이렇게 사르르 마음을 녹이는 말을 해대는데, 목석처럼 버티기란 쉽지가 않았다. 한이가 머리를 작게 흔들며 마음을 다잡았다.

"저, 정민 씨. 저 가봐야 될 것 같아요."

"어딜 가시는데요? 옷 받아놓고 도망가시는 거예요?"

"옷값 보내드릴게요. 진짜 바쁜 일이 있어서 그래요."

"그렇다면 어쩔 수 없지만……."

정민이 손가락을 뻗어와 손목을 붙잡았다가 놓았다. 따뜻한 체온이 잠시 머무른다.

"부담스럽다면 놓아드릴게요. 다시 연락주세요. 세탁비는, 드릴게요."

"저도 옷값 다시 드릴게요."

"그건 그냥 받아주세요."

"아니에요."

"참, 여지를 안 주시네. 매몰차다."

정민이 하하 웃으며 뺨을 긁적였다.

"그럼 저 가볼게요."

한이가 고개를 꾸벅 숙이며 스쳐 지나가려 할 때였다. 정민이 그녀의 어깨를 부드럽게 쥐었다.

"딱 하나만 더 물어볼게요."

"네?"

"이한이 씨인 거죠? '하니'가 아니라."

"……"

심장이 쿵 내려앉는 것 같았다. 한이가 잠시 말을 멈추고 눈을 데굴데굴 굴렸다.

"네. 다, 당연하죠. 이한이예요. 제 명함 드렸잖아요."

"……그렇죠. 받았죠. 괜한 걸 물었네요."

심장이 쿵쾅거리다 못해 뇌까지 올라온 기분이었다.

이하니. 20살 전까지 그녀가 가졌던 이름이었다. 툭하면 친구들에게 놀림당하기 일쑤인데, 고아원에서 나오고 새로운 삶을 살고 싶어 성인이 되고 나서 '이한이'로 개명했다.

"아는 사람 중 이하니가 있었거든요."

내 이름을 기억하고 있다. 날 기억하고 있다.

한이가 부들부들 떨리는 손을 등 뒤로 숨겼다.

"……어떤 분이셨는데요?"

"으음."

정민이 턱을 쓰다듬다가 말했다.

"……그냥, 뭐."

정민은 더 이상 말하지 않았다. 한이가 어깨에 들어갔던 힘을 풀고 축 늘어뜨렸다.

'뭐라고 대답하길 기대한 거야.'

친구였다고? 친했다고? 그럴 리 없다는 건 자신이 제일 잘 알았다. 그럼에도 정민의 입에서 '그냥'이란 말을 듣자마자 맥이 탁 풀렸다.

그래도 아예 기억 못 할 줄 알았는데, 정민의 머릿속 한 귀퉁이에 자신의 이름이 자리 잡고 있단 것만으로도 떨렸다.

정민이 머뭇거리다가 한이에게로 한 발자국 다가왔다. 그를 밀쳐내자는 아까의 결심이 그가 다가올수록 희미해졌다.

"정말 이대로 가야 합니까?"

"……."

설레고, '이하니'였던 시절로 돌아간 것처럼 무모해지며, 여려진다.

"보내기 싫어요."

"……저에 대해 아는 것도 없으시잖아요."

"맞아요. 그래서 오늘 알아보고 싶은데."

모르는 척 눈 감고 오늘 반나절만, 잠깐 선잠을 자는 셈 치고 정민과 함께 있고 싶었다.

그동안 너무 힘들었잖아. 그러니까, 이렇게 선물처럼 다가온 하루쯤은 나도 누려도 되는 거 아냐?

여린 마음을 건드리는 가슴속 소리가 요란했다.

정민의 눈빛 한 번에 복잡하던 머릿속이 그저 새하얘졌다.

"커피, 마시러 갈래요?"

부드럽게 잡아오는 손을, 한이는 뿌리치지 못했다.

그렇게 둘은 카페로 향했다. 처음 만난 남녀가 나누는 대화가 으레 그렇듯, 별 시답잖은 주제로 이야기를 했다.

취미며, 사는 곳이며, 하는 일이며, 최근에 본 영화나 드라마 같은 것들.

모두 뻔한 주제였지만, 이상하게도 그 시간이 지루하지는 않았다. 아니, 오히려 순식간에 지나가는 것 같았다.

정민은 옛날이나 지금이나 말을 유창하게 잘했고 사람을 기분 좋게 만드는 화법을 썼다.

예를 들어 이런 것들이었다.

"그래서 요즘 필라테스라는 걸 하고 있어요."

"직장 다니시면서 매주 그렇게 운동을 하시다니. 쉽지 않은 일인데, 대단하네요. 어떤 거예요?"

"아, 그건…… 우선 근력운동이 주가 되는 건데요……."

"오, 근력운동."

"네…… 음, 그러니까……."

정민은 한이가 무슨 말을 하든지, 그 주제에 지대한 관심을 표현했으며 흥미롭게 들어주었다.

한이는 스스로를 재미없는 사람이라고 생각하고 있었고, 특히 긴장하면 말을 버벅거리는 편이었다. 그래서 자기 이야기에 집중해주는 정민이 고마우면서도 신기했다.

시간은 빨리 흘러갔고 어느새 카페 바깥은 어둑어둑해졌다.

커피 잔도 비어버린 지 오래였기에 둘은 쭈뼛거리며 카페 바깥으로 나왔다. 이제 갈림길에서 헤어져야 할 때였다.

"전 여기로 가서 버스 타야 해요."

"……으음."

한이가 가야 할 방향을 손가락으로 가리키며 어색하게 말했다.

"그럼 안녕히 계세……."

"한이 씨."

정민이 그때 휙 한이의 팔을 잡았다. 손아귀의 힘이 거셌다. 한이가 팔을 비틀어 빠져나가보려 했지만 쉽지 않았다.

정민의 부드럽지만 깊은 눈동자가 빤히 한이만 쳐다보았다.

뺨을 두드리는 공기는 차갑고 날카로웠는데, 정민의 손바닥만 뜨거웠다. 온 신경이 정민에게 붙잡힌 곳으로 쏠리는 듯하다.

한이가 결국 그의 시선을 피하며 고개를 푹 숙였다.

"헤어지기 아쉽습니다."

"……."

"한이 씨는요?"

아쉽지 않을 리가 없었다.

정민과 같이 서서 이야기를 나누고 눈을 마주치고 있는 지금 이 순간이, 현실 같지가 않았다.

무대 위나 스크린 속의 주인공이 된 기분이었다. 그러나 어차피 극이 끝나면 사라질 순간이다.

설레면서 동시에 먹먹한 초조함도 들었다.

"저만 즐거웠나요?"

정민이 말이 없는 한이에게 나지막하게 한 번 더 물었다. 한이가 입술을 질끈 깨물었다가 작게 대답했다.

"……아뇨."

"술 한잔할래요? 이건 제가 살게요."

"……."

"부담스럽다면 미안해요."

"아니에요. 나이가 적은 것도 아니고 가볍게 만날 수야……."

"가볍게 이러는 거 아닌데."

정민의 목소리가 갑자기 착 가라앉았다. 한이가 슬며시 얼굴을 들어 그를 올려다보았다.

"처음 만났지만 낯설지가 않아요. 꼭 오래된 친구처럼."

오래된 친구처럼.

한이가 애매한 미소를 지었다. 목구멍 아래가 꽉 틀어막힌 것처럼, 아무런 말도 할 수 없었다.

"아니면 작은 핑계 하나 댈게요. 지금 퇴근 시간대라 차 엄청 막힐 거예요. 저랑 좀 더 있다 들어가요."

한이가 자신을 붙잡고 있는 정민의 큰 손을 물끄러미 쳐다보았다. 겨울바람에 바짝 차갑게 말라붙은 입술을 혀로 축이곤 느리게 말했다.

"······어디로 갈 건데요?"

10년 전이나, 아까 전이나, 지금이나 한이는 정민을 뿌리치지 못했다.

둘은 그대로 술집으로 향했다. 안주는 간단하게만 시키고, 대신 이야기를 안주 삼아 술잔을 기울였다.

아까 전 카페에서 그렇게 떠들고도 대화는 끊이지가 않았다. 그럴수록 그들의 테이블에 쌓여가는 소주병도 늘어갔다.

어느 순간 한이는 이성이 흐려지는 게 느껴졌다.

그리고 정신을 차려보니 자신은 정민의 손을 붙잡고 길거리를 쏘다니고 있었다.

그러더니 기억이 또 훅 뛰었다. 다음 기억은 모텔 안으로 허겁지겁 들어서며 입술을 맞추는 자신과 정민이었다.

모텔 방문이 완전히 닫히기도 전에 둘은 서로를 끌어안고 입술을 비볐다. 혀에서 혀로 알싸한 알코올 맛이 옮겨갔다. 뺨을 감싸고 다리를 부딪치며, 침대까지 뒤뚱뒤뚱 걸어갔다.

털썩. 한이가 먼저 침대 위로 쓰러졌다.

어리둥절하고 머리가 어지러웠지만, 이 모든 일이 당연한 일인 것처럼 자연스럽게 느껴졌다.

그렇게 둘은 몸을 겹치게 되었던 것이다.

한이가 조각조각 난 기억들을 대충 끼워 맞추고, 두 손으로 얼굴을 감쌌다. 이런 경우엔 술이 원수라고 해야 하는지, 장하다고 해야 하는지.

'좋긴 말도 못 하게 좋았는데……'

자신이 이하나라는 걸 숨긴 것 때문에 죄책감이 들었다.

한이는 옆에 나체로 누워 있는 정민을 힐끗 쳐다보다가 상체를 일으켰다.

"어디 가요?"

"씻고 가야죠."

"……바로요?"

정민은 조금 섭섭한 듯 눈썹을 늘어뜨렸다. 섹스하자마자 볼 일 끝났다는 듯 확 일어서는 게 무정하게 느껴질 수도 있다는 걸 한이는 몰랐다.

왜냐하면 첫 섹스 상대이자 유일한 상대인 찬이 항상 그랬기 때문이다. 찬은 섹스만 끝나면 후회도 대화도 없이 바로 일어나 씻으러 가곤 했다.

마치 발기와 사정만이 자신이 원하는 전부였다는 듯이.

"잠깐 이야기 좀 나눕시다."

한이가 어색하게 정민을 내려다보았다.

이제 잠깐 동안의 달콤한 극을 마무리할 시간이었다.

같이 섹스까지 해놓고 이제 와서 자신이 이하니였음을 밝히기에는, 입이 떨어지지 않았다. 처음 맞닥뜨렸을 때 털어놓았어야 했는데. 지금은 이미 선을 넘은 후였다.

한이는 웬만하면 과거의 모든 연을 끊고 새 출발 하고 싶었다. 첫사랑은, 그저 첫사랑으로 남겨두는 게 어쩌면 최선일지도 몰랐다.

그의 곁에 있으면 왕따에 고아였던, 그 자존심 낮던 소녀 이하니가 자꾸만 되살아난다.

개명까지 하면서 이하니에서 벗어나려 그렇게 노력했는데.

게다가, 정민은 찬과 대학 동기라 했다. 찬과 더 이상 엮이는 건 딱 질색이었다. 찬이라는 이름을 되도록이면 자신의 인생에서 저 멀리 떼어놓고 싶었다.

이리저리 생각해보아도, 정민과 계속 만난다면 스스로가 갉아먹힐 것 같았다. 행운 같던 우연은 여기까지.

"설마 진짜 이렇게 갈 건 아니죠, 한이 씨?"

"저 좀 씻을게요."

"좋았잖아요. 저만 마음이 통한다고 느꼈던 겁니까?"

"그건⋯⋯."

한이는 마음을 다잡고 말없이 고개를 숙였다.

"허⋯⋯."

정민은 당황스럽고 조금 열이 받았는지 헛웃음을 치며 한이를 빤히 쳐다보았다.

"머, 먼저 씻을게요."

한이가 일어서서 욕실로 들어갔다. 찐득거리는 피부에 따뜻한 물줄기를 댔다. 구석구석 바디 워시로 닦아내고 난 후 다시 나왔다.

그때까지 정민은 침대에 삐딱하게 누워 불만스러운 표정을 짓고 있었다.

한이가 말없이 옷을 하나씩 주워 입었다. 한이가 부스럭거리다가 기어코 나가려는 듯 움직이자, 정민이 입을 열었다.

"마음 없는 사람 붙잡는 것 같아 자존심 상하지만, 한 번만 더 말할게요. 전 한이 씨와 잘해보고 싶습니다."

정민의 곧고 짙은 눈동자가 한이에게 꽂혔다.

"요즘 다 큰 남녀가 하룻밤 자는 거 흔한 일이라지만, 저는 아닙니다. 진심이에요."

한이가 눈을 아래로 내리깔았다. 손톱으로 손바닥을 꾹 누르며 애써 냉정한 표정으로 말했다.

"죄송해요."

미안, 정민아. 어쩔 수 없어. 나, 새 삶을 살고 싶거든.

속마음은 안으로 숨긴 채.

"제가 마음에 안 들었어요?"

"그것보다는…… 진지한 관계는 부담스러워서요. 정민 씨 좋은 분인 건 알아요."

"난 한이 씨에게 그저 원나잇이었던 겁니까?"

"죄송해요. 가볼게요."

한이가 더 이상 정민의 눈빛과 목소리를 받아낼 자신이 없어 도망치듯 모텔 방을 빠져나갔다.

모텔 밖으로 나가자 12월 새벽의 차가운 바람이 뺨을 후려쳤다. 한이가 얇은 코트 자락 사이에 몸을 숨기며 종종 걸음으로 뛰어갔다.

코끝이 찡하고 시큰해졌다.

바람 때문일 거야. 한이는 바람 탓을 하며, 일부러 모텔 쪽은 한 번도 돌아보지 않고 택시를 잡아 그곳을 떴다.

한이가 소스라치게 몸을 떨며 침대에서 벌떡 일어났다. 눈이 번쩍 떠졌다.

"허억, 허억."

손을 가슴 위에 얹은 채 숨을 가쁘게 내쉬었다. 이마에 땀이 가득했다. 밤새 지독한 꿈을 계속 꾸었기 때문이다.

"도대체 그때가 언젠데 자꾸 꿈에 나오는 거야……."

한이가 두 손으로 얼굴을 감쌌다.

침대 옆 협탁에 놓인 시계를 보니, 아침 7시가 좀 안 되었다. 씻고 출근해야 할 시각이었다. 한이가 이불을 옆으로 치우고 침대에서 느리게 일어섰다.

이직을 하고 급하게 이사한 새 오피스텔이 아직 낯설었다. 한이는 그대로 화장실로 들어가 차가운 물을 얼굴에 끼얹었었다.

'난 한이 씨에게 그저 원나잇이었던 겁니까?'

꿈속에서 들었던 목소리가 다시금 떠올랐다.

"어후. 진짜!"

한이가 물이 잔뜩 묻은 채로 얼굴을 세게 가로저었다.

작년 말, 찬의 결혼식에서 정민을 만나고 어쩌다 결국 잠자리까지 하게 되었다. 솔직히 설렜고 좋았으며, 섹스는 말도 못하게 짜릿했다.

키도 크고 잘생긴 미남인데, 원래라면 마다할 리도 없을 것이다.

그가 첫사랑이자 고등학교 동창인 정민만 아니었다면.

이왕 그와 연을 맺지 않기로 다짐한 거, 쿨하게 잊어버리면 그만인데.

이렇게 잊을 만하면 꿈에 나타나는 건 또 뭐람. 첫사랑이란 단어는, 쓸데없이 사람을 울렁거리게 만들었다.

정민의 꿈을 꾼 날이면 이상하게 운세가 좋지 않았다.

'잊자, 잊어.'

한이가 찝찝한 마음을 안고 욕실 바깥으로 나왔다. 토스트와 우유로 아침을 대신하고, 출근을 위해 집 밖으로 나갔다.

'오늘은 날이 좀 따뜻하네……'

새해가 되고 이제 서른이었다. 어느새 겨울도 좀 수그러들고 봄기운이 물씬 났다. 몇 개월 내내 헐벗고 있던 거리의 나무들도 조금씩 생기를 되찾으려 하고 있었다.

한이는 서른이 됨과 동시에, 차차 새 삶을 맞이할 준비를 해나갔다. 찬과 같이 일했던 직장에서도 떠나와 새로운 곳으로 이직했다.

한이가 그동안의 경력으로 이직한 회사는, 케이블 음악 전문 방송사였다. 한이는 주로 심야 시간대에 편성되는 음악 관련 다큐멘터리 제작 PD로 일하고 있었다.

일하기 시작한 지는 한 달쯤 되었다. 처음 몇 주간은 정신이 없었지만, 전에 있던 방송사에서 하던 것과 크게 다른 일은 아니라 금세 적응할 수 있었다.

한이가 사람들로 빽빽한 출근 지하철에 올라타며 손바닥으로 자신의 뺨을 약하게 두드렸다.

'김찬 그 자식도 잘 먹고 잘 사는데. 나도 이제 구질구질한 거 다 떨쳐버리고 새 연애 좀 해야지.'

사람들에 밀리고 치이며 출근을 하고 나서 아침 회의에 들어갔다.

"한이 씨!"

한이는 잠자코 이번에 들어갈 새로운 아이템을 전해 듣다가, 자신의 이름이 불리자 고개를 획 들었다.

"네!"

"한이 씨가 이 아이템 맡는 걸로 합시다."

"제가요?"

"뮤지컬이나 공연 쪽은 한이 씨가 전문 아니었나? 이쪽 전공이기도 하잖아. U사 있을 때도 이거 하지 않았어?"

한이는 얼떨떨하게 기획안을 받아 들었다.

"네, 그렇기는 한데……."

"왜?"

"제가 맡아도 되는 건가 해서요. 특별 기획이잖아요."

"저번에 따온 거 보니 좋던데. 애초에 이거 먼저 제안한 것도 한이 씨고. 믿고 맡기는 거니까 잘 만들어봐."

"넵!"

그녀가 이번에 맡게 된 아이템은 2주에 걸쳐 내보내기로 한 특집 편이었다.

최근에 국내 창작 뮤지컬 중에서 뛰어난 작품성과 대중성을 동시에 인정받아 흥행한 신작이 있었다. 뮤지컬 연출가가 언론에 한 번도 노출되지 않은 젊은 신인이어서 더 화제가 되었다.

작품 제목은 'Honey Trap(허니 트랩)'

문자 그대로 해석하면 달콤한 덫, 꿀 속의 함정, 미인계를 뜻하는 신조어다. 미인계라는 뜻 때문에 얼핏 들으면 스파이를 주제로 한 스릴러극인가 했지만, 사실은 멜로극이었다. 술책이라고 느껴질 만큼 무섭도록 여자 주인공의 매력에 빠져드는 남자들의 심리를 그리고 있었다.

사랑에 빠져서 점차 절박해지는 남자들의 감정선을 잘 잡아냈고, 감각적인 뮤지컬 음악과 중간에 나오는 군무로도 호평을 받았다.

그녀는 다큐멘터리 기획안을 받아 들고, 뮤지컬 기획자 쪽이랑 연락된 대로 오후에 연습실을 찾아가기로 했다.

배우들과 스탭들을 밀착 취재하여 그들의 평소 생활도 담고, 인터뷰도 따고, 작품 자체에 관한 이야기도 실을 예정이었다.

다음 분기에 꽤 큰 기업에서 뮤지컬 측에 후원도 들어온다고 하니, 이번 다큐멘터리로 홍보 효과도 노릴 셈이었다.

한이가 인터뷰 딸 꼭지 몇 개를 준비해서, 오후에 회사를 나와 VJ 한 명과 연습실로 향했다.

당분간은 외근으로, 자주 연습실에 붙어 있어야 했다.

"피디님, 점심 드셨어요?"

한이보다 두 살 어린 VJ 종현이 순하게 생긴 얼굴로 웃으며 옆에 바짝 따라붙었다.

"네. 종현 씨도?"

"저 오전에 어디 나갔다 오느라 못 먹었는데, 갑자기 이 피디님 따라가라잖아요."

"배고파서 어떡해요. 가는 길에 간단한 것 사가요."

한이가 종현과 조곤조곤 떠들며 연습실로 차를 몰고 갔다. 운전은 한이가 했다. 종현은 옆에서 샌드위치를 우물거리며 한이가 넘겨준 기획안을 읽어보았다.

종현이 연출가 프로필을 쓱 훑다가 말했다.

"데뷔가 서른이라니. 남들보다 오륙 년은 빠르네요."

"인재죠. 데뷔작으로 곧 수상도 할 예정이고. 어떤 분인지 궁금해요."

"이름이 제이?"

종현이 고개를 갸웃거렸다.

"가명이래요. 이거 공모전 당선돼서 제작된 거거든요. 공모전 제출할 때 가명으로 냈나 봐요. 활동도 계속 가명으로 할 모양인 듯해요."

"오…….. 사진도 없고 출신 학교 말고는 신상이 아직 밝혀진 게 별로 없구나."

"막 데뷔했으니까요. 이제부터 저희가 따내야죠."

끼익. 한이가 마침 뮤지컬 연습실 앞에 차를 주차했다.

"내립시다!"

한이가 손뼉을 딱딱 치고 활기차게 말했다. 차에서 내린 그들은 목에 언론사 스태프 목걸이를 건 채 건물 안으로 들어갔다.

안에는 연습이 한창이었다. 스탭 몇 명은 다른 방에서 회의 중이었고, 배우들은 따로 연습하고 있었다.

한이와 종현이 들어오자 사람들의 시선이 그들에게로 쏠렸다.

"이야기 들으셨죠? 이번에 여기 기획팀이랑 조인해서 다큐멘터리 찍기로 한 M사 담당피디 이한이입니다. 앞으로 일이 주 정도 여러분의 모습을 담으러 간간이 올 텐데요. 너무 부담스러워하지 마시고, 자연스럽게 촬영에 협조해주시면 감사하겠습니다. 잘 부탁드려요."

한이가 고개를 숙이며 인사하자, 그제야 사람들이 하나둘씩 인사했다.

그때 한쪽 벽에 붙어 있던 방문이 열리고 스탭들이 나왔다.

"안녕하세요, M사에서 나온⋯⋯."

한이가 고개를 숙였다가 들어 올리며, 입을 벌리고 말을 멈추었다.

'난 한이 씨에게 그저 원나잇이었던 겁니까?'

오늘 아침의 그 꿈.

일그러진 얼굴과 점차 흐려지는 뒷모습.

잠겨 있던 목소리.

모든 게 빠르게 파노라마처럼 한이의 머릿속을 후려치며 지나 갔다.

그가 꿈에 나오면 항상 일이 잘 풀리지 않는다는 징크스는 오늘도 깨지지 않았다. 한이의 당황한 눈동자가 마구 흔들렸다.

"⋯⋯피디 이한이입니다."

그녀의 앞에, 바로 그 최정민이 서 있었기 때문이다.

2. 꿀통에 빠지다

몇 달 전에 봤을 때에 비해 그의 머리카락은 조금 길어져 있었다. 앞머리가 자연스레 옆으로 휘어져 있고, 검은색 뿔테 안경을 썼다.

안경 아래에서 정민의 검은색 눈동자가 빤히 한이를 응시했다.

"아, 이분이 우리 연출가분이세요."

"……네!"

스탭 하나가 한이에게 정민을 소개했다.

정민이 눈썹 사이를 좁혀, 잠시 험악한 표정을 짓더니 안경을 벗어 와이셔츠 주머니에 꽂았다.

두 발자국 느리게 다가온다. 타박타박, 연습실 바닥을 울리는 소리가 꽤 컸다.

정민이 한이에게 쓱 손을 내밀었다.

"······처음 뵙겠습니다. 뮤지컬 '허니 트랩' 연출을 맡은 최정민입니다."

그의 부드러운 중저음이 지금만큼은 딱딱하게 굳어 있었다.

한이가 당황한 표정으로 그의 손을 맞잡았다. 짧게 악수하고 정민이 손을 다시 빼냈다. 정민은 한이를 모르는 척하며 담담하게 말을 이어나갔다.

"본명이 최정민이니 그렇게 불러주시고. 협조야 각 배우분들은 알아서 하실 테지만, 전 이 촬영 사실을 바로 어제 알아서 말입니다."

어투에 불쾌함이 가득했다.

"······어제요?"

"홍보기획팀에서 제 상의 없이 독단으로 결정한 거라."

정민의 뒤에 서 있던 남자 스탭 하나가 헛기침을 했다.

"아······ 저······."

"전 관여 안 할 테니, 인터뷰는 배우분들한테 따세요. 그리고 되도록이면 저는 찍지 마시고."

정민이 고개를 살짝 숙이고 몸을 휙 돌렸다.

배우들이 연습하고 있는 곳 구석에 등을 기대고 삐딱하게 서서, 담담하나 단호한 목소리로 배우들에게 이것저것 조언하기 시작했다.

찡그리고 있는 얼굴이 미묘하게 화나 보였다. 아니, 미묘하게가 아니다. 스탭이 어깨를 움찔거리는 걸 보니 확실히 화났다.

촬영팀을 대놓고 무시하는 행동에 종현이 입을 떡 벌리고 한이를 바라보며 속삭였다.

"이거…… 어떡하죠, 피디님?"

한이가 아랫입술을 꽉 깨물었다.

하필이면 이렇게 만나다니.

한이가 티 나지 않게 곁눈질로 정민을 바라보았다.

전에 대화하거나 침대 위에서 보여주었던 그 다정한 얼굴은 온 데간데없이 사라지고, 날카롭게 배우들의 동작을 주시하는 예민한 연출가만이 거기 있었다.

'……큰일이네.'

한이가 손을 가슴 쪽에 가져다 대었다.

인터뷰가 불발이 되는 게 문제가 아니었다. 아니, 물론 위에서 엄청 까일 테니 큰 문제이긴 했지만.

그것보다 더 심각한 건 그를 다시 마주하자마자 미친 듯이 뛰는 심장이었다. 쿵, 쿵, 쿵. 시끄러운 연습실 한가운데에 서 있음에도 심장 소리가 들릴 것만 같았다.

'미쳤어, 이한이!'

한이가 두 눈을 꽉 감았다가 떴다.

이대로 앞으로 적어도 보름간은 얼굴을 봐야 했다. 벌써부터 머릿속이 아득해졌다.

그를 그렇게 밀쳐내고 미련이라도 가지지 말던가.

스스로가 한심하게 느껴졌다. 이런 마음을 꽁꽁 숨긴 채 촬영을 할 수 있을까.

정민은 여전히 연습실 구석에 삐딱하게 선 채로 이쪽에는 눈길도 주지 않고 있었다. 단단하게 틀어진 옆모습이 차가워 보였다.

종현이 낯이 어두워진 한이의 곁으로 다가와 부러 통통 튀는 목소리로 말했다.

"최정민 씨라고 했나요. 하여간 얄짤없어 보이는데요."

"……그러게."

한이가 혀로 입술을 축이며 애써 웃었다.

"종현 씨도 최선을 다해줘요. 우리는…… 우리 식대로 힘내봐야죠."

……힘이 날지는 모르겠지만.

한이가 바들거리는 손을 재빠르게 뒤로 숨겼다.

"연습량은 어떠세요?"

한이가 거울에 기대어 숨을 씩씩 내쉬고 있는 조연 배우에게 다가가 말을 걸었다. 종현이 뒤에서 카메라를 들고 따라와 배우의 얼굴을 화면 가득 잡았다.

배우가 눈가에 흘러내리는 땀을 닦으며 말했다.

"군무 부분이 조금 벅차네요."

"연출가님은 어떤 분이신가요?"

"아, 정민 씨요. 젊지만 능력 있고 철저하신 분이죠. 좋은 연출가예요. 앞으로가 더 기대되는?"

배우가 물을 마시고 옆 사람과 이것저것 잡담을 나누는 것도 카메라에 담았다. 종현이 일상적인 장면을 몇 개 더 찍다가 입술을 삐뚜름하게 비틀었다.

"그래도 명색이 뮤지컬 리얼 다큐 방송인데! 연출가분이 안 나오는 게 그림이 좀⋯⋯."

한이가 저 멀리 서 있는 정민을 힐끗 바라보았다.

"당연하죠. 연출가 인터뷰 못 따가면 위에서 엄청 깨질 거예요."

"히이익! 안 돼요. 저 저번 아이템 때도 부장님한테 한 소리 들었는데."

종현이 울상을 지으며 어깨를 늘어뜨렸다.

정민은 소품 담당 스탭과 심각하게 이것저것 이야기를 나누고 있었다. 이번 분기에 새로 지원을 받아 무대를 올리게 되면서, 소품 쪽에 변화가 크게 있을 예정이라고 들었다.

정민이 안경을 손가락으로 쓱 올렸다. 안경 쓰고 있는 얼굴이 낯설면서 색달랐다. 이지적이면서 날카로워 보였다.

'⋯⋯고등학교 때는 눈 되게 좋았는데.'

하긴, 그게 몇 년 전 얘기냐.

한이는 자신도 모르게 정민의 얼굴을 눈으로 좇고 있었다. 배우들 사이에 섞여 있어도 꿀리지 않을 만큼 단정하고 잘생긴 얼굴이었다.

자연스레 흘러내린 검은색 앞머리와 그 사이에 드러난 이마는 매끈했다. 정민은 집중할 때면 눈썹 사이가 좁혀지고 입술이 조금 튀어나왔다.

'저건 여전하네.'

고등학교 때부터 한이가 제일 좋아하던 정민의 표정이었다.

괜한 기억이 떠올라 마음속이 울렁거렸다. 한이가 머리를 살짝 흔들고 시선을 돌리려는 순간, 정민이 힐끗 고개를 들었다.

우연히 둘의 눈이 마주쳤다. 안경 너머에 있는 정민의 새카만 눈동자가 똑바로 한이를 향하고 있었다.

한이가 죄라도 저지른 사람처럼 후다닥 시선을 피하며 일부러 종현에게 말을 걸었다.

"오늘이 첫날이니까 좀 더 기다려봐요. 어제 촬영 소식을 들으셨다니 기분 나쁘실 법도 하죠. 상의 없이 진행한 모양인데."

"피디님이 미인계로 설득해봐요."

"미인계? 장난칠래요?"

"아니, 아까부터 연출님이 자꾸 피디님 보시니까 그렇지."

"그래요?"

"몰랐어요? 계속 힐끔거리시던데."

한이가 당황한 채 눈을 깜빡거렸다. 역시, 나한테 기분이 많이 상했겠지.

"제가 눈엣가시처럼 보이셔서 그랬겠죠."

"그런가?"

"괜한 소리 그만하고. 오늘은 이 정도 하고 이따 군무 부분 영상 담고 가는 걸로 해요."

"그럼…… 퇴근?"

종현이 씨익 웃으며 무거운 카메라를 들썩들썩 흔들었다. 한이가 픽 바람 빠지는 소리를 내며 웃음을 터뜨렸다.

"시간이 그렇게 되네요. 오케이, 여기서 바로 퇴근하라고 허락받았으니 그렇게 하죠."

"아싸!"

신 나 하는 종현과 눈을 마주치며 얘기하다가, 문득 느낌이 싸해서 뒤를 바라보았다.

정민이 자신을 바라보고 있었다.

눈이 다시 마주치자, 정민은 언제 그랬냐는 듯 무심하게 고개를 쓱 돌리며 안경을 벗었다.

꾹 다물린 입술이 단호하게 자신을 쳐내는 것 같았다.

'이렇게 다시 만나게 될 줄 알았다면……'

알았다면, 뭐? 커피 마시러 가자고 손을 내미는 그를 거절할 수 있었을까? 확신이 들지 않았다. 자신은 정민에게 너무 약하니까.

첫사랑, 즉흥적이었던 원나잇, 그리고 지금은 연출가와 피디로. 세 번의 만남이 제각기 달랐다.

한이는 배우들에게 인사를 하고 연습실 바깥으로 나갔다. 사람들이 안녕히 가세요, 한마디씩 던져줄 때도 정민은 얼굴도 들지 않았다.

입안이 씁쓸했다. 정민은 자신을 어떤 식으로 기억하고 있을까.

그러나 지금은 그런 감정적인 게 중요한 게 아니야, 라고 억지로 생각해본다. 어떻게 맡게 된 특집 방송인데.

한이가 손바닥으로 자기 뺨을 찰싹 두드리며 종현에게 말했다.

"내일은, 잘합시다."

"옙."

"……고고하신 연출가님 인터뷰 꼭 따내자구요."

아무리 불편한 사이고 상황이 마땅치 않다 해도, 계속 사정하면 몇 마디 인터뷰는 딸 줄 알았다.

"저는 할 말 없습니다."

"여, 연출님!"

그러나 최정민은, 생각보다 만만한 상대가 아니었다.

아니, 침대 위에서 그 다정하고 부드럽던 모습은 다 어디로 간 건지.

한이는 쌩 사라지는 정민의 등을 망연자실하게 바라보았다. 이 제는 달라붙을 힘도 나지 않았다.

첫째 날은 어쩔 수 없이 그렇게 돌아가고, 그다음 날 하루 종일 정민을 따라다니며 부탁해보았지만 소용없었다.

카메라가 들어가면 의도적으로 시선을 피하고 방 안으로 들어 가버리지를 않나, 종현이나 한이가 다가와 질문을 해도 묵묵부답 으로 일관했다.

"연출님 저기…… 꺅!"

"비키세요. 통로 좁습니다."

어떨 때는 어깨를 팍 치고 지나갈 때도 있었다.

한이는 머리가 아파서 돌아버릴 지경이었다. 촬영 거부를 해도 이렇게 철저하게 해댈 수가 없다.

안경을 쓰고 무표정하게 있으면 정민은 꽤나 날카롭게 보이는 얼굴이었다. 웃을 땐 부드럽게 풀어졌지만, 연습실 안에서는 크게 웃는 걸 한 번도 본 적 없었다.

매몰차게 거절하는 와중에도 얼굴은 왜 이렇게 잘생겨서는, 사 람 심장만 떨리게.

맥이 탁 풀려서 어깨가 축 처져 있는 한이에게로 우혁이 다가왔다. 연습을 마친 우혁의, 곱슬거리는 연한 갈색 머리가 땀에 젖어 있었다.

우혁은 뮤지컬의 주연 남배우 중 한 명으로 넉살 좋고 낯을 가리지 않는 성격이었다. 나이가 자신보다 많다고 들었는데 더 어리게 보일 정도로 동안이었다. 자세히 보면 눈매가 날카로웠지만 항상 웃는 낯이라, 한이는 우혁이 제일 편했다.

우혁 외에 다른 배우와 스탭들도 카메라를 많이 어색해하지 않고 한이와 이야기도 잘 나누었다. 정민만 빼고.

우혁이 쓱 옆에 서서 한이에게 음료수 캔 하나를 건넸다.

"자, 여기요."

"어? 저 주시는 거예요?"

한이가 눈을 깜빡이며 캔을 받아 들었다.

"네. 몇 개 남아서요."

"감사합니다."

캔을 두 손으로 쥐었다. 차가운 기운이 피부에 스며들자, 그나마 정민 때문에 끓었던 속이 진정되는 것 같았다.

달칵, 캔을 따서 탄산음료를 두 모금 정도 들이켰다.

"우리 연출가한테 돈 빌리시고 안 갚으셨어요?"

"네?"

한이가 화장기가 옅어 말간 얼굴로 되물었다. 우혁이 호기심 어린 눈으로 한이를 빤히 쳐다보았다.

"아니, 정민 씨가 좀 깐깐하시고 일에 있어선 칼 같긴 하지만,

그래도 알고 지내면 되게 따뜻하거든요."

"네. 알아요."

"응? 알아요? 어떻게 알아요?"

우혁이 어리둥절한 표정으로 물었다.

정신이 없어서 저도 모르게 말실수를 했다. 한이가 합, 입을 다물며 고개를 저었다.

"아, 아뇨. 그, 그래 보이신다구요."

"그렇죠? 그런데 피디님한테는 너무 가차 없으니까. 이렇게 노력하고 사정하는데도 계속 거절할 사람은 아닌데."

"……흐으. 그 말 좀 연출님한테 전해주실래요? 저 정말 죽겠어요. 이대로 가면 위에서 왕창 깨져요."

"이상하네, 이상해. 흐음."

우혁이 턱을 까딱거리며 팔짱을 끼었다.

"뭐가요?"

"정민 씨 말이에요. 여자들한테는 친절하거든요. 젠틀남이랄까. 거기다 한이 씨는 미인이잖아요. 근데 왜 저렇게 매몰차게 굴지."

"하하하……."

한이가 어색하게 웃으며 볼을 긁적였다.

살을 빼고 변신하고 나서는 어딜 가도 예쁜 축에 들었지만, 그래도 못생기게 살아온 햇수가 29년이다 보니 미인이란 소리는 몇 번을 들어도 낯간지럽고 민망했다.

"여하튼 힘내세요. 저희는 예쁜 피디님 오셔서 분위기도 살고 좋아요. 여기 스탭들이 남자가 대부분이라서 칙칙하거든요."

"그래요? 다행이네요. 감사⋯⋯."

"웬 농땡이십니까?"

한이의 말을 끊고 뒤에서 불쑥 중저음의 목소리가 끼어들었다.

한이가 어깨를 화들짝 떨며 뒤를 돌아보았다.

아까 휙 바람처럼 사라졌던 정민이었다. 정민은 불퉁스러운 표정으로, 우혁과 한이를 번갈아 바라보았다.

"연습 시작 시간 아닙니까?"

"네에, 네. 갑니다, 가요."

우혁이 땀에 젖은 뒷목을 손바닥으로 쓸며 뒷걸음질 쳤다. 우혁이 두툼한 눈두덩이를 움찔거리며, 묘한 표정으로 정민을 바라보았다.

"정민 씨, 피디님 고생하시는데 이제 슬슬 협조해주세요."

"그 얘기는 하지 마십시다."

"이렇게 예쁜 피디님을 속상하게 하시다니, 정민 씨 너무 차가우시네."

"연습하러 안 가십니까?"

"갑니다아."

우혁이 한이에게 찡긋 윙크를 날리고는 몸을 돌려 달려갔다. 정민은 못마땅한 듯 입술을 꿈틀거리며 우혁의 등을 노려보았다.

정민은 한이를 살짝 내려다보다가 이내 없는 사람 취급하고 이번에도 휙 지나치려 했다.

한이가 다급하게 그의 손을 붙잡았다.

"⋯⋯뭡니까."

"아, 죄송해요."

한이가 꽉 잡은 손을 다시 놓아주었다.

심장이 떨려서 금방이라도 다리에 힘이 풀릴 것 같았지만, 꾹 참으려 애썼다. 일은 해야 하니까.

"이, 이야기 좀 했으면 해서요."

"인터뷰 내보낼 생각 없다니까요."

"인터뷰가 아니라, 그냥…… 그냥 저희 대화요."

정민이 입을 일자로 다물고 가만히 침묵을 지켰다.

"……해도 되죠?"

하아. 정민이 안경을 벗으며 한숨을 내쉬었다.

"어디 해보세요, 그럼."

"저 때문에 이러시는 건가요?"

"뭘요?"

"몇 개월 전에 제가…… 읍!"

정민이 한이의 입을 급하게 틀어막으며 연습실 밖으로 질질 끌고 나갔다. 사람들이 없는 한적한 복도에 다다라서야 한이의 몸을 놓아주고 그가 악, 큰 소리로 소리쳤다.

"사람들 다 있는 데서 못 하는 말이 없어!"

"무, 무, 무슨 말을 했다고 그래요?"

"그때 얘기를 왜 꺼냅니까?"

"제가 설마 저기서 이상한 말을 하겠어요? 그냥 하도 차갑게 구시니까, 저한테 감정적으로 상하셔서 그러는 건가, 하고 여쭤보려고 한 거예요."

"개인감정으로 이러는 거 아닙니다."

"그럼 왜, 왜요?"

"말했잖아요. 언론에 노출되기 싫다고. 저 빼고 방송 내보내면 되지 않습니까. 누가 연출가한테 관심을 가진다고. 잘생긴 배우들 많잖아요."

"정민 씨가 필요해요."

한이가 긴장한 기색을 숨기며 단호하게 말했다.

"저, 저희 방송의 주요 꼭지 중 하나라구요! 젊은 나이에 데뷔작으로 흥한 데다가, 어엄청 잘생긴 연출가가 어디 흔한 줄 아세요? 방송이 나가기만 하면 차기작 준비하시는데도 수월하실 거예요. 제발, 한 번만 좋게 고려해주세요."

"······잘생겼어요?"

"네?"

"저, 잘생겼냐구요."

"아, 그거야 당연히 잘생겼······ 네!"

한이가 조잘조잘 떠들다가 뭔가 이상함을 깨닫고 빽 소리 질렀을 땐, 이미 정민이 피식거리고 있었다. 이곳에 촬영을 나오고 처음 보는 웃음이었다.

정민은 아주 짧게 웃다가 한이에게 보란 듯이 싹 정색했다.

"그러니까 절 얼굴마담으로 쓰시겠다는 겁니까?"

"아뇨. 그런 말이 아니구요."

"흐음."

"······솔직히 말해보세요. 저한테 악감정 있으신 거 맞으시죠?"

"악감정이라……."

정민이 손가락으로 자신의 턱을 두드렸다.

"사실 기분이 좋지는 않죠. 어엄청 잘생겼다면서, 그날은 저 무시하고 가셨잖습니까? 분위기도 좋고 잘해보려던 참인데, 그리 나가시니 자존심 상하죠. 저 그런 적 처음이었거든요. 한이 씨 말대로 어엄청 잘생겼으니까요."

"그럼……."

"하지만."

정민이 한 마디 한 마디 끊어 말했다.

"개인감정으로만 이러는 건 아닙니다. 개인감정이 섞여 툴툴댄건 어느 정도 사실이지만."

"……."

"인터뷰 안 하겠다는 건 일종의 기획팀에 대한 제 항의 방법입니다. 저랑 상의도 없이 방송 일정을 후다닥 잡아버린 건, 절 무시한 거니까."

"네. 심정은 이해하지만, 저희 방송사 측 사정도 생각해주세요. 정민 씨……. 이미 일정도 잡히고 특집 기획안도 나온 상태인데…… 정말 잘해보고 싶거든요."

한이가 최대한 부탁하는 어조로 수그리며 말했다. 정민은 말꼬리를 늘어뜨리며 대답 않고 발만 까딱거렸다.

"생각은 해보죠."

"꼭. 꼭! 좋은 방향으로 생각해주세요."

"글쎄요."

정민이 한쪽 눈썹만 꿈틀거리며 다시 안경을 쓰고 연습실 안으로 타박타박 걸어갔다.

한이가 두 손으로 머리를 붙잡았다. 열이 나는 것처럼 이마가 지끈거렸다.

"아아악!"

한이가 빈 캔을 쓰레기통에 던져 넣으며 바닥에 풀썩 쪼그려 앉았다. 마른 등을 둥그렇게 말며 한숨을 푹푹 내쉬었다.

다음 날, 한이는 종현과 바로 연습실로 출근했다. 정민도 막 출근해서 나른한 표정으로 스탭들과 이야기를 하고 있었다.

한이가 떨림과 부끄러움을 무릅쓰고 정민에게로 다가갔다.

"안녕하세요, 좋은 아침이에요."

"예."

정민이 안경을 쓱 올리며 담담하게 대답했다.

"……저기, 생각은 해보셨어요?"

"무슨 생각?"

"인, 인터뷰……."

"아. 아직 안 해봤는데요."

한이의 얼굴이 울상이 되었다.

"새, 생각해보신다고 하셨잖아요."

"까먹었어요."

하는 말은 얄미운데 얼굴을 보면 도저히 밉단 생각이 들지 않았다. 정민은 모닝커피를 홀짝이며 한이를 바라보았다.

"제가 뭘 하면 될까요? 뭐든 할게요. 인터뷰 한 번만 따게 해주세요. 네?"

"뭐든 한다는 말, 되게 위험한 건데."

"그만큼 절박하단 소리예요. 부탁드리기 여, 염치없지만……."

정민이 쓱 의자를 밀어내고 자리에서 일어섰다.

"허어억."

커다란 키의 정민이 앞에 우뚝 서자, 한이가 당황해서 어깨를 떨었다. 서 있는 것만으로도 압도되는 기분이었다.

그리고 얼굴이 한층 더 가까워졌다. 한이가 커다란 눈을 요리조리 굴리며 긴장했다.

"절박한다고 말만 하면 제가 아나요, 피디님? 몸. 소. 보여주셔야 알지."

후욱, 정민에게서 진한 커피 향이 났다.

"모, 몸소? 어떻게 보여드리면 되는데요!"

"제가 알려드리면 재미없잖아요."

"끄응."

"앓는 소리 마시고. 이만 비켜주세요, 연습 시작해야 하니."

"……노력해볼게요!"

한이가 주먹을 쥐며 턱에 꽉 힘을 주었다. 최대한 간절한 눈빛으로 정민을 올려다보았다.

"뭐, 그러세요."

"절박함이 느껴지시면 인터뷰 허락해주셔야 해요!"

정민이 어깨를 으쓱했다.

"그러죠."

한이가 나름 결의에 찬 눈빛으로 뒤로 물러났다. 옆에 앉아 있던 스탭이 한이와 정민을 번갈아 바라보다가, 한이가 사라지자 말했다.

"정민 씨, 왜 그래요?"

"제가 뭘요. 커피 맛 좋네. 안무팀 창훈 씨가 가져온 거라 했나."

"말 돌리지 말고. 피디님이랑 아는 사이예요?"

"모르는데요."

"근데 왜 저렇게 괴롭혀요? 심상치 않은데?"

"별게 다 심상치 않으시네."

"정민 씨가 누굴 이렇게 놀리는 거 처음 보니까."

"그랬나?"

정민이 커피 한 모금을 더 입에 머금고 잔을 테이블 위에 내려놓았다. 그리고 저 멀리 구석에서 어깨를 굽히고 간이 의자에 앉아 있는 한이를 바라봤다.

한이는 종현과 무슨 이야기를 속삭이듯 나누고 있었다. 눈을 토끼처럼 동그랗게 떴다가 찡그렸다가 어깨를 파르르 떨었다가 하는데, 그 작은 몸짓에 이상하게 시선이 집중되었다.

정민이 매끈한 이마를 검지로 꾹꾹 누르며 애써 시선을 반대편으로 돌렸다.

"연습 시작합시다."

뒤에 앉아 있던 한이가 벌떡 일어나는 게 느껴졌다.

정민이 묘한 웃음을 지을 듯하다가, 바로 다시 표정을 굳혔다.

연습이 한창 진행되다가, 잠시 쉬는 시간이 되었다. 배우들은 연습실 바닥에 다들 널브러져 누웠다. 종현과 한이는 그런 배우들을 카메라로 찍었다.

우혁이 카메라에 대고 찡얼거리며 소리쳤다.

"배고파요!"

한이가 우혁의 외침에 웃음이 작게 풉 터졌다.

"연출님! 배고파요! 뭐 좀 먹읍시다!"

우혁이 고개를 돌려 정민에게도 외쳤다. 정민은 눈썹만 꿈틀거리다가 한숨을 내쉬었다. 한이에게 그만 찍으라는 듯 엑스 표시를 해보이고 입을 연다.

"아까 점심 먹었잖아요."

"그래도 노래 부르니까 또 배고픈데."

"후우. 그럼 간단하게 근처에서 뭐라도 사올까요."

"네! 네! 네!"

우혁이 벌떡 일어나서 환호하자 다른 배우들도 호응했다. 잘생긴 남자들이 죄다 아이처럼 음식을 외치는 모습에 한이는 웃음이 나왔다.

"저 골목 끝에 할머니가 하시는 닭강정집 맛있는데. 거기서 몇 팩 사오는 거 어때요?"

"좋다, 좋다!"

배우들이 신 나서 떠들자 정민도 고개를 끄덕이고 손으로 오케이 표시를 만들어 보였다.

"그래요. 먹고 합시다. 거기 배달 안 될 텐데, 누가 갔다 올래요?"

"제, 제가 사올게요!"

잠자코 있던 한이가 불쑥 나서서 팔을 들었다. 정민의 의아한 시선이 한이에게로 꽂혔다.

"촬영 잘 부탁드린다는 의미에서, 제가 살게요."

"이야, 피디님 최고!"

"피디님 저는 닭강정 매운맛!"

사람들이 환호하는 가운데 정민만 무뚝뚝한 얼굴로 한이에게 쓱 다가왔다. 그러더니 작은 목소리로 속삭였다.

"이게 절박함을 보여주시는 겁니까? 아니, 뇌물인가?"

"그, 그런 게 아니라……."

"뭐, 틀렸다는 건 아니고."

휴우. 한이가 숨을 내쉬었다. 정민이 귓가 근처까지 다가왔다가 다시 물러났다.

긴장해서 딸꾹질이 다 날 것 같았다. 저렇게 쓱쓱 다가오는 것 좀 안 했으면 좋겠는데 말이야. 심장박동 수가 너무 올라가서 숨쉬기가 힘드니까.

한이가 주문 내역을 하나하나 메모해서 연습실 바깥으로 나가기 직전.

"윽!"

우혁이 정민의 등을 퍽 떠밀었다.

"뭡니까!"

정민이 눈이 휘어지도록 웃고 있는 우혁을 확 돌아보았다.

"이 피디님 혼자 어떻게 갔다 오세요. 들고 올 것도 많을 텐데. 연출님이 따라 갔다 와요."

"걱정되면 우혁 씨가 갔다 오면 되겠네."

"저, 호, 혼자 가도 돼요! 진짜 괜찮은데!"

한이가 놀라서 빽 소리 지르며 말했다. 차라리 혼자서 머리에 이고 등에 매고 다 들고 오는 게 낫지, 정민과 단둘이 가기는 싫었다. 어색하고 떨려서 얼굴을 제대로 못 볼 게 뻔했다.

정민이 안경을 벗어 주머니에 꽂으며 입술을 삐뚜름하게 올렸다.

"너무 격렬하게 거부하는데. 나랑 가기 싫나 봐요."

"네! 그런 게 아니라 정민 씨 괜히 번거로우실까 봐 그렇죠."

한이가 계속해서 두 손을 저으며 사양하자 정민의 얼굴이 점차 더 기묘해졌다.

"사실 같이 가도 큰 상관은 없는데. 바로 앞이고."

"아니에요! 괜찮아요!"

한이가 난감해하며 고개를 좌우로 세차게 저었다.

'……저렇게까지 싫어할 일이야?'

무슨 꿍꿍이인지 자신을 한이에게 밀어대는 우혁 때문에 안 그래도 기분이 묘한데, 온몸으로 자신을 거부하는 한이를 보자 정민의 속이 뒤틀렸다.

둘이 있으면 어색하고 자꾸만 그녀를 의식하게 돼서 피하고 싶었지만, 상대가 저렇게 반응을 하니까 괜히 오기가 생겼다.

정민이 한이의 옆에 가서 섰다.

"아뇨. 가겠습니다. 제가 갔다 오죠."

"괘, 괜찮은데!"

"갈 거라니까요."

정민이 한 음절 한 음절 힘을 주어 말하는 통에 어쩔 수 없이 한이는 그와 함께 나서야 했다.

'……최정민, 왜 저래?'

한이가 더 이상 싫은 티를 내지 못하고 두 눈만 꽉 감았다. 도대체 무슨 심산인지. 둘이 나란히 서서 연습실 건물 바깥으로 나왔다. 봄이 다가오고 있다고 하지만, 여전히 공기는 쌀쌀했다.

한이가 얇은 재킷 깃을 여미며 어색한 걸음으로 정민을 따랐다. 좀 더 두껍게 입고 나올 걸 그랬다. 닭강정집까지는 걸어서는 15분 정도 되는 거리였다.

"갑시다."

"……넵."

그리고 몇 분간 숨 막히는 침묵이 찾아왔다. 한이가 몸이 배배 꼬이려는 걸 참으며 걸었다.

도저히 옆에서 걸어갈 용기가 나지 않아, 몇 걸음 떨어져 정민의 등을 보고 걸었다.

기억 속에 박혀 있는, 10년 전 그의 등과는 매우 달랐다. 훨씬 단단하고 벌어져 있었다. 까만색 머리가 감싸고 있는 뒷목도 그랬다.

타박타박.

정민의 발소리는 일정했다.

'이게 뭐 하는 짓인지……'

뒷모습만 쳐다봐도 여전히 설레고 물밀듯이 밀려오는 예전 기억 때문에 가슴이 일렁거리는데. 모르는 사이처럼 떨어져 가고 있는 이 상황이 좀 우습게 느껴졌다.

순간, 그의 등을 끌어안고 싶어졌다. 그러나 잠깐의 충동일 뿐, 진짜로 그럴 마음은 없었다.

이 정도의 거리가 딱 좋다. 두 발자국. 애매하게 멀어서 옆에 나란히 설 순 없지만 지켜볼 수는 있는 거리.

10년 전에도 그랬고, 지금도 그렇다.

날이 추워서인지 코끝이 얼얼해졌다. 크흥. 한이가 코를 들이켰다. 날씨에 맞지 않게 너무 얇게 입고 온 탓인지, 팔뚝도 시리고 몸이 으슬으슬했다. 킁, 킁. 코끝을 움찔거리다가 결국 크게 재채기했다.

"에, 에, 에이취!"

팔짱을 끼고 고개를 숙인 채 마저 걸어갔다.

쿵!

"으앗!"

그러나 그대로 이마에 푹신한 게 부딪혀서 걸음을 멈추었다. 한이가 이마를 손바닥으로 문지르며 고개를 들었다.

"……저, 정민 씨?"

정민이 뚱한 표정으로 돌아서서, 자신의 가슴팍에 닿은 한이의 얼굴을 빤히 내려다보고 있었다.

3. 폭신폭신 소보로 빵 한 봉지

한이가 당황해서 커진 눈으로 정민을 올려다봤다.

정민이 윗니로 아랫입술을 잘근거리며 한이의 얼굴과 얇은 재킷을 번갈아 응시했다. 잠시 애매한 침묵이 흘렀다.

한이의 입술이 파르르 떨렸다. 코앞에 정민이 서 있었다. 그가 입고 있는 니트에서 나는 섬유유연제 향이 느껴질 만큼 가까운 거리에.

둘 사이에, 이제 두 발자국만큼의 거리감은 사라진 채였다.

한이가 침을 꼴깍 삼키며 뒤로 확 물러서려 할 때였다. 꽉, 정민이 한이의 팔꿈치를 낚아채 붙잡았다. 그가 어딘가 불만스러워 보이는 표정으로 말했다.

"처음 만났을 때도 그렇고 나한테 들이박는 게 취미인가 봐요."

"아, 아니. 앞에 서, 서 계시니까! 에, 엣취!"

한이가 마른 몸을 푸드덕 떨며 더 심하게 재채기했다.

"……하아."

정민이 고개를 저으며 짙게 한숨을 쉬었다.

"계속 안 걸어가시니까, 부딪힌 건데…… 제가 박은 게 아니라
요……."

한이가 코가 조금 막혀 맹한 목소리로 웅얼거렸다.

"어떻게 앞서 걸어갑니까."

그러더니 거친 손짓으로 입고 있던 코트를 벗었다.

"뒤에서 병든 닭처럼 따라오며 그렇게 기침을 하는데."

"아, 아뇨. 괜찮은……."

"괜찮다는 말 좀 그만하면 안 됩니까? 그것도 버릇이에요?"

"……."

"입어요."

정민이 그의 코트를 한이의 품에 던지듯 건네주었다.

"……제가요?"

"그럼 여기 한이 씨 말고 또 있습니까?"

"괜……."

"괜찮다는 말 또 하면 영영 인터뷰 안 해줄 테니까 잔말 말고 입
어요."

한이가 꾸물거리는 손으로 정민의 코트를 만지작거렸다.

"고마워요."

"별거 아니니까 착각하지는 말고."

"……안 해요."

코끝이 갑자기 시큰거렸다. 추위 때문일 거라고 스스로에게 변명하며 한이가 코트를 주섬주섬 챙겨 입었다. 정민의 옷은 몸에 비해 너무 커서 품이 넉넉하게 남았다.

향수를 따로 쓰지 않아서 별다른 향은 나지 않았지만, 대신 깔끔하고 은은한 섬유유연제 냄새가 났다. 코트 깃 사이로 한이가 얼굴을 푹 파묻었다.

"정민 씨는 안 추워요?"

"추워요. 그래도 여자한테 옷 벗어줄 만큼의 정신은 남아 있으니까 신경 쓰지 말아요."

"……."

"그 여자가 날 찬 여자라고 해도."

"……미안해요."

"됐어요. 잘 따라오기나 해요. 멀찍이 떨어져서 걷는 게 더 신경 쓰이니까."

정민이 홱 몸을 돌려 걸어갔다. 한이가 다급하게 종종걸음으로 그의 뒤를 따랐다. 머뭇거리다가, 이윽고 그의 옆에 나란히 선다.

나란히 걷는 것. 막상 해보니 별게 아니었다. 이렇게 쉬운 거였는데, 그동안 이 두 발자국 내딛는 게 두려워 벌벌 떨었다.

정민은 그녀를 배려해서인지 걸음 속도를 조금 늦추었다.

'내가…… 최정민을 찼다.'

겉으로만 보면 그게 맞았다. 마음은 그게 아니었지만.

괜히 자꾸 코가 시큰거려 훌쩍거리게 되었다. 정민이 아무 말 없이 묵묵히 걷다가 툭 말을 던졌다.

"감기 걸렸어요?"

"심한 건 아니고 며칠 전부터 기운만 조금······."

"근데 왜 이렇게 옷을 얇게 입고 와요."

무심한 듯 다정하게 말할 때마다 심장이 내려앉는 것 같다.

정민을 찼다고 한들 임시방편일 뿐이었다. 그가 작정하고 다정하게 다가온다면 결국 밀어내지 못할 게 분명했다.

"······따뜻하게 입어요."

이런 작은 호의 하나에도 마음이 반쯤 허물어진다.

"괜히 콧물 흘리고 다니지 말고."

"······네."

크응. 코를 들이켜며 한이가 고개를 끄덕였다.

감기 기운 때문에 코를 훌쩍거리는 게 아니라는 걸 알까. 너의 그 작은 호의에도 심장이 덜컹거리고 머리가 빙빙 돌아, 10년 전의 이하니로 돌아가는 기분이라는 걸. 그래서 눈시울과 코끝이 뜨거워졌다는 걸.

말없이 걸었지만 아까 전처럼 불편하지만은 않았다. 코트 덕에 몸이 뜨끈했다.

닭강정을 사서 둘이 나눠 들고 연습실로 걸어왔다. 연습실로 다시 들어가기 직전에, 한이가 급하게 정민을 불러 세웠다.

"코, 코트! 돌려드릴게요."

"입고 들어가기 민망해요?"

정민의 말에 대답하지 않고 한이가 코트를 도로 벗어 건넸다. 눈치를 좀 보다가 고개를 꾸벅 숙였다.

"감사했어요."

후다닥 안으로 들어가는 한이를, 정민이 미묘한 표정으로 바라보다가 따라갔다.

"닭이다아아! 닭!"

"저보다 닭이 더 반갑습니까?"

달려드는 이들에게 음식을 건네며 정민이 피식 웃었다. 와글거리는 남자들 사이로, 정민이 자그마한 체구를 찾아 눈동자를 굴렸다.

저기 구석에서 한이가 종현과 이야기하고 있었다.

"헐. 피디님 손 차가운 것 좀 봐. 추웠어요?"

"아뇨, 괜찮았어요. ……따뜻했어요."

종현이 한이의 손을 붙잡아 쓱쓱 자신의 손바닥으로 문질러준다.

둘의 모습을, 정민이 한참 동안 바라보았다. 한이가 고개를 돌려 눈이 마주치려 하기 직전까지. 한이가 돌아보기 전에 휙 시선을 피했다.

"정민 씨, 안 드세요?"

포크를 건네는 우혁에게 정민이 짧게 손을 내저었다.

"입맛이 별로 없네요."

아직까지 손을 붙잡고 있는 한이와 종현을 지나쳐, 정민이 스탭실 안으로 들어가버렸다.

정민이 와이셔츠 단추 하나를 풀며 맥주잔을 입술에 가져다 대었다.

"최정민, 얼굴 펴."

"피곤하네."

"웃고 좀 그래."

대학 동창회였다. 이런 자리를 그다지 즐기지 않는 정민이었지만, 인맥을 무시할 수 없는 직종이라 동기인 현우를 따라 나왔다. 전공 때문에 공연예술에 종사하고 있는 사람들이 많았다.

연습 때문에 바쁜 와중에, 황금 같은 주말을 동창회에서 보내야 한다니.

"야, 최정민. 정신 차려."

현우가 정민의 손등을 찰싹 때렸다.

"음식도 좀 먹고."

"입맛에 안 맞아."

"도련님, 돼지갈비가 입맛에 안 맞으세요?"

"그렇게 부르지 말라니까."

"왜. 틀린 말 했냐."

정민이 현우를 획 돌아보았다.

"그게 언제 적 별명인데 그렇게 불러. 죽고 싶냐?"

"부잣집 아들에 하고 다니는 것도 젠틀하고. 도련님 맞지, 뭐. 다들 부러워서 그렇게 부른 거야."

"넌 놀리려고 그렇게 부른 거잖아."

"들켰네. 언제부터 알았대."

정민이 현우를 노려만 보다가 다시 고개를 돌렸다. 이미 김이 빠져버린 맥주만 홀짝거렸다. 현우가 간족대다 말고, 정민의 눈치를 살폈다.

"이쯤 되면 주먹이 날아와야 되는데. 너 왜 그러냐. 진짜 무슨일 있어?"

"……없어. 일은 무슨."

"얼굴이 안 좋아 보여."

"없다고요."

"여자 문제냐?"

현우가 찰싹 달라붙으며 속삭였다. 정민이 눈썹을 꿈틀거리다가, 일부러 더 단호하게 말했다.

"아니."

"그냥 떠본 건데 엄청 살벌하게 반응하네. 아닌 게 아닌데?"

"아씨. 야, 고기나 먹어."

"작년부터 만나는 여자 계속 없지 않았냐? 누구 생긴 거야?"

"고기나 먹으라고."

정민이 젓가락으로 고기 한 점을 집어 현우의 입에 억지로 쑤셔넣었다.

'……여자 문제라.'

한이의 얼굴이 반사적으로 떠올랐다.

동그랗고 커다란 눈. 물기가 항상 가득해서 여려 보이는 눈동자. 자주 깜짝 놀라 톡 벌어지는 입술. 하얗고 부들거리는 피부.

꽉 피부를 쥐면 금방 빨갛게 자국이 남곤 했다. 울긋불긋해지는게 신기하면서도 예뻐 보여, 그날 밤, 더 그녀를 몰아붙였다. 혼이빠져서 잔뜩 빨개져 있던 두 뺨이 머릿속을 스친다.

'미친, 무슨 생각을……'

정민이 고개를 좌우로 흔들었다. 조금 남은 맥주를 단번에 입안에 털어 넣었다.

문득, 한이가 자신과 시선이 마주칠 때마다 당황해서 화들짝 어깨를 떨거나 눈동자가 흔들리던 게 떠올랐다.

쌉쓰름한 맥주 맛을 혀로 느끼다가, 정민이 중얼거리듯 나지막하게 말했다.

"야, 현우야."

"왜?"

"한 번 거절했는데 계속 들이대면 좀 별로지."

"뭐야, 네 얘기야? 여자 문제 아니라며."

"내 얘긴 아니고."

"네 얘기 맞네."

"……그렇다 치고. 대답해봐."

"별로지. 제대로 거절했으면 알아서 물러나줘야지. 찌질하잖아. ……설마 너 누구 짝사랑하고 뭐, 그러는 거 아니지?"

"……."

"불안하게 왜 이건 대답이 없어."

정민이 입만 일자로 꾹 다물었다.

'짝사랑?'

고등학교 때 스쳐 지나갔던 풋사랑을 제외하고는, 짝사랑이란 그에게 참 낯선 단어였다.

그를 밀쳐내는 여자는 거의 없었다. 연애에 있어서도 항상 이성적이고 젠틀하게. 미적지근하거나 지지부진하게 끄는 관계는 싫었다. 즉흥적이거나 감정적인 건 더욱 싫었다.

그런데 답지 않게 왜 그랬을까.

김찬의 결혼식에서 곧 쓰러질 것처럼 힘이 하나도 없이 앉아 있던 얼굴.

카페에서 마주 앉은 채 이야기하다 까르르 웃던 목소리.

그날 밤 높던 체온과 땀으로 젖어 있던 피부까지.

딱 하루뿐이었는데도 겨우내 한이가 가끔씩 떠올랐다. 첫눈에 반했다고 인정하기 싫었다. 다만, 예외적인 경험이었으니 자꾸 생각나는 거겠지 하고 스스로에게 둘러댔다.

그녀를 머릿속에서 몰아내려 노력할 즈음, 갑작스레 한이가 자신의 일상에 다시금 불쑥 끼어들었다.

전과는 다르게, 화장기 없는 수수한 얼굴을 하고서, 피디라는 직함을 달고.

불편하고 난감했다. 한이가 아니라, 그녀에게 자꾸 신경을 쓰는 낯선 자신이.

"그렇지. 찌질하지……."

"뭐야, 불안하게. 최정민, 술 그만 따라. 술도 약한 애가. 어어? 야, 그만 마시라니까!"

"좀 늦었지?"

현우가 정민이 술병을 붙잡는 걸 말릴 때였다. 정민이 무뚝뚝하게 앉아 있는 탓에 휑하던 테이블에 한 명이 다가와 앉았다.

"……김찬?"

정민의 눈매가 날카로워졌다. 현우가 찬에게 손을 흔들었다.

"새신랑 왔네!"

"어. 일이 바빠서 좀 늦었다."

"사업한다며?"

"응. 와이프랑 같이."

찬이 빙긋 웃으며 정민을 쳐다보았다.

"정민이 너는 이번에 상도 받고, 후원도 받는다며. 잘 풀렸네, 축하해."

"고맙다."

"무뚝뚝한 건 여전하네."

"글쎄."

"아, 나한테만 그런가? 하하."

찬과 정민 사이에 묘한 기류가 흘렀다.

"넌 좋아 보이네. 결혼 생활이 행복한가 봐."

"그럼, 행복하지. 최정민 너한테 고마운 게 많아."

"뭔데."

"네가 대학 다닐 동안 계속 내 여친 뺏어줘서, 덕분에 지금 아내 만났잖아."

"내가 언제 뺏었어."

"아, 뺏은 게 아니라 너한테 내 여친이 알아서 달라붙었다 했나? 뭐가 됐든."

찬이 얇은 입술을 끌어 올려 비식 웃었다. 현우가 불안한 시선으로 둘을 번갈아 쳐다보았다.

"야, 야, 둘 다 그만해. 너넨 왜 만나기만 하면 싸우냐? 동창회까지 와서 꼭 이래야겠……."

"박현우, 조용히 해봐."

정민이 현우의 말을 끊었다.

"몇 번 말했지만 난 네가 사귀었던 애들 건든 적 없어."

"알겠으니까 살벌하게 말하지 마. 무섭다, 야. 도련님이 그런 표정 지으면 못 쓰지."

정민의 얼굴이 확 구겨졌다.

"야, 김찬."

"그것보다 너, 내 결혼식 왔다가 금방 갔더라."

"속이 안 좋아서."

"인사하려고 보니까 없던데. 섭섭하더라."

"……후. 그만하자. 내가 미안하다."

"미안하긴 뭘. 몇 주 있으면 공연 다시 올린다면서? 첫 공연 보러 갈게. 아는 후배들이랑 같이."

"……그렇게 하든가. 나 잠깐 바람 좀 쐬고 온다."

정민이 미간을 찌푸린 채로 벌떡 자리에서 일어나 식당 바깥으로 향했다. 현우가 눈치를 보다가 '자, 잠깐!' 하고는 정민을 따라나섰다.

찬바람을 쐬며 머리를 식히고 싶었다. 정민이 우뚝 서 있자, 현우가 뒤에 서서 툭 정민의 팔을 건드렸다.

"김찬, 저거 너무 신경 쓰지 마."

"저 자식 진짜 나한테 왜 저러냐?"

"몰라서 물어?"

"알려줘. 왜 저러는데."

"아직 찬이가 철이 덜 들어서 그래."

"서른인데 아직까지 덜 들었대? 결혼까지 한 새끼가."

"대학 때부터 너한테 열등감 가졌잖아. 새내기 때 쟤가 네 머리 스타일이며 옷이며 다 따라 하고 다닌 거 몰랐냐."

정민이 처음 듣는다는 표정으로 눈썹을 치켜 올렸다.

"보급형 최정민처럼 하고 다녔지."

"몰랐는데."

"너 한 번 이겨보려고 아등바등하는데, 이거 원. 당사자는 눈치도 못 채고. 김찬도 열 받을 만해."

"내가 쟤한테 뭐 잘못한 거 있었냐?"

"없어. 그냥 김찬한텐 네 존재 자체가 잘못이지. 신경 꺼라. 이제 부잣집 딸이랑 결혼했으니 꿀릴 것 없어서 더 저러나 본데."

"……머리 아프다. 현우야, 나 먼저 간다."

"어, 야! 야! 정민아! 최정민!"

현우의 부름을 무시하고 정민이 휘적휘적 긴 다리를 뻗어 음식점에서 멀어졌다. 골이 울렸다. 역시 동창회 같은 건 오는 게 아니었다.

쿵쿵, 옷에 코를 대자 고기 냄새가 배어 있었다. 정민이 확 미간을 좁히며 택시를 잡아탔다. 김찬의 재수 없는 얼굴을 곱씹어보다가 자연스레 생각의 흐름이 다른 쪽으로 옮겨갔다.

김찬. 김찬의 결혼식. 이한이.

"······아씨, 미치겠네."

정민이 택시 차창에 이마를 박았다. 창문이 차가워서 피부가 얼얼했다.

이대로 머리에 가득 차 있는 생각도 다 얼어버렸으면 좋겠다. 그 여자가 그만 떠오르게.

택시에서 내렸을 때도 정민은 여전히 머리가 복잡한 채였다. 생각을 정리하기 위해 걷고 싶어 집에서 좀 떨어진 곳에서 내렸다.

터덜터덜 걸어가다가 정민이 문득 발걸음을 멈추었다. 한적한 길가에 폐장 직전의 빵집이 있었다. 유리창 너머로 빵집 안을 바라보았다. 노랗고 은은한 조명이 빛나고 있었다.

'빵이라······.'

배가 딱히 고픈 건 아니었지만 정민은 무언가에 이끌리듯 가게로 들어갔다.

"어서 오세요."

"소보로 빵 있죠?"

"네. 왼쪽에 있습니다."

짝사랑이니 뭐니 현우가 괜한 소리를 한 탓에 가슴이 울렁거렸다. 처음이자 마지막 짝사랑을 했던 고등학교 시절이 떠올랐다.

야자하기 전 저녁 급식을 따로 신청할 돈이 없어서 매일 소보로 빵을 먹던 그 아이가.

그 아이의 이름은 이하니였다.

처음 그녀를 인식한 건 고등학교 입학 후 첫 출석을 부를 때, 조금은 특

이한 그녀의 이름 때문이었다.

"이하니."

"네."

대답하는 목소리는 작았지만 청아했다. 정민이 괜히 교복 소매를 매만지며 하니를 힐끔 바라보았다. 통통한 몸집에 피부가 무척 하얘서 뺨이 말랑말랑해 보였다. 도수가 높은 안경을 쓴 데다가 앞머리도 길게 내리고 있어서 눈동자가 가려져 있었다.

그 후로 하니와 친해질 기회는 많이 없었다. 반 여자애들과 어울리지 못하고 혼자 떨어져 있는 하니가 가끔 신경이 쓰였지만, 먼저 다가가서 말을 걸기도 이상한 일이었다.

친한 친구는 괜한 오지랖이라고 했다. 여자애들 일에 끼어들지 말라고.

그래서 정민은 불쌍하니까 눈이 가는 거라고 생각했다.

생각이 바뀐 건 1학년 초여름. 학교에서 다 같이 뮤지컬을 보고 감상문을 제출해야 했다. 그중 가장 잘 쓴 사람이 나와 발표를 했는데, 발표자는 하니였다.

하니는 긴장한 듯 입술을 우물거리며 통통한 손을 꼼지락거렸다. 하니의 발표에 집중하고 있는 애들은 없었다. 정민만 제외하고.

정민은 두 손으로 무릎을 꽉 쥐었다. 긴장으로 떨리는 작고 맑은 목소리가 조곤조곤 감상문을 읊었다. 정민은 뭔가에 홀린 것처럼 하니를 뚫어지게 바라보았다.

마지막 교시라 창밖에서 노란 햇살이 눈이 부실만큼 가득 들어오고 있었다. 선풍기 4대가 냉방기의 전부인 초여름의 교실 안은 후덥지근했다.

"제가 생각하기에 여기서 장 씨의 역할은 옛날의 가치관이 빠르게 무너지는 근대로의 이행기에서 아날로그적······."

하니의 발표는 정민에게 충격적이었다. 연극부에서 활동하며 나름 공부해왔던 정민보다 배는 더 알찬 발표였다. 자신이 생각지 못했던 것들이 하니의 입을 통해 흘러나왔다.

다른 애들은 뮤지컬이 지루하다며 중간에 졸곤 했는데, 하니는 세세하게 감상한 듯했다.

열린 창문에서 들어온 바람이 하니의 앞머리를 흔들어놓았다. 하니의 커다랗고 동그란 눈동자가 반짝 드러났다. 순간, 하니가 잠시 얼굴을 들어 눈이 마주쳤다. 아주 찰나였다.

두근두근.

'······이상해.'

정민이 손바닥으로 가슴을 문질렀다.

그때부터였다. 하니에게로 시선이 자꾸만 가는 게 그녀가 불쌍해서라고 둘러댈 수 없게 된 건.

그 후로 정민은 하니를 눈으로 좇기 시작했다. 그녀의 일상은 평범했다. 아무도 그녀와 말을 하지 않았다. 밥도 혼자 먹었다. 다가가서 말을 걸어볼까 수백 번 고민했지만, 이상하게 하니는 가끔 정민과 눈이 마주칠 때마다 후다닥 눈을 피하곤 했다.

'내가 싫은가······.'

하니에게 섣불리 다가가지는 못하고 그녀의 등 뒤에서 그녀를 관찰하기만 했다. 여자애들까지 어쩌지는 못했지만 남자애들에게는 이하니를 놀리지 말라고 몇 번이나 으름장을 놓기도 했다.

'날 부담스러워하나. ······좋아하는 게 티 나나?'

속으로만 전전긍긍하다가 학교 축제날이 되었다. 그날은 정민이 연극부에서 첫 연극을 올리는 날이었다.

흥분한 채 이곳저곳 전단지를 뿌리러 다니다가 문득 혼자 떨어져 있는 하니를 발견했다.

정민은 떨렸지만 겉으로는 아닌 척하며 하니를 끌고 와 자신의 연극을 보게 했다. 하니가 자신의 연극을 봐주었으면 좋겠다고 전부터 생각해왔다.

객석에 불이 꺼졌지만 중앙에 앉아 있는 하니의 하얀 얼굴만은 곧잘 찾아낼 수 있었다. 연극이 끝나고 내려가면 용기 내서 주말에 같이 영화라도 보러 가자 그럴까? 두근거리며 극이 끝나자마자 두리번거리며 하니를 찾았다.

그녀가 마치 자신을 피하듯 잽싸게 바깥으로 나갔다. 그러고는 며칠 동안 아프다며 학교를 나오지 않았다.

다 제 탓인 거 같았다.

'그날 아팠나? 아팠는데 내가 억지로 연극 보고 가라고 한 건가? 왜 안 오지? 오면 뭐라고 말을 해야 하지……'

매일 하니의 빈자리만 바라보며 입술을 잘근잘근 씹어댔다. 그러다 하니가 학교로 돌아왔다. 정민은 참지 못하고 쉬는 시간에 하니에게로 달려갔다.

"많이 아팠어?"

"……어? 아, 조금."

하니는 정민의 시선을 미묘하게 피했다. 심장이 쿵 떨어지는 기분이었다.

"안 와서…… 걱정했어."

"고, 고마워."

하니가 부산스럽게 문제집을 꺼냈다. 정민이 쭈뼛거리며 물러나야 하나 하고 고민할 때, 하니가 아주 작은 목소리로 중얼거리듯 말했다.

"그, 연극…… 잘 봤어."

"그래? 어, 어땠어?"

하니가 희미하게 웃었다.

"멋졌어. 연극 되게 잘하더라."

정민은 지금껏 느껴보지 못한 기분에 휩싸였다. 얼굴이 뜨거워지고 몸이 무거워지고 입안에 침이 바짝 말랐다. 쿵쿵거리는 심장을 달래며 겨우 제 자리로 돌아왔다.

멋졌어. 제 연극에 대해 처음으로 들은 감상의 파장은 커다랬다. 정민은 그 말 한마디가 심어준 용기로 후에 공연예술을 전공하고, 극을 만드는 사람이 되었다.

당시에는 그리되리라 예상치 못했지만. 그때는 그저 아직 사춘기의 한복판에 서 있는 서툴고 수줍은 소년이었다.

2학년이 되어서도, 하니와 정민은 같은 반이었다. 뛸 듯이 기뻤지만 아닌 척하며 부러 장난스레 말을 걸었다. 그녀가 부담스럽지 않게.

2학년 때부터는 원하는 사람들은 야간 자율학습을 했는데, 그러려면 저녁 급식을 따로 신청해야만 했다. 정민은 하니가 자율학습을 하겠다고 한 걸 보자마자 따라서 손을 들었다.

'……이제 밤까지 계속 같은 교실에 있네. 친해지면 저녁이라도 같이 먹자고 해볼까?'

정민은 작은 기대감에 부풀었다.

그러나 이상하게도 하니는 저녁 식사 시간에 교실 밖으로 나가지 않았다. 대신 텅 빈 교실에서 매일같이 소보로 빵을 먹었다.

반의 다른 아이들이 그러길, 그 빵도 사온 것이 아니라 봉사자들이 준 걸 들고 오는 거라 했다. 급식실에서 밥을 먹고 올라오면 그 아이만 오도카니 맨 구석 자리에서 우유도 없이 빵을 씹고 있었다.

교실로 돌아온 정민과 눈이 마주치면 하니가 얼굴을 붉히며 후다닥 시선을 피했다. 정민은 하니에게 손을 뻗으려다가도 자신 쪽으로 돌려진 하니의 등을 바라보며 차마 그러지 못했다.

정민은 빵을 좋아하는 편은 아니었지만, 이후로 소보로 빵만 보면 무심코 손이 가고는 했다.

일종의 부채 의식 같은 거였다. 그래도 그때 용기 내서 옆에 다가가 볼걸, 아님 우유라도 사줄걸. 한 발 다가가지 못했던 것에 대한 안타까움이 계속 남아 있었다.

그러기엔 열일곱의 자신은 너무 어렸다.

어설펐던 짝사랑의 추억을 떨쳐내려 정민이 고개를 좌우로 흔들었다.

'벌써 10년도 더 됐는데.'

정민이 자조적으로 웃으며 빵집 안을 쭉 둘러보다가 소보로 빵 앞에서 걸음을 멈췄다.

빵 하나를 집어 들기 위해 집게를 뻗은 순간이었다.

"어서 오세요."

마감 직전이라 한산하던 가게에 손님 하나가 더 들어왔다. 딸랑이는 풍경 소리에 정민이 고개를 돌렸다.

"어……."

집게를 뻗던 팔이 잠시 멈춘다.

가게 문 바로 앞에는 낯익은 얼굴이 있었다. 이한이, 그녀였다.

정민이 당황한 기색을 숨기지 못하고 그녀를 바라보았다. 한이도 시선을 느꼈는지 고개를 돌려 눈이 마주쳤다.

그녀는 긴 머리카락을 높다랗게 하나로 묶은 채였다. 하얀 피부와 부드러운 턱 선이 더 잘 드러나 보였고, 추운 날씨에도 옷은 딱 달라붙는 트레이닝복 하나였다.

빈틈없이 몸을 감싸고 있는 옷 덕분에 몸의 굴곡이 가감 없이 보였다. 특히, 허리와 가슴 라인이. 한창 운동을 하고 난 것인지 한이의 하얀 얼굴과 목에는 투명한 땀방울이 붙어 있었다.

남자라면 눈이 안 갈래야 안 갈 수 없는 모습이었다.

정민이 결국 집게를 아래에 탁 내려놓았다. 머리가 어지러웠다. 술을 그렇게 많이 마신 건 아니었는데. 술에 취한 사람처럼 몸이 뜨겁고 심장이 빠르게 뛰었다.

"한이 씨?"

한이의 커다란 눈동자는 더 크게 뜨였다. 립스틱을 바르지 않아 자연스러운 빛깔의 입술이 오물거리더니 팟 열렸다.

"저, 정민 씨!"

빽 비명을 지르듯 정민을 부르더니, 한이가 허둥지둥 두 손으로 제 얼굴을 가렸다.

"여, 여기 어떠, 어떻게……!"

"빵 사러 왔는데요."

정민의 목소리는 담담하기 그지없었지만 속은 그렇지 않았다.

"그, 그러시구나. 저는 그럼 이만⋯⋯."

한이가 고개를 들지 못하고 푹 숙인 채로 슬금슬금 뒷걸음질 쳐 나가려 했다. 정민이 다급하게 다가가 한이를 붙잡았다.

"어딜 가요."

"그냥, 저기, 아니, 저⋯⋯ 놓아주시면 안 될까요?"

목을 굽혀 얼굴을 바라보려 해도 한이가 버둥거리며 휙휙 얼굴을 돌려댔다. 정민이 한이의 손목을 강하게 틀어쥐었다.

"피하는 겁니까? 저한테 잘 보여야 되는 거 아니에요?"

"피하는 게 아니라!"

한이가 펄쩍 뛰듯 몸을 떨었다.

"⋯⋯잖아요."

땅바닥을 바라본 채로 작게 속삭거린다.

"뭐라고요? 안 들려요."

한이가 눈을 꽉 감고 거의 울기 직전의 목소리로 소리쳤다.

"저, 지금 완전 쌩얼이라구요!"

"아, 난 또 뭐라고."

정민이 피식 웃었다.

"연습실 올 때도 화장 안 하고 오잖아요."

"아, 아니거든요! 그때는 한 듯 안 한 듯, 하고 가는 거구. 지금은 아예 안 한 거구!"

"아까 봤는데 별 차이 없었으니 고개 좀 들어봐요. 피하지 말고. 빵 사러 온 거 아니에요?"

"아, 아, 아니에요. 그냥 들어와 봤어요. 저는 이만 가……."

"인터뷰 안 해줄래요."

"……려고 했는데! 안 가는 게 낫겠죠! 하하."

한이가 급히 이마에 난 땀을 손바닥으로 닦아내고 옆머리를 정돈했다. 아, 아으, 어떡하지. 앓는 소리를 몇 번 중얼거리더니 결국 간신히 얼굴을 들었다.

정민이 미소 지은 채로 한이를 빤히 바라보았다. 화장기가 전혀 없는 얼굴은 투명하고 밝아 보였다. 정민의 시선이 직선으로 꽂히자 한이의 뺨이 점차 분홍빛으로 물들었다.

"왜, 왜 그렇게 보세요?"

"보면 안 돼요?"

"부끄러우니까."

"예쁜데."

"네?"

한이가 깜짝 놀라 의아한 표정으로 정민을 올려다봤다.

"……됐어요. 빵이나 골라요."

"넵. 정민 씨는요?"

"고르는 중이에요."

빵이라곤 소보로 빵밖에 안 먹어서 딱히 고를 건 없었지만, 정민은 대충 둘러댔다. 한이가 어색한 몸짓으로 정민의 손아귀에서 빠져나가 빵을 둘러보았다.

정민은 한이의 옆에 붙어 따라가며 빵을 고르는 척했다. 대각선으로 내려다보자, 딱 달라붙는 트레이닝복 안쪽으로 가슴골이 언

뜻 비췄다.

큼큼, 정민이 괜히 헛기침을 하며 앞에 있는 도너츠를 뒤적거리다 말했다.

"이 근처 살아요?"

"아, 아니요. 그냥 뛰다 보니까 여기까지 왔어요. 정민 씨는요?"

"저도 이 근처는 아니고."

"그렇구나. 저는 이거 살게요."

한이가 찰깨빵을 쟁반 위에 올려놓고 계산대로 몸을 돌리는 순간, 정민이 다급하게 어깨를 붙잡았다.

"좀 더 고민해봐요."

"네? 뭐, 뭘 고민해요?"

"다른 빵도 많은데 왜 이렇게 사람이 신중하지 못하게 바로 고르고 그래요?"

"빠, 빵 고르는데 신중해야…… 해요?"

한이는 도통 영문을 모르겠다는 표정이었다.

"저는 신중한 사람이 좋아요. 여기 있는 빵 천천히 다 둘러보고 가요."

"……안 바쁘세요?"

"안 바쁜데요."

"……넵."

한이가 찰깨빵을 다시 내려놓았다. 정민이 흡족한 얼굴로 한이를 놓아주었다.

"운동 좋아하나 봐요."

"좋아하는 건 아닌데 꾸준히는 해요. 안 그러면 먹는 대로 다 살로 가서."

"그렇다고 이 날씨에 그런 차림으로 뛰어요?"

"이거 기모라 별로 안 추워요."

"파였잖아요."

"응?"

한이가 불퉁스러운 정민의 표정을 아리송하게 바라보다가 턱을 당겼다. 설마 가슴을 말하는 건가 싶어 눈치를 살폈다.

"위에 뭐라도 하나 걸치든가."

"이래도 아무도 저 안 볼 텐데요, 뭐."

"아니, 무슨……! 됐습니다. 말을 말지. 하."

무슨 여자가 저렇게 자각이 없어. 정민이 입술을 깨물며 한이의 뒤를 따랐다.

"빵 꼼꼼히 봐요. 구성 성분도 좀 보고."

"네. 그, 그럴게요. ……어, 소보로 빵이다."

한이가 두리번거리다가 소보로 빵 앞에 섰다.

"저 빵 좋아해요?"

"음……."

한이가 뜸을 들이다가 고개를 저었다.

"글쎄요."

"저는 좋아하는데."

"전 너무 많이 먹어서 이제는 물렸어요."

"원래는 좋아했나 봐요."

"그건 아닌데……. 음, 그냥, 자주 먹었어요. 그러고 보니 안 먹은 지 한참 됐네요. 이거 골라야겠다."

한이가 조심스럽게 소보로 빵을 쟁반에 담았다. 정민도 따라서 빵을 집어 들고 계산대에 섰다. 한이가 잽싸게 카드를 내밀었다.

"제, 제가 살게요!"

"인터뷰 해달라는 뇌물이에요?"

"그렇다기보다 이렇게 봐서 반가우니까……."

"거짓말."

"……인터뷰 좀 해주세요."

한이가 눈썹을 늘어뜨리며 울상을 지었다. 그 모습이 흡사 비에 젖은 새끼 동물 같아서 귀여워 보였다.

"하하. 생각해보고요."

그래서 자신도 모르게, 정민이 입술을 끌어 올려 환하게 웃었다. 폭죽이 팡 터지는 것처럼 갑작스럽고 밝은 웃음이었다.

재회하고 처음 보는 그의 웃음에, 한이가 입을 벌리고 뚫어지게 바라보았다. 한이의 놀란 눈빛이 느껴지자 정민의 몸이 순간 바짝 굳었다.

"……큼. 여튼 잘 먹을게요."

정민이 한이의 시선을 의식하고는 다시 무표정을 지었다.

자꾸 이렇게 방심하게 되니 큰일이었다. 현우의 표현대로 찌질하게 달라붙으려는 것처럼 보이면 안 될 텐데. 괜히 정민이 다른 화제로 말을 돌렸다.

"내일 연습실 촬영 오죠?"

"······아. 네! 네. 그럴 거예요."

한이가 넋을 놓고 있다가 답했다.

"그럼, 내일 봐요."

둘은 각자 소보로 빵 봉지를 하나씩 들고 가게를 나왔다.

"정민 씨! 여, 연출가님! 이, 인터뷰!"

"안 합니다아."

전날 그렇게 밝게 웃어줘서, 뭔가 있을까 했더니 정민은 여전했다. 쌩하니 스쳐 지나가는 정민의 등을 바라보며 한이가 흐어엉 괴상한 소리를 냈다.

정민의 반응이 워낙 칼 같으니 포기할 만도 했지만, 어제 부장님에게 전화가 와 그럴 수도 없었다. 이대로 연출가 인터뷰를 못넣으면 엄청 깨질 게 분명했다.

그리고 이쯤 되니 한이도 오기가 생겼다.

'생각해보겠다고 했으면서!'

한이가 축 바닥에 늘어져 쪼그려 앉았다.

어제 빵집에서 만나게 됐을 때는 정말 놀라서 온몸의 장기가 다 떨어지는 기분이었다. 하필 로션만 바르고 나간 상태였다는 것이 마음에 걸렸지만.

'그래도······ 좋았지.'

연습실을 벗어나서 사적으로 둘이 마주친 건 처음이었으니까. 어쩔 수 없이 얼굴만 봐도 칠칠맞게 설레고는 했다.

한이가 풀 죽어 있을 때 뒤에서 누군가 다가와 쓱 음료수 캔을 내밀었다. 한이는 캔을 자연스레 받아 들었다.

"종현 씨, 땡큐. 오늘도 최 연출님은 완전 철벽이야. 어떡하면 좋......."

"제 뒷담화하십니까? 아니, 지금은 앞담화인가."

당연히 종현일 줄 알았던 한이가 깜짝 놀라 위를 쳐다보았다.

정민이 뚱한 표정으로 팔짱을 낀 채 서 있었다. 안경을 쓰고 있어서 날카로워진 인상 탓에, 한이가 긴장해 침을 삼켰다.

"정민 씨가 음료수 주신 거예요?"

"......그냥 하나 남길래."

"고마워요."

한이가 힐끔힐끔 눈치를 보자, 정민이 표정을 탁 풀고 작게 한숨을 쉬었다.

"미어캣도 아니고 목 쭉 빼고 그렇게 쳐다보지 마요. 목 긴 거 알겠으니까."

"......죄송해요."

"예."

"근데 무슨 하실 말씀이라도......?"

연습실에서는 한이와 마주쳤다 하면 몇 초 만에 쌩하니 사라지곤 했던 정민이었다. 그러나 지금은 계속 앞에 서 있었다.

"저 빨리 가라고요?"

"네? 그게 아닌데....... 저야 정민 씨랑 얘기할 수 있으면 좋죠!"

"그냥......."

정민이 침을 한 번 삼키며 뜸 들였다.

"……어젠 밤늦게 그 옷차림을 하고서 잘 들어갔나 궁금해서요."

"……."

"왜 대답이 없어요?"

"아. 어, 네……. 네……. 자, 잘 들어갔어요."

예상외의 물음이었다. 한이가 당황해서 음료수 캔만 손으로 만지작거렸다. 한이가 말을 어물대고 어색해하자, 정민도 헛기침을 하며 시선을 돌렸다.

"그럼 됐어요."

정민이 다시금 휙 몸을 돌려 평소처럼 사라졌다.

정민이 떠나고 나서, 한이가 참아왔던 숨을 푹 몰아쉬었다.

'……뭐, 뭐야, 최정민. 왜 저래.'

사람 심장 떨어지게. 괜히 착각하게.

한이가 일부러 아무렇지 않은 척하려 애쓰며 막 연습실에 들어온 종현을 붙잡았다.

"종현 씨, 왜 이제 와요! 내가 얼마나……."

"엑. 테이프 가져오라고 피디님이 시키셨잖아요!"

"……아, 맞다. 그랬지. 쏘리. 이, 인터뷰나 합시다."

"그 음료수는 뭐예요? 저 몰래 혼자만 마시려구?"

종현이 장난을 치며 한이의 손에 들린 캔을 뺏으려 했다.

"아, 안 돼요. 이건!"

"왜요? 음료수 안에 금 들었어요?"

"……모, 목이 너무 말라서. 뺏어 먹을 생각 마요."

"참나. 알았어요."

한이가 차가운 기가 남아 있는 캔을 손가락을 쓱쓱 문지르다가, 캔 뚜껑을 땄다. 그대로 탄산음료를 몇 모금 들이켰다.

톡톡 쏘아대는 기분이 혀뿐만 아니라 가슴에도 이는 것 같았다.

한이가 우혁에게로 다가가 카메라를 댄 채 질문을 했다. 연습 도중 쉬는 시간이었다. 우혁이 땀을 닦다 말고 활짝 웃으며 흔쾌히 질문을 받아주었다. 우혁이 웃을 때마다 신기한 거지만, 저런 얼굴로 자신보다 세 살이나 많다니 반칙이었다.

"이 일을 하면서 제일 뿌듯할 때가 언제예요?"

"음, 공연 잘 마치고 나와서 팬분들이랑 인사할 때?"

"우혁 씨가 팬분들한테 잘하기로 유명하시던데요. 특히 여성 팬이 엄청 많더라구요."

"감사한 일이죠."

우혁이 씩 웃으며 카메라를 쳐다보았다.

"인기 비결이 뭐라고 생각하세요?"

"팬 서비스 아닐까요?"

"외모는 아니구요?"

우혁이 손을 내저으며 하하 웃었다.

"솔직히 제가 외모로 뜬 건 아니죠. 그리 잘생기지도 않았고. 다른 배우분들이 워낙 잘생기셔서."

"우혁 씨도 잘생기셨는데요."

"그래요? 근데 전 저희 연출가님한테도 지잖아요. 얼굴로."

우혁이 손을 얼굴 앞에 흔들거리며 개구진 표정을 지었다. 자기 얘기가 나오자 멀찍이서 동선 지도를 하고 있던 정민이 쓱 시선을 돌려 우혁을 째려보았다.

"뭔 얘기 중입니까? 얼핏 제 얘기가 들린 것 같은데."

"아무것도 아닙니다아."

우혁이 손을 절레절레 흔들며 웃었다.

"쓸데없는 얘기하지 마세요."

"어휴, 까칠한 것 좀 봐."

우혁이 한이의 귓가로 얼굴을 바짝 가져다 대고 속삭거렸다. 둘을 바라보는 정민의 얼굴이 구겨졌다.

"이 피디님, 저희 연습 다시 해야 하니 뒤로 물러나주십쇼."

정민이 딱딱한 말투로 이 피디님, 하고 말했다.

"……넵."

한이가 종현과 함께 뒤로 물러갔다.

그때, 소품팀이 상자를 가득 들고 들어왔다. 장정 둘이 겹겹이 쌓여 있는 상자 세 개를 낑낑대며 들여오고 있었다.

안에는 무대 소품을 만드는데 쓰일 철로 된 소도구들이 가득 들어 있었다.

"그거 이쪽에다 놔주세요."

정민이 그들에게 손짓했다.

"네. 아우, 이거 구하느라 고생을……."

남자 하나가 고개를 틀어 정민을 바라보며 말하다, 순간 다리가 꼬였는지 몸을 휘청댔다. 이윽고 상자가 요동치며 와르르 왼쪽으로 쏟아졌다.

"……어!"

정민의 눈동자가 커졌다.

상자가 쏟아지는 쪽에 바로 한이가 서 있었기 때문이다.

한이가 물건들이 부딪쳐 와장창거리는 소리에 몸을 돌렸고, 그녀의 시야를 새카맣게 뒤덮은 건 자기 쪽으로 쏟아지고 있는 수많은 소품들이었다.

쿵!

"한이 씨!"

누군가가 그녀의 이름을 크게 외치며 뛰어왔다.

한이는 철제 소품들에 몸 이곳저곳을 얻어맞으며 바닥으로 넘어졌다. 등이 매끈한 바닥에 세게 부딪혀 얼얼했다.

소품이 치고 간 무릎이 너무 욱신거려서 쉽사리 몸을 일으킬 수가 없었다. 소품 더미에 흉부도 강하게 짓눌렸다.

"괜찮아요!"

다급한 목소리가 소품을 치우고 그녀를 붙잡아 끌어 올렸다.

정민이었다.

"아……."

정민이 제일 먼저, 제일 빠르게 그녀에게로 다가왔다. 한이는 평정심이 흐트러진 채 씩씩거리는 정민의 얼굴을 멍하게 바라보았다.

다시 만나고 나서, 그의 이런 표정은 처음이었다.

"다쳤어요? 어디 봐요!"

"아, 아뇨. 괜찮……."

"멍들었잖아."

정민이 한이의 손등을 붙잡아 들어 올렸다. 손등에 빨갛게 부딪힌 자국이 남아 있었다.

아마 하루 지나면 퍼런 멍으로 변할 것이다. 옷에 가려져 안 보이지만, 소품에 부딪힌 무릎과 다리, 팔꿈치 등도 멍이 자잘하게 들었을 테다.

정신을 차리고 보니 온몸 이곳저곳이 욱신거리고 쑤셨다.

한이가 통증에 반사적으로 눈을 찌푸리자, 정민이 앞머리를 쓸어 넘기며 한숨을 깊게 내쉬었다.

"뼈 같은 데 안 다쳤나 봅시다."

정민이 한이의 손을 붙잡고 연습실 옆에 딸린 스탭실로 끌고 들어왔다.

가는 길에 배우들이 웅성거리며 한이에게 걱정스러운 시선을 던졌지만, 정민이 워낙 험악한 얼굴을 하고 있어 아무도 다가와서 말을 걸지 못했다.

정민은 입술을 꽉 깨물고 있었다. 둘은 방 안에 들어와 문을 닫았다.

쾅! 문 닫히는 소리가 나고, 한이는 어쩔 줄 모른 채 손끝만 꼼지락거렸다.

"앉아봐요."

정민의 말에 한이가 주춤거리며 의자에 앉았다.

"……앗!"

이런. 엉덩이도 얻어맞았나 보다. 평소처럼 아무 생각 없이 털썩 주저앉았다가, 찌릿한 통증에 한이가 얼굴을 찡그렸다.

"레깅스 좀 걷어봐요."

"네!"

"이상한 짓 하려는 거 아니거든요."

"……오, 오해한 건 아니구요."

"심하게 멍 지면 안 되니까 약 바릅시다. 뼈 다친 곳 있나 좀 보고."

정민의 목소리에는 다급함과 걱정스러움이 동시에 실려 있었다.

한이가 당황해서 몸이 뻣뻣하게 굳어 있자, 정민이 숨을 폭 내쉬며 한이 앞에 쪼그려 앉아 레깅스를 스르륵 걷어 올렸다.

"으…… 저, 정민 씨."

"여기 피부 까졌네."

정민이 구급상자에서 약을 꺼내 살살 발라주었다. 아릿한 통증과 함께 정민의 따뜻한 피부 감촉이 느껴졌다.

정민은 집중해서 종아리 이곳저곳에 약을 바르고 발목도 삐지는 않았는지 꾹꾹 눌러보며 아프냐고 꼼꼼하게 물어보았다. 다행히 접질리거나 뼈가 다친 곳은 없었다.

한이는 자신을 살펴주고 있는 정민의 까만 정수리를 지그시 내려다보았다. 가슴에 몽글몽글한 게 떠다니는 것처럼 이상한 기분이 들었다.

'하니야. 너 괜찮아?'

문득, 아득하고 흐릿한 기억 속에서 앳된 목소리가 툭 떠올랐다.

열일곱, 그때는 추운 지금과는 정반대로 나무가 생기를 잔뜩 품고 있는 초록빛의 여름이었다.

흙으로 뒤덮인 운동장은 따가운 햇볕 때문에 지면 위로 아지랑이가 낮게 일렁거리고 있었다.

열기가 가득한 뜨거운 바람이 운동장 위를 스쳐 지나갈 때마다 노란 모래가 한 움큼 공중 위로 두둥실 올라왔다.

운동장 구석에서 한이는 뚱뚱한 다리를 부여잡고 퉁퉁 부어오른 발목을 바라보고 있었다. 그녀가 넘어졌지만 몇십 초간 아무도 그녀에게 관심을 가지지 않았다.

그 몇십 초가 얼마나 길고 먹먹하게 느껴지던지.

한이는 발목의 통증보다 주변을 휘감고 있는 무관심과 적막이 더 쓰라렸다.

그때 가장 멀리 있던 한 아이가 다급하게 뛰어와 그녀의 앞에 쪼그려 앉아 이렇게 말했다.

"하니야, 너 괜찮아?"

그 아이는 정민이었다.

그 말을 내뱉는 정민의 얼굴 위로 정오의 햇살이 가득 내려앉아 있었고, 그의 속눈썹은 하얗게 반짝거렸다.

한이는 그 한마디를 듣는 순간 더 이상 아무 곳도 아프지 않을 것만 같았다.

"한이 씨, 괜찮습니까?"

그때와 비슷하지만, 훨씬 굵어지고 남성다워진 목소리가 한이를 회상에서 깨어나게 했다.

한이가 화들짝 놀라 고개를 들며, 자신을 빤히 올려다보고 있는 정민과 눈을 마주쳤다.

"……네. 감사해요."

"큼, 허벅지는 집에서 스스로 발라요."

정민이 좀 머쓱한 듯 큼큼거리며 일어섰다.

"정민 씨는 따뜻한 분이에요."

한이가 입술을 오물거리다, 뜬금없이 속마음을 내뱉었다.

"저 말입니까?"

정민이 애매하고, 어쩐지 씁쓸해 보이는 표정을 지었다.

"제가 뭐가 따뜻해요. 한이 씨 인터뷰 매몰차게 거절하는데, 밉지도 않습니까?"

"아니요. 으음, 방송이 잘 안 나올까 봐 걱정은 되지만 그거랑은 별개로 정민 씨가 밉지는 않아요. ……그리고 저한테 못되게 대하셨다 해도 이해했을 거예요. 저번에 제가 잘못했잖아요."

정민이 손으로 머리카락을 헤집었다. 무슨 말을 하려 입을 벙긋거리다가, 쉽게 말을 꺼낼 수가 없는지 망설이기만 했다.

잠시 적막이 내려앉았다. 쉽사리 말을 못 하고 안경테만 만지작거리는 정민과, 무릎을 두 손으로 감싸 쥔 한이.

한이는 쾅쾅 심장이 너무 거세게 뛰어서, 소리가 밖으로 새어나가는 건 아닐까 걱정됐다. 소리를 막으려 조심스레 흉곽 위에 손을 올려놓았다. 손바닥에 거센 박동이 그대로 느껴졌다.

정민의 입술이 마침내 벌어졌다. 숨을 들이켜는 소리가 생생하게 들렸다.

"……이제 와 전에 얘기해서 뭐합니까. 좀 앉아 있다 나오세요."

정민이 어딘가 불안해 보이는 표정으로 말하고는 먼저 방을 나갔다. 한이가 가슴에 얹었던 손에 힘을 빼고 축 늘어뜨렸다.

허리를 숙여 무릎에 이마를 댔다. 어디서부터 잘못인 걸까. 분명히 그날 밤 정민을 내버려두고 모텔 방에서 나왔을 때, 이전의 삶을 끊어내리라 다짐했다. 그리고 그럴 수 있다고 믿었다.

그러나 자만이었다. 여전히 가슴 안에, 정민을 사랑했던 이하니가 가득했다.

떨리는 감정을 애써 다스리고 있는 건, 방 안의 한이뿐이 아니었다. 방을 쌩하니 나간 정민이, 웅성거리는 배우와 스탭들 사이를 헤치고 곧장 화장실로 들어갔다.

차가운 물을 몇 번이고 얼굴에 끼얹었다. 물에 젖은 앞머리를 쓸어 넘기며 거울을 바라보았다.

손가락 끝에, 아까 매만졌던 한이의 피부의 촉감이 남아 있는 듯했다. 본래의 자신이라면 거절당했으니 깔끔하게 놓아줬을 텐데. 지금은 그게 되질 않았다.

"찌질이."

낮은 목소리로 느리게 말했다.

"찌질하다고. 그만해."

듣는 이 없는 말을 한 번 더 내뱉었다. 그러나 빠른 심장을 진정 시키는 데에 별 소용은 없었다.

오늘은 연습이 좀 일찍 끝났다. 한이와 종현도 연습을 끝까지 다 보고, 퇴근하는 이들의 모습을 카메라로 담았다.

"수고하셨어요, 피디님."

종현이 카메라를 넣으며 꾸벅 인사했다.

"아까 부딪히신 데는 괜찮으시고요?"

"음, 네. 괜찮아요. 오늘까지 찍은 거 하면 분량 몇 분 정도 나올 까?"

"글쎄요. 한 회분 조금 안 되는 거 같은데. 저희 두 주 분량이니 까, 좀 더 뽑아야죠."

"그래요. 종현 씨도 잘 들어가요."

둘이 연습실이 있는 건물 밖으로 빠져나왔다. 한이가 종현에게 손을 흔들었다.

"근데 저번부터 차로 안 가시네요? 제가 태워드릴까요?"

종현이 자기 차를 손으로 가리켰다.

"아, 아니에요. 몰랐구나. 저 여기서 마을버스로 두 정거장만 가 면 돼요. 새 오피스텔로 이사했거든요."

"그래도 태워다드릴게요."

"아냐, 됐어요. 방향 반대잖아. 좀 걸어갈래요."

"괜찮겠어요?"

"네, 따로 생각 정리할 것도 있고."

"알겠어요. 그럼. 내일 봬요."

종현이 자기 차로 걸어가고, 한이는 정류장 쪽을 향해 몸을 틀었다. 부르릉, 시동 거는 소리와 함께 종현이 골목을 빠져나갔다.

한이는 아까 전의 정민이 자꾸 떠올라서 마음이 심란했다.

오늘은 집 가는 길에 맥주 한 캔에 육포라도 사서 가져갈까. 요즘 못 봤던 주말 드라마를 몰아서 보며, 맥주 한잔하는 것도 기분 전환엔 나쁘지 않을 것이다.

타박타박, 한이가 걸어가는데 뒤에서 인기척이 들렸다.

안을 정리하고 가장 마지막에 나온 정민이었다. 둘이 시선이 마주치자 잠깐 어색한 침묵이 흘렀다.

"퇴근…… 하시네요?"

한이가 먼저 입을 열었다.

"예. 저도 집엔 가야죠."

"어, 음. 어디로 가세요?"

"저쪽으로 갑니다."

"……와, 같은 방향이네요."

둘은 말없이 조금 떨어진 채 계속 걸어갔다. 정민은 입을 꾹 다물고 굳은 표정으로 앞만 보고 있었다.

'어, 어색해 죽겠다!'

한이가 눈을 한 번 꽉 감았다 떴다. 도통 깨지지 않는 어색한 침묵 때문에 몸이 배배 꼬이고 목은 바짝 탔다.

가까스로 버스 정류장에 도착했다. 어떻게 거기까지 걸어온 건지, 기억도 제대로 나지 않았다. 말은 한두 마디나 했으려나.

한이가 정류장에 멈춰 서서 정민에게 잘 가라는 인사를 하려고 했지만, 정민도 똑같이 정류장에 섰다.

"버스 타고 가세요?"

한이가 조심스럽게 물었다.

"예. 아, 왔네. 저 그럼 가보겠습니다."

"네?"

"……다친 데 약 발라요. 꼼꼼히."

정민이 코트 주머니에 손을 꽂아 넣으며 버스로 걸어갔다. 한이는 당황한 기색을 숨기지 못한 채, 어물쩍거리다가 그의 뒤를 쪼르르 쫓았다.

"……왜 따라옵니까?"

정민이 자기랑 같은 버스에 올라탄 한이를 어이없다는 듯 바라보았다.

"따라온 거 아닌데요."

한이가 입술을 툭 내밀었다.

"그럼요?"

"저도 이거 타고 가요."

"……."

"진짠데."

"나참……."

둘은 또 아무 말 없이 나란히 서서 손잡이를 붙잡고 버스를 탔다. 두 번째 찾아오는 미칠 것 같은 어색함이었다.

누가 보면 일행인 줄 전혀 모를 모양으로 서 있다가, 곧 안내 방송이 흘러나왔다.

-XX아파트 앞 정류장입니다.

한이가 꾸벅 정민에게 고개를 숙이고 버스에서 내렸다. 뒤에서 정민의 기가 찬 듯한 웃음소리가 들렸다. 뭐지 싶었지만 곧 이유를 알 수 있었다.

정민도 같은 정류장에서 내렸기 때문이다.

"정민 씨야말로 저 따라오는 거 아니죠?"

"아니거든요."

"……어디 사세요?"

"B오피스텔이요."

"헉."

"설마 같은 데는 아니겠죠."

우연이 겹쳐도 또 이렇게 겹치나. 이런 건 드라마에도 안 나오겠다. 한이가 얼굴을 찡그리며 고개를 숙였다. 악 소리라도 지르고 싶었다.

최정민이랑 제에발 그만 좀 부딪치게 해달라고.

"……정말 같은 덴니까?"

이렇게 쓱 다가와 낮게 말을 걸 때마다, 심장이 쿵 내려앉을 것만 같으니까.

한이가 애써 침착한 척하며 그의 첫사랑이자 원나잇 상대, 지금은 이웃 주민이 된 정민에게 대답했다.

"그, 그런 것 같네요."

"이런. 몇 층 살아요? 전 901혼데."

"헉, 저 801호요."

"나랑 한이 씨는 뭐 있나 보다, 정말."

"……."

"아. 오해하지 말아요. 작업 거는 거 아니니까. 저 한 번 거절당한 여자한테 다시 수작부리고, 뭐, 그, 그러니까 그런 찌질한 놈은 아닙니다."

정민이 추가적으로 변명 같은 말을 두두두 내뱉고는 먼저 성큼성큼 앞장서 걸어갔다. 한이가 한숨을 내쉬고 발을 작게 쿵쿵 구르다가, 이내 그의 뒤를 따랐다.

찬의 결혼식 때 만나서 이야기했을 땐 1시간이 1분처럼 느껴질 만큼 말이 잘 통하고 대화가 끊이지 않았다. 정민도 그런 부분에서 자신에게 매력을 느꼈으리라.

그러나 지금은 둘 사이에는 애매한 침묵만 감돌고 있었다. 가는 길에 편의점이 나오자 한이가 걸음을 멈추고 어색하게 웃었다.

"저, 편의점 들렀다 가려고요. 아, 안녕히 가세요!"

"편의점은 왜요?"

정민이 뚱한 얼굴로 물었다.

"수, 술이나 좀 사갈까 하고……."

"술? 혼자 마실 겁니까?"

"네에."

"왜요. 내가 속 썩여서? 인터뷰, 그게 그렇게 중요한 겁니까?"

"아뇨, 그게 아니라……."

반은 맞고 반은 틀린 소리였다. 정민 때문에 속 썩는 건 맞지만,

이유는 인터뷰만이 아니었다.

지금 이렇게, 이렇게! 다가와서 짙은 눈으로 빤히 쳐다보는 게 문제였다.

그러나 그렇게 말하지는 못하고, 한이가 시선을 피하며 뒷걸음질 쳤다.

"같이 편의점 들어가요."

"정민 씨도 살 거 있어요?"

"담배나 한 대 태우려고요."

둘은 편의점에 들어갔다. 한이는 맥주캔을 살까, 뭘 살까, 고민하다가 오늘은 왠지 취하고 싶은 기분이 들어 팩소주를 잔뜩 담았다. 미리 사뒀다가 남으면 나중에 또 마시지, 뭐.

그 외에 안주로 먹을 육포와 치즈도 샀다. 정민은 봉투에 들어 있는 팩소주를 바라보며 헛웃음을 쳤다.

"웬 팩소주. 혼자 다 마시려구?"

"오늘 다 마실 거 아니에요."

"그때 보니 술도 잘 못하던데. 몸 버려요. 건강 조심해요. 우린 이제 서른이잖아."

"……아, 알겠어요."

둘은 나란히 오피스텔 엘리베이터 앞에 섰다. 이러니까 같은 집에 들어가는 동거인이라도 된 것 같아 기분이 기묘해졌다.

"어, 엘리베이터 고장이네. 걸어 올라가야겠네요."

계단으로 향하면서 정민이 자연스레 한이의 짐을 뺏어 들었다.

"제가 들 수 있는데……"

"됐어요. 8층까지 들고 어떻게 걸어가려고."

"……감사해요."

뚜벅뚜벅 계단을 오르는 정민의 뒤를 따라갔다. 사람의 발이 잘 닿지 않는 계단에는 불이 다 꺼져 있었다. 사람이 근처로 다가오면 작은 등 하나가 자동으로 팟, 켜졌다.

한이가 정민의 등을 보며 걸었다.

'피하려고 해도 자꾸 이렇게 마주치니까……'

정민에게 들리지 않게끔 작게 한숨을 쉬었다. 촬영이 끝나고 나도, 바로 위층에 정민이 살고 있는 셈이었다. 이사 온 지 얼마 안 돼서 지금까지는 본 적 없다 해도, 앞으로도 그럴 거란 보장은 없었다.

어쩌다 엘리베이터에서 마주치기라도 하면?

무엇보다 걸어서 갈 수 있는 거리에 정민이 존재한다는 사실 자체가, 한이의 마음을 어지럽게 했다.

탁!

"엄마야!"

갑자기 정민이 발로 계단을 세게 구르더니 멈춰 섰다. 휙, 몸을 돌려 한이를 두 계단 위에서 바라본다.

한이가 눈을 깜빡거렸다.

"아, 안 가세요?"

"전부터 생각한 건데 왜 자꾸 뒤에서 걸어요?"

"……네?"

"옆으로 안 오고 왜 멀찍이 떨어져서 걷냐고요."

"아……."

"다른 사람한테는 잘만 옆에 서면서. 이리 와요."

정민이 빈손을 한이 쪽으로 뻗었다. 한이가 망설이며 쉽사리 발을 떼지 못했다. 정민의 인상이 찌푸려졌다.

"그럼 내가 가지, 뭐."

정민이 성큼 한 계단 걸어 내려왔다. 기세가 살벌해서, 한이가 반사적으로 뒤로 몸을 물리려 하다가 발을 헛디뎠다.

"꺅!"

계단 중간에서 한이의 몸이 기우뚱 뒤로 기울었다.

"떨어질 뻔했잖아요!"

떨어지려던 직전 그녀의 허리를 탄탄하게 붙잡은 건, 정민의 팔뚝이었다. 확, 몸이 정민에게로 딸려 갔다. 얼굴이 가까이 달라붙었다. 한이가 정민에게 붙잡혀 안긴 채로 둘 다 잠시 굳었다.

두 사람 모두 미동도 없자 계단 등이 다시금 꺼졌다. 주변에 창문도 없어서 사방이 온통 새까맸다. 아주 흐릿하게 그의 윤곽만 보였다.

그래도 정민의 얼굴이 일그러져 있다는 건 알 수 있었다.

"인터뷰 따려고 할 땐 그렇게 달라붙더니. 둘만 있으면 피하네."

지금 그의 목소리는 낮고 갈라져 있었다.

안 피할 수가 없었다. 공적으로 엮일 때면 몰라도, 그 외의 시간에 둘이 있게 되면 분명히 감정을 숨기지 못할 테니까.

"피하지 마요."

"피하는 건 저, 정민 씨잖아요. 인터뷰하려고만 하면 도망가시면서……."

한이가 턱을 바짝 안으로 당겼다. 안 그랬다간 입술이 부딪힐 것만 같았다.

"인터뷰해준다고 하면 안 피할 겁니까?"

"그, 그, 그거는……!"

한이가 당황해서 몸을 버둥거렸다. 정민이 떨어지지 않게 다시 허리를 손으로 급히 끌어안다가 의도치 않게 한이의 옆구리를 건드렸다.

"꺅! 앗, 잠, 잠깐!"

밀려드는 간지러움에 반사적으로 웃음이 터졌다. 어둠 속에서 활짝 웃는 얼굴을 정민이 빤히 쳐다보았다.

"흐아, 하아, 하아. 가, 간지러워요."

웃음을 진정하느라 흉곽을 들썩거리는 게, 닿아 있는 몸을 통해 그대로 느껴졌다.

정민이 웃음기가 옅게 남아 있는 얼굴을 이리저리 훑어보다가 말했다. 부드럽고 짙게 깔린 목소리가 계단을 울렸다.

"미인계예요?"

"네? 제가요?"

"눈앞에서 그렇게 웃으면 마음 약해지잖아요. 다 들어줘야 할 것 같고. 그거 알고 이러는 거냐구요."

한이가 눈을 반쯤 찡그렸다.

"가만히 있어도 충분히 힘든데."

"……정민 씨, 무슨 소리인지 잘 모르겠어요."

정민이 바람 빠지는 소리를 내며 피식 웃었다. 그러고는 어둠 속에서 잠시 입을 다물고 침묵을 지켰다.

침 삼키는 소리까지 들릴 정도로 거리가 가까웠다. 바짝 안긴 몸에서 여실히 정민의 체온이 느껴졌다.

가만히 있어도 충분히 힘든 건 자신이었다. 거짓으로 덮어놓은 과거가 들킬까 봐 섣불리 다가갈 수도 없고, 그렇다고 정민으로부터 벗어나는 것도 힘들다.

아무 말도 들리지 않자 한이는 괜스레 초조해졌다. 사방에는 보이는 것도 하나 없고, 들리는 거라곤 숨소리뿐이었다. 끝없는 무저갱 속에 단둘만 남아 있는 것 같았다.

그때, 정민이 입을 열었다.

"인터뷰할게요."

"네!"

예상치 못한 말에 한이가 눈을 크게 떴다.

"이 정도 고집 피웠으면 됐죠. 다들 알아들었을 겁니다. 기획팀에는 미인계에 패해서 어쩔 수 없었다고 해두고."

"지금 장난치시는 거 아니죠?"

"대신, 이젠 나 피하지 마요. 남한테 웃어주는 것처럼 나한테도 웃어주고. 자주 웃어주면 더 좋고."

"정민 씨! 잠깐, 잠깐만요!"

한이가 눈을 빠르게 깜빡거리며 정민을 올려다보았다. 정민의 얼굴은 진지했다. 도통 정민의 속을 알 수가 없었다. 아니, 정민은 항상 자신에게 너무 어려웠다.

"지, 지금 우리 대화 흘러가는 게 좀 이상하지 않아요?"

"하나도 안 이상한데요."

정민이 한이의 허리를 둘러싼 팔에 더 힘을 주었다.

"허억!"

"……싫으면 밀쳐내면 되잖아요. 한이 씨, 지금 안 그러고 있잖아."

"……."

그러고 보니 당황해서 버둥거리면서도, 정민의 가슴팍을 밀쳐낼 생각은 못 하고 있었다. 한이가 입술을 꽉 깨물고 정민을 밀어냈다.

"……오해하게 그렇게 말하지 마세요."

"무슨 오해요."

"자꾸…… 그러시면 정민 씨가 저 좋, 좋아한다는 것처럼 들리잖아요."

머리가 어지러웠다. 불이 꺼져 있어 다행이다. 지금 자신이 무슨 표정일지 상상도 되지 않았다. 한이가 쥐어짜듯 힘겹게 말한데 비해, 정민은 의외로 담담하게 대답했다.

"맞는 것 같아요."

"……네?"

"아니, 맞아요."

한이가 계단 난간을 꽉 쥐었다.

설마, 아닐 거야. 가만히 있어도 감정을 주체 못 해 힘든데, 정민이 다가온다면? 밀어낼 생각도 못하고 정민에게 안겨 있었던 것처럼, 이번에도 그럴 것이다.

"아닌 척하려고 계속 노력했는데 안 돼요. 한 번 차여놓고 이러는 거, 찌질하고 못나 보인다는 거 나도 아는데. 안 된다구. 안 참아져."

정민이 쏟아내듯 말했다. 한 마디, 한 마디 들을 때마다 다리가 후들거렸다. 난간을 짚고 있는 손등이 바들바들 떨린다.

"그, 그런 말 하지 마요. 제발⋯⋯."

정민이 후우 깊게 한숨을 내쉬다가 앞머리를 쓸어 넘겼다.

"⋯⋯그래요. 싫겠고 부담스럽겠죠. 미안합니다."

그런 게 아닌데. 싫은 게 아니라, 너무 좋아서 이러는 건데. 어떻게 말도 못 하고 한이가 정민을 바라보았다.

정민이 한이에게서 떨어져 몇 계단 올라갔다.

반짝! 움직임이 포착되자, 위에 있던 계단 등에 불이 켜졌다. 노랗고 은은한 빛이 정민의 얼굴을 비추었다. 그간 어둠 속에서 숨겨져 있던 정민의 표정이 낱낱이 드러났다.

"⋯⋯정민 씨."

감정을 죄다 토해낸 정민의 얼굴은 위험했다.

눈가와 눈동자는 붉었고 물기가 배어 있었으며, 턱에는 힘이 들어가 있었다. 주먹은 꽉 쥐어진 채 힘줄이 툭 불거져 나왔다.

상처받은 표정이었다.

정민의 얼굴을 마주한 순간, 심장 주변이 강하게 죄어들어 오는 싸한 감각이 밀려왔다. 찬이 자신을 버리고 결혼하겠다고 말한 그날에도, 이렇게 아프지는 않았다.

'정민이, 정민이가 나 때문에⋯⋯.'

정민이 두 눈을 깜빡거리고는 느리게 말했다.

"미안했습니다. 말한 대로, 인터뷰는 내일부터 하도록 하죠."

정민이 목에 핏줄이 선 채로 몸을 돌리려 했다. 돌아가는 등을 보는 순간, 한이가 충동적으로 발을 뻗어 계단을 올라갔다.

"정민 씨!"

그러고는 정민의 팔을 붙잡았다. 가까이서 보자 정민의 감정이 더 느껴졌다.

최정민이 이한이를 좋아하고 있다.

한이는 정민을 붙잡아놓고 패닉 상태가 되어 어떤 말을 해야 할지 몰라 어물댔다. 정민이 고개를 숙이더니 중얼거리듯 말했다.

"됐어요. 인터뷰해줄 테니까 친절하게 대해줄 필요 없어요."

"……."

"괜찮습니다."

담담하게 말했지만 계속 상처받은 표정이었다.

"……정말, 괜찮아요?"

정민이 얼굴을 옆으로 틀었다.

"보지 마요."

"정민 씨."

"이상해. 나도 내가 지금 왜 이러는지. 이런 적 한 번도 없었는데. 무슨 열일곱 애도 아니고."

열일곱. 처음 만났던 그 시절을 정민이 입에 올렸다. 한이가 바들거리는 손가락을 정민의 눈가에 가져다 댔다. 정민이 어깨를 떨며 그녀를 돌아보았다.

"그런 표정 짓지 마요. 제가 뭐라구요."

"한이 씨야말로 그렇게 말하지 마요. 안 괜찮으면, 어떻게 해줄 겁니까?"

"그건……."

"저 오해하니까 이렇게 만지지도 말고요. 경고하는 거예요."

정민의 눈가에 닿은 손가락 끝에 물기가 배어나왔다. 정민의 경고에도 불구하고 한이는 그에게서 손을 떼지 못했다. 정민은 자신의 피부를 조심스럽게 쓰다듬는 한이를 바라보다가, 미간을 확 좁혔다.

"경고했잖아요."

정민이 그대로 몸을 확 돌려 한이를 끌어안았다. 그러고는 큰 손으로 한이의 뺨을 감싸 쥐고, 곧 키스할 것처럼 얼굴이 다가갔다.

"마지막 경고예요. 여기서 저 안 밀어내면, 이젠 뭐라 하든 안 물러설 겁니다. 한이 씨가 나 싫다고 해도."

한이가 눈을 질끈 감았다.

자신에겐 애초에 정민을 밀어낼 힘이란 게 없었다. 그가 다가오려 한 발짝 발을 내딛는 순간, 이미 마음이 다 녹아내릴 테니까.

얇막하게 벽을 세워놓았지만 정민이 작정하고 다가오자 다 허물어졌다. 어떻게 내가 널 거부할 수가 있을까.

한이가 물기가 차오른 빨개진 눈동자를 보여주지 않으려 계속 눈을 감고 있었다. 힘겹게 입을 열었다.

"싫은 게…… 아니에요. 아니, 사실 좋아요. 저도 정민 씨가 좋…… 읍!"

정민이 그대로 입술을 부딪쳤다. 격렬하게 밀어붙이며 입술 새로 혀가 들어왔다. 몸이 밀려 계단 난간에 허리가 닿았다. 숨을 쉴 틈도 없이 키스가 이어졌다.

말캉한 정민의 혀가 긴장으로 굳어 있던 입술을 핥고 지나갔다. 턱을 틀고 더 깊숙이 입을 맞춰온다. 자꾸만 몸이 완전히 뒤로 넘어갈 것 같아서, 한이가 버둥대다가 손으로 정민의 등을 붙잡았다.

꽈악, 정민에게 매달렸다. 코로 간간이 숨을 내쉬며 혀를 섞었다. 입술 끝이 아릴 정도가 되어서야, 정민이 입을 떼고 떨어졌다.

"하아, 하아……."

한이가 부족한 숨을 몰아쉬며 정민을 올려다보았다.

"좋다는 거, 진심입니까?"

한이가 고개를 끄덕였다.

"거절했던 건 사정이, 사정이 있어요. 정민 씨가 싫은 게 아니라……."

"무슨 사정이요."

"그건……."

한이가 눈을 질끈 감았다.

"지금은 말 못하겠어요."

"그럼 나중에 말해요."

정민이 한이의 손을 붙잡았다.

"이제 나, 더 다가가도 되는 거죠?"

"……어차피 다가와도 못 밀어내요, 전."

"좋아요. 밀어낼 생각도 하지 마요. 사정이 뭐든 간에. 이제 올라갑시다."

손을 잡은 채 나란히 걸어서 8층까지 올라갔다.

정민의 큰 손에 감싸인 손바닥에서 땀이 나는 것 같았지만, 빼낼 수가 없었다. 조금의 꿈틀거림도 용납할 수 없다는 듯 정민이 손아귀에 힘을 꽉 주고 있었기 때문이다.

한이의 집인 801호 앞에 도착했다. 정민이 짐을 한이에게 도로 건네주었다. 한이가 머뭇거리다가 도어락을 풀고 문을 열었다.

그러나 한이는 쉽게 문 안으로 들어가지 못하고, 정민은 쉽게 복도를 떠나지를 못했다. 아쉬웠다. 아까 전 키스의 감각이 남아 있어 몸도 뜨거웠다.

작년 겨울, 우연히 만났던 그날처럼. 정민이 한이의 팔을 붙잡았다. 복도는 차가운데 정민의 손바닥만 뜨거웠다.

"헤어지기 아쉽습니다."

정민이 말했다.

그리고 한이 또한 그날처럼 정민을 뿌리치지 못했다.

4. 어떤 사이

"하아, 웃, 저, 저기 정민 씨…… 이, 이러면……."

"안 된다고 하지 말아요. 화낼 겁니다."

"으옵……!"

정민이 한이의 몸을 강하게 감싸 안으며 거칠게 입을 맞춰왔다. 붉은색 립스틱이 정민의 입술에 번졌다.

현관문에 들어서자마자 누가 먼저라고 할 것 없이 부드럽게 입술이 맞닿았다. 그게 시작이었다. 정민은 신발을 벗어 던지고 한이를 거의 안아들 듯이 하여 안으로 들어왔다.

침대로 가는 길에 몸을 비비고 겹치며, 둘은 애무에 가까운 진한 입맞춤을 나누었다. 한이가 두 팔을 벌려 정민의 목을 끌어안았다.

두 사람 모두 그동안 참아왔던 게 한꺼번에 터지면서, 아무 말 없이 서로에게 달라붙었다.

정민이 지그시 한이의 아랫입술을 물고 혀로 핥았다. 꾹, 혀로 입술을 뭉개며 눌러왔다. 한이가 자연스레 입술을 살짝 벌렸다. 그 틈새로 정민의 혀가 미끄러지듯 들어왔다.

"으읏."

톡, 톡. 한이가 입고 있던 와이셔츠 단추가 위에서부터 차례로 풀려졌다. 정민이 와이셔츠를 활짝 벌려 옆으로 젖히고, 브래지어가 감싸고 있는 한이의 가슴 위로 손을 올렸다.

아래서부터 위로 세게 주무르자 브래지어 사이로 가슴이 삐져나왔다.

"후우……."

정민에게 막혀 있는 입술 사이로 신음이 새어 나왔다.

정민의 혀는 한이의 입안을 마구 휘저었다. 목구멍 안쪽까지 혀가 깊숙이 들어왔다가 나갔다. 입가로 타액이 조금씩 흘러내렸다. 키스만으로도 점점 몸이 달아올랐다. 맞닿아 있는 다리가 뜨거워졌다.

한이가 골반을 자기도 모르게 비틀며 들썩거리자, 무심코 정민의 성기를 자극했다.

"큭……."

정민이 입술을 떼고 이마를 찡그렸다.

벌써부터 정민의 성기가 딱딱해진 게, 바지 천을 사이에 두고도 느껴졌다. 그의 중심부가 뜨겁게 부풀어 있었다.

한 번 서로를 알았던 몸이라 그런지, 자그마한 스킨십에도 금방 흥분이 끓어올랐다.

"그때 이후로 계속⋯⋯."

정민의 혀가 입술을 떠나 스르륵, 한이의 귓가로 옮겨갔다.

"한이 씨 생각했어요. 전화해볼까 말까 수십 번을 고민했습니다."

"으읏, 귀, 귀는⋯⋯ 아, 아!"

"명함이 닳도록 쳐다봤어요."

정민이 한이의 귓불을 핥고 입안에 넣어 우물거렸다. 귓바퀴 모양을 따라 혀가 스치고 지나가자, 한이가 몸을 바르르 떨며 골반을 튕겨 올렸다.

"한이 씬 뒤도 안 돌아보고 갔는데, 난 자존심 상하게."

"⋯⋯으, 으읏, 하, 아, 정민, 씨."

"계속 생각나더라고요."

콱, 정민이 귀 바로 아래 말캉거리는 살을 이로 깨물었다.

귀와 목덜미가 유달리 예민한 한이는 눈가에 물기가 찼다. 정민이 이로 잘근거리면서 혀로 둥글게 원을 그렸다.

"아, 아, 아아아웃!"

한이가 헐떡거리며 도리질하자, 정민이 턱을 콱 붙잡아 고정했다. 온몸에 강하게 전기가 흐르는 것 같았다.

골반이 아래위로 계속 들썩거리고 허벅지가 안쪽으로 배배 꼬였다.

"한이 씨는 민감한 것 같아요."

"그, 그래요?"

"그냥, 조금만 건드려도⋯⋯."

정민이 낮게 웃으며 목과 어깨가 이어지는 부분부터 귀 아래까지 혀로 쓱 핥아 올렸다.

"하으으……!"

한이가 울컥 눈이 빨개지더니 고개를 확 숙였다. 뒷목이 바르르 떨렸다.

쪽쪽, 정민이 쇄골에 입을 맞추고 마저 옷을 벗기기 시작했다. 브래지어를 부드럽게 위로 올려 가슴을 주무르다가 후크를 빼내 완전히 벗겨냈다.

아래에 입고 있던 레깅스와 반바지도 침대 아래로 떨어지고, 어느새 한이는 하얀 맨살을 드러낸 채 알몸이 되었다.

"예뻐요."

다정한 목소리로 말하며, 정민이 한이의 이마를 손바닥으로 쓸었다.

다시, 다정한 최정민이었다.

정민의 다정함은 꼭 한겨울의 난롯가 같아서 주변 사람들을 모두 그의 주변으로 끌어들이곤 했다. 고등학교 때부터 항상 그랬다.

잘생긴 얼굴로 친구들의 시기를 한 번쯤은 살 법도 한데, 그것도 없었다. 정민의 곁에 있으면 마음이 훗훗해졌으니까.

연출가로서 연습실에 있을 때는 차가워 보였지만, 실상 자세히 들여다보면 꼭 그렇지만도 않았다. 지적이나 조언을 할 때도 항상 누구누구 씨, 아주 좋았는데 그 부분은, 이라고 말을 시작하며 단호하나 부드러운 말투로 말하곤 했다.

그런 점이 좋아서 어릴 때 그를 마음에 담았다.

저렇게 다정함을 나눠주려면 속이 얼마나 넓고 따뜻한 사람이 되어야 하는 걸까.

아마, 동경도 섞여 있는 감정이었으리라. 지금 또한 마찬가지였다.

정민과 함께 있어서였을까. 몸이 금방 뜨거워졌다.

정민이 맨몸으로 누워 있는 한이를 바라보며, 자신도 옷을 벗었다. 무릎을 꿇고 침대에 앉은 채로 팔을 엑스 자로 해, 위에 입고 있던 니트를 훅 벗는다.

서른이 되었는데도 여전히 그의 몸은 탄탄하고 늘어진 곳이 없었다.

"왜 그렇게 쳐다봅니까?"

"아, 안 쳐다봤는데요."

"아닌데? 쳐다본 것 같은데?"

"……흐, 흠. 몸 좋으시네요."

"후후."

정민이 웃으며 한이의 알몸을 부드럽게 쓰다듬었다. 한이의 아랫배에 손을 올리고, 그녀의 몸을 뒤로 뒤집었다.

부드러운 이불 시트에 얼굴을 파묻은 채 한이가 매끈한 등을 들썩거렸다. 정민이 한이의 척추를 따라 엉덩이 골까지 쪽쪽 키스하며 내려왔다.

아까 전 소품에 얻어맞아 누렇게 멍이 든 피부를 손가락을 살살 쓰다듬다가 살짝 누른다.

"……아!"

"아파요?"

"누, 누르니까 아프죠."

"다치지 마요."

정민이 멍이 든 곳을 혀로 싹 핥았다. 아픈 것 같기도 하면서, 오싹한 기분이 들었다. 정민의 얼굴을 보이지 않고 등 뒤에서 그가 콘돔 비닐을 뜯는 소리만 들렸다.

"후우……."

콘돔을 낀 정민이 그녀의 뒤로 다가왔다. 그리고 엉덩이를 두 손으로 부여잡아 골반만 들어 올리게 했다.

"흐읏."

한이가 이불에 뺨을 비볐다.

깊게 들어와서 더 잘 느껴지긴 했지만 뒤로 하는 자세는 항상 부끄러웠다. 정민이 한이의 두 팔을 붙잡아, 등 뒤로 꺾어 한 손으로 단단하게 붙잡았다.

정민에게 약하게 결박되자, 그에게 속박되어 있는 기분이 들었다.

"아프면 말해요."

정민이 성기를 천천히 한이에게 집어넣기 시작했다. 아까 전의 애무로 한이의 여성은 이미 축축하게 젖었고, 풀어져 있었다.

"흐으, 흐앙……!"

끝이 들어와 처음 벌어질 때는 조금 버거웠으나, 반쯤 들어가자 뜨겁게 휘몰아치는 쾌락 때문에 하늘로 들려 있는 골반이 들썩거렸다.

정민이 좀 더 허리에 힘을 주어 끝까지 성기를 넣는다.

"큣."

까슬거리는 음모가 그녀의 엉덩이에 닿아왔다.

성기 뿌리까지 완전히 넣은 상태로 정민이 작게 몸을 떨었다. 축축하고 뜨거운 내벽이 가득 죄어오는 느낌에, 아랫배에 벌써부터 열이 퍼졌다.

"한이 씨, 좋아요……."

이제 시작인데 벌써부터 흥분이 차오른다.

정민은 뒤로 꺾어 붙잡고 있던 한이의 팔을 놓아주었다. 한이가 침대 헤드를 손으로 붙잡았다. 정민이 한이의 골반을 꽉 움켜쥐고는 추삽질을 시작했다.

"으, 으웃, 아, 아!"

퍽퍽 치고 들어오는 힘에 한이의 몸이 자꾸 앞으로 밀렸다. 헤드를 잡고 있는 손에서도 힘이 빠졌다. 결국 헤드를 놓치고 상체가 침대 위로 무너졌다.

정민이 완전히 한이의 등 위에 몸을 겹쳐 눌렀다. 정민의 아래에 완전히 깔리게 되자, 숨이 막히면서도 더 흥분되는 것 같았다.

정민의 흥분에 찬 목소리가 한이의 귓가에 닿아왔다.

"한이 씨, 느껴져요?"

"으웃, 네……."

"뜨거워."

정민이 빠르게 골반을 아래위로 움직였다. 한이가 그에 맞춰 허리를 돌리기 시작했다.

쾌락 때문에 발가락에 힘이 들어가고 입이 자연스레 벌어졌다. 입안에 침이 고였다.

"좋아요, 좋아해요."

정민이 탁한 목소리로 중얼거렸다. 좋아해요. 정민의 입에서 나온 그 말이 너무 비현실적으로 들렸다. 흥분 때문에 정신이 없는 와중에도, 그 말만은 귓가에 콕 박혔다.

정민이 한이에게 몸을 딱 붙인 채 엄청나게 빠른 속도로 골반만 들썩거렸다. 깊숙한 곳이 찔러오자, 한이의 목이 뒤로 꺾이며 신음을 크게 내뱉는다.

"하, 으응, 하아앙!"

정민이 그녀의 어깨를 다독였다. 그러고는 턱을 붙잡아 고개를 뒤로 틀어 키스했다. 그녀의 안에서, 단단한 성기가 더 크게 부푸는 게 느껴졌다.

"허억……!"

한이가 숨을 참으며 몸에 힘을 주었다. 아래가 잔뜩 벌어져 뜨겁고 간지러웠다.

정민이 한이의 봉긋한 어깨에 키스하며, 그녀의 몸 아래쪽으로 손을 밀어 넣어 가슴을 주물럭거렸다.

"많이 보고 싶었어요."

정민이 탁한 목소리로 그녀의 귀에 속삭였다. 귓가에 숨이 불어오자, 한이가 크게 몸을 바르작거리며 침을 삼켰다.

정민이 성기를 완전히 빼냈다가 다시 뿌리까지 한 번에 집어넣는다. 퍽, 살이 맞부딪치는 소리가 요란하게 들렸다.

"아, 아, 아, 앗!"

한이가 쾌락 때문에 어쩔 줄 모르고 고개를 흔들었다.

정민의 움직임에 따라 입이 벌어지고 신음이 튀어나왔다. 정민의 성기는 여전히 굵고 단단해져 있었는데, 한이의 몸은 오르가슴으로 치닫기 시작했다.

"으, 흐으…… 아, 아. 정민 씨."

한이가 고개를 뒤로 돌려 젖은 눈동자로 정민을 바라보았다.

정민이 한이의 가랑이 사이로 손을 불쑥 집어넣어, 두툼한 엄지로 클리토리스를 꽉 누르고 문질렀다.

"아웃……!"

계속 치고 들어오는 성기와 클리토리스의 자극이 동시에 찾아오자, 한이는 쾌락 때문에 머리가 멍멍해졌다.

너무 느껴서 신음조차 낼 수 없었다. 그저 껄껄 숨을 간신히 내뱉으며, 침대 시트에 젖은 얼굴을 파묻을 뿐이었다.

"좋아요?"

정민이 나지막하게 물어왔다.

"아, 미, 미칠 것 같아요, 아, 으웃, 아아앗!"

결국 한이가 혼자서 먼저 오르가슴에 도달했다. 그 순간 정민을 품고 있던 그녀의 질이 강하게 수축되었다.

"큭."

정민이 살짝 얼굴을 찌푸리며, 한이의 엉덩이를 부드럽게 쓰다듬었다. 한이는 허리를 바들바들 떨며, 오르가슴의 여파에서 빠져나오지 못하고 있었다.

정민이 한이의 몸을 다시 뒤집어 얼굴을 마주 보게 했다.

"아, 저, 정민 씨…… 나……."

"응. 알았어요. 나 여기 있어요."

나 힘들다고 말하려고 했는데. 정민은 듣지 않고 다시금 느리게 성기를 안에서 돌리기 시작했다. 한이는 달리기를 하고 난 것처럼 숨이 계속 차올랐지만, 정민의 몸짓에 다시금 흥분이 되기 시작했다.

긴긴 밤의 시작이었다.

Rrrrr. Rrrrr.

"아우……."

한이가 바로 머리맡에서 크게 울리는 알람 소리에 눈을 힘겹게 떴다. 어제 밤새 눈물이 고였다 말랐다 한 눈동자가 뻑뻑해서 잘 떠지지 않았다.

"으음……."

목구멍이 칼칼했다. 계속 신음을 내지른 탓에 목이 간 모양이었다. 한이가 목을 손바닥으로 감싸며, 잠들기 전 마지막을 떠올려 보려 애썼다.

제대로 기억이 나지 않았다.

정민과 몇 번이고 계속 몸을 맞췄던 것만 기억났다. 두 번째 했을 때는 둘 다 침대 위에 맨몸으로 널브러졌다.

'이제 삼십 대라 두 번 이상은 힘들어요.'

정민이 푸스스 웃음 섞인 숨을 씩씩 내쉬며 그렇게 말했지만, 정신을 차려보니 둘은 세 번째 섹스에 돌입해 있었다.

아마 마지막에는 거의 기절하듯이 잠든 것 같았다.

팔뚝에 느껴지는 온기에 옆을 돌아보았다. 정민이 옆에서 곤히 잠들어 있었다.

'안 가고 여기서 잤구나⋯⋯.'

흐트러진 머리카락 사이로 단정한 얼굴이 보였다. 입술은 약간 벌어진 채 쌕쌕 숨을 토해내고 있었다. 가슴이 간지럽고 기분이 묘해졌다.

'나 그냥 이렇게 네 옆에 있어도 되는 걸까, 정민아?'

한이가 옆으로 누워 정민을 바라보았다. 일어나서 씻고 나가야 하는데, 쉽사리 몸이 침대에서 떨어지지가 않았다.

감겨 있는 눈꺼풀과 속눈썹이 미약하게 떨리는 걸 바라보다가, 어느새 한이도 다시 잠이 들어버렸다.

허겁지겁 일어나게 된 건 몇십 분 후였다.

"하, 한이 씨. 일어나 봐요."

정민이 다급하게 한이의 어깨를 붙잡고 흔들었다. 한이가 그제야 눈을 다시 번쩍 떴다.

"⋯⋯어?"

나 다시 잠들었구나. 그제야 상황 파악을 하고 한이가 엉망으로 뻗친 머리카락을 손으로 급하게 빗었다.

"저희 늦었어요."

시계를 보니 이미 옷을 다 차려입고 나가야 했을 시각이었다.

"⋯⋯헉."

"아, 저도 완전 뻗어서 자느라. 우선 얼른 씻어요."

정민이 멍한 상태로 누워 있는 한이의 손을 붙잡아 일으켜 세웠다. 아직 둘 다 맨몸이었다.

밝은 아침에 보자, 민망해서 한이가 허둥지둥 바닥에 널브러져 있는 옷으로 대충 몸을 가리고 화장실로 들어갔다.

"저, 정민 씨는요?"

한이가 급하게 양치질을 하며 칫솔을 입에 물고 정민에게 물었다. 정민은 옷을 반쯤 꿰입은 채로 한이를 돌아보았다.

항상 단정하고 부드럽게 정돈되어 있던 머리카락이 엉망으로 삐죽삐죽 튀어나와 있는 걸 보자 괜스레 웃음이 나왔다.

"전 제 오피스텔로 올라가서 씻고 가야죠. 한이 씨, 저희 연습실로 바로 옵니까?"

"네에."

"……그럼 이따가 봐요."

어쩐지 정민의 목소리가 전보다 훨씬 부드러워진 것 같았다.

"이따가요?"

"데이트해야죠. 이제 애인 사이인데."

"……네? 애인이요?"

한이가 당황해서 잠깐 얼굴이 굳었다.

"설마 이래 놓고 이번에도 저 싫다고 하는 건 아니죠? 한이 씨, 그러면 정말 나쁜……."

"아니, 아니에요! 아니에요!"

한이가 와락 정민의 팔을 붙잡았다.

"그, 그런 게 아니라…… 그, 급작스럽고 당황스럽기도 하고. 전에 말, 말한 것처럼 사정이……. 정민 씨가 싫은 게 아니라, 아니, 엄청 좋은데, 진짜 좋은데, 정말 좋은데……!"

"풉."

더듬더듬 말을 늘어놓는 한이를 바라보다 정민이 해사하게 웃었다. 그러고는 한이의 엉킨 머리카락을 손으로 쓰다듬었다.

"그렇게 여러 번 말 안 해도 나 좋아하는 거 아니까 그만해요. 어제 몸으로 다 알려줬……."

"으악! 저, 정민 씨!"

한이가 얼굴이 빨개져서 소리쳤다.

"그럼 우리를 무슨 사이라 부를지는 일단 보류. 나중에 얘기합시다."

"……네."

정민이 짧게 한이의 이마에 키스하고 후다닥 밖으로 나갔다. 정신없는 아침이었다.

한이가 재빨리 물을 끼얹어 샤워를 하고 수건으로 머리를 탈탈 털면서 바깥으로 나왔다.

"어?"

바닥에 정민의 코트가 있었다.

"……급해서 이거 안 입고 와이셔츠 차림으로 나갔구나."

한이가 코트를 집어 들어 몇 번 털고, 옷장에 고이 걸어두었다.

머리를 다 말리지도 못한 채 한이가 청바지를 껴입고 뛰쳐나왔다. 다행히도 엘리베이터를 바로 잡고 오피스텔 건물 바깥으로 황급히 걸어가고 있을 때 종현에게서 전화가 걸려왔다.

-어디세요, 피디님?

"저, 지금 가요!"

-으엑! 아침 준비 찍기로 했잖아요.

"미안, 미안. 어제 가이드해준 대로 종현 씨가 먼저 촬영 개시하고 계실래요? 늦잠 잤어요. 죄송해요."

-알겠어요. 근데 연출가님도 안 오셔서 아직 본격적으로 뭐 시작한 건 없긴 해요.

"……아하하, 그렇구나. 다, 다행이다. 알겠어요."

-여튼 좋은 아침! 얼른 오세요!

"응, 종현 씨도 좋은 아치……."

"뭡니까?"

활기찬 종현의 목소리에 기분이 좋아져서 웃음기 섞인 목소리로 인사말을 건네는 순간, 뒤에서 불쑥 낯익은 목소리가 난입해 들어왔다.

정민이었다.

"준비하고 나오니까 앞에 걸어가길래."

"어어, 여튼 끊을게요!"

급히 전화를 끊고 정민을 돌아보았다. 정민은 어쩐지 입술이 좀 튀어나온 모양새로 한이를 바라보고 있었다.

"아…… 언제 오냐고 전화 왔네요. 다른 분들도 정민 씨 기다리고 있는 것 같아요."

"흠."

정민이 왠지 모르게 불만스러운 표정으로 고개를 갸웃거리더니 한이의 어깨를 붙잡아 휙 이끌었다.

"갑시다."

"네? 어어, 네."

갑작스레 어깨동무를 하게 되자 한이가 당황해서 말을 더듬었다.

"혹시 차 있어요? 내 차 수리 맡겨놔서."

"아뇨. 전 차 아직 없는데…… 차 고장 나셨어요?"

"접촉 사고 때문에 범퍼가 나가서."

"아……."

"그럼 할 수 없죠. 정류장으로 뜁시다."

정민이 이번에는 너무나 자연스럽게 한이의 손을 붙잡고 달리기 시작했다. 다리 길이 차이가 나서 한이는 정민에게 따라붙기가 힘들었다.

"저, 저기 정민 씨! 너무 빨라요!"

한이의 외침에 정민이 속도를 차차 줄였으나 손은 여전히 빼지 않았다. 한이가 꽉 잡혀 있는 자신의 손을 내려다보았다.

결국 둘은 나란히 같은 버스를 타고 출근했다.

연습실에 들어가자 배우들과 스탭들이 어리둥절한 표정으로 동시에 지각해 들어온 둘을 바라보았다.

"왜 같이 오세요?"

어색한 침묵을 먼저 깨뜨린 건 우혁이었다.

"냄새가 나. 냄새가 나는데?"

우혁이 깐족대며 능글거리게 웃었다. 정민은 퉁명스레 대답했다.

"무슨 냄새가 납니까? 씻고 왔거든요?"

"에이, 정민 씨. 수상하다고요."

"수상할 거 하나도 없습니다."

"근데 어떻게 두 분이 같이 와요?"

우혁이 한이와 정민의 주위를 빙빙 돌았다. 한이는 뭔 말을 해 봤자 별 도움이 안 될 것 같아 하하 웃으며 그저 침묵을 지켰다.

"오다 만났습니다."

"정말?"

"정말이지 그럼 거짓말합니까?"

"흐음……."

정민이 눈썹을 꿈틀거리며 자기 쪽으로 붙어오는 우혁을 슥 밀 어냈다.

"늦어서 죄송합니다. 일 시작하죠. 음감님은 저랑 잠깐 이야기 좀."

정민이 후다닥 그 자리를 벗어났다. 그러자 모든 시선은 다시 한이에게로 꽂혔다.

하하하. 한이가 어색한 로봇처럼 웃다가 다급하게 종현에게 손 짓했다.

"조, 종현 씨! 저희도 일해요!"

"그게 정말이에요? 인터뷰 해준대요! 대박."

종현이 펄쩍 뛰어올랐다. 한이가 싱긋 웃으며 고개를 마구 끄덕 였다.

"네. 네. 인터뷰해준대요."

"아니, 어떻게 허락을 받았어요? 완강하시더니."

"어어……."

한이가 두 눈을 굴리며 고민하다가 대충 둘러댔다.

"하하, 계속 부탁하던 게 먹혔나 봐요. 잘됐죠!"

"당연하죠! 역시 우리 지성과 미모를 겸비한 이 피디님!"

종현이 한이와 맞장구치며 꺅꺅 소리를 질렀다. 둘은 두 손바닥을 마주치며 깔깔대고 웃었다.

그때 붙어 있는 둘 사이를 기다란 팔 하나가 가르고 들어왔다.

"엉?"

종현이 불쑥 끼어든 인물을 돌아보았다.

"억, 연출가님."

정민이 한쪽 눈썹만 미묘하게 올라간 사나운 얼굴을 하고 한이를 빤히 노려보았다. 한이가 꿀꺽 침을 삼키며 긴장한 기색으로 서 있었다.

정민은 한쪽 손을 바지 주머니에 꽂은 채 삐딱하게 서서 기어코 종현을 한이에게서 떨어뜨려 놓았다.

"인터뷰하자고 하지 않았습니까. 지금 합시다."

"지금이요? 넵, 좋아요! 종현 씨, 촬영 준비 좀! 카메라도 가져와서 간이 조명 설치하고 사진도 몇 장 찍을게요."

"……뭐, 마음대로."

한이가 신 나서 카메라를 가지러 가자, 종현이 쪼르르 따라붙어 자그마하게 속삭였다.

"이상한데, 이상해."

"뭐가요?"

"냄새가 나요. 냄새가 나는데?"

아까 우혁의 말투를 흉내 내며 종현이 킬킬댔다.

"아니, 종현 씨까지 정말 왜 이래!"

도둑이 제 발 저린다고, 한이가 펄쩍 뛰며 고개를 저었다.

"왜 이러긴. 진짜 이상하니까 그렇죠! 딱 봐도, 응? 질투하는 것 같던데."

"……무슨 질투야."

"둘이 솔직히 뭐 있었죠?"

"아뇨, 어, 없어요. 그런 거. 쓸데없는 소리 그만하고 일이나 합시다. 인터뷰해주신다잖아요. 마음이 바뀌기 전에 얼른 따요."

"……흐ㅇㅇㅇ음."

종현이 눈을 좁히며 한이를 바라보았다.

"에이, 진짜! 아무 사이도 아니라니까!"

"근데 절 그렇게 죽일 듯이 노려봐요? 오늘 한 번이 아니야! 이 피디님이랑 붙어 있을 때마다 절 잡아먹을 것처럼 봤단 말이에요."

"……쉿. 그만, 그만."

한이가 종현의 입을 틀어막아 말을 멈추게 했다.

질투라니. 속이 울렁거리는 단어였다. 종현을 못마땅하게 쏘아보던 정민의 얼굴이 떠올랐다. 정민이 이렇게 하나씩 마음을 보여줄 때마다, 얼떨떨하면서도 정말 정민이 자신을 좋아하는 게 현실이구나 싶었다.

이런 설레는 감정을 느껴본 게 얼마만인지.

찬과의 연애는 한이에게 첫 연애이자 마지막 연애였다. 처음에야 좋았지, 햇수가 늘어날수록 점차 무심해지는 찬 때문에 속만 끓고 지냈다.

'······됐다. 지금은 일 생각만!'

한이가 머리를 붕붕 흔들며 카메라와 질문지를 들고 정민에게로 돌아왔다. 정민은 안경을 벗은 채, 다리를 꼬고 앉아 있었다.

"인터뷰 외에 중간 촬영하는 것도 허락해주시는 거죠?"

한이가 묻자 정민이 대충 고개를 끄덕였다.

"알겠습니다. 마음대로 하세요."

"감사합니다! 그럼 우선 준비된 질문부터 몇 개 드릴게요. 우선 '허니 트랩'이라는 작품 구상을 할 때 가장 중요하게 생각했던 점은 무엇인가요?"

"음, 주인공 둘 사이에 감정선과 쫓고 쫓기는 심리전을 어떻게 하면 추리적인 기법을 도입해서 잘 표현할 수 있을까 고민했습니다."

"'허니 트랩'에 대한 영감은 어디서 얻으셨나요?"

"글쎄요. 딱히 계기가 있기보다는, 계속 쓰고 싶었던 이야기였어요."

"뮤지컬 연출을 시작하게 된 계기는 어떻게 되시는지······."

"고등학교 때부터죠."

고등학교 때 이야기가 나오자, 한이가 잠시 숨을 멈추었다.

"고등학교 때 연극부에 있었거든요. 처음엔 멋모르고 선배들이 '너 잘생겼으니까 들어와라.'라고 해서 얼떨결에 들어갔는데, 좋은 경험이었죠."

"그럼 그땐 배우를 맡으셨나요?"

"네, 그랬죠. 연기 못한다고 선배들한테 엄청 혼났지만. 하하."

옛 추억이 떠오르자 긴장이 풀렸는지, 정민이 꼬고 있던 다리를 풀고 씩 웃었다. 카메라가 그의 웃고 있는 얼굴을 한껏 클로즈업했다.

"전 연기 체질이 아니에요. 연기보다 극을 만들고 싶었어요."

"그때부터요?"

"네. 그랬죠. 고등학교 시절은, 제가 가지고 있는 가장 큰 예술적 자산이라고 생각해요. 그 시절에서 많은 소재와 영감을 떠올려요. 순수하고 열정적이었죠."

"……그러셨군요."

한이가 고개를 끄덕이며 다음 질문으로 넘어갔지만, 그녀의 머릿속은 잠시 10년 전으로 되돌아가 어린 정민을 떠올렸다.

그의 말이 맞았다.

그 시절, 정민은 누구보다 순수하고 열정적이었으며 반짝거려 보였다.

그 무엇에도 비할 수 없을 만큼.

고등학교 1학년 2학기가 시작되고 얼마 지나지 않은 가을날이었다. 이한이가 아닌, 이하니였을 시절.

정민은 교복이 아닌 멋들어진 양복을 차려입고 축제 때문에 시끄러운 복도 곳곳을 돌아다니며, 조잡한 전단지를 학생들 손에 쥐어주고 있었다.

"연극 동아리 무대가 곧 시작됩니다! 30분 후까지 대강당으로 모여주세요!"

하니는 아이들로 가득한 복도 끝에서 어중간하게 서서 정민을 바라보았다.

축제로 다들 들떠 있었지만, 하니만 혼자였다. 같이 뭐를 보러 가자고 손을 잡아줄 친구가 한 명도 없었기 때문이다.

수련회, 소풍, 축제. 이런 날들이 하니에게는 가장 고역이었다.

정민의 얼굴에서 긴장이 조금 엿보였지만, 활기가 가득 차 보였다.

'연극부라고 했지…….'

혼자 가서 보면 너무 눈치 보일까. 하니가 퉁퉁한 몸을 공처럼 둥그렇게 말았다.

'그냥 조퇴 시간까지 교실에 혼자 있어야겠다.'

하니가 바닥을 내려다보며 축 늘어진 어깨로 터덜터덜 걸어갈 때였다.

"이하니!"

그녀를 발랄한 목소리가 돌려 세웠다.

"어어……."

"왜 여기 혼자 있어? 너도 이거 보러 올래?"

정민이었다. 정민이 화사한 웃음을 지으며 하니에게 전단지를 내밀었다. 하니는 너무 떨려서 제대로 얼굴을 들 수조차 없었다.

"내, 내가?"

"응. 야, 나 팔 떨어지겠다. 이거 받아."

정민이 전단지를 하니의 품에 안겨주었다.

"으, 으응……."

"올 거지? 30분 후면 시작이야."

"나, 나는……."

"응?"

정민이 짙은 눈동자를 반짝거렸다.

"난 같이 보러 갈 애가 없어서…… 못 보러 갈 것 같아."

사실 보러 가고 싶었다. 정민은 1학년임에도 잘생긴 얼굴 덕택에 꽤 주요한 역을 맡았다고 했다. 전단지에 동그랗게 박혀 있는 그의 얼굴은 환하게 웃고 있었다.

정민은 잠시 눈을 동그랗게 떴다가 이내 휙 반달 모양처럼 눈매를 휘며 하니의 어깨를 도닥거렸다.

"꼭 같이 봐야 하나? 아! 우리 스탭 애들 앉아 있는 자리 몇 개 남는데, 너 거기 앉아라."

"그, 그렇게 안 해줘도 돼."

"아냐. 네가 꼭 봤으면 좋겠어서 그래."

"……왜?"

"으음, 이하니 너는 보는 눈이 있는 것 같아."

"내가?"

"전에 뮤지컬 감상문 내라고 했을 때, 네가 발표했잖아. 진짜 잘 썼더라. 난 똑같은 걸 보고도 그렇게 생각 못 했거든."

"……"

하니의 얼굴이 붉게 달아올랐다.

그래, 그런 일이 있었지. 하니도 까먹고 있던 일이었다.

정민은 남에게 칭찬해주는 게 능숙해 보였다. 하니는 그런 점 하나하나가 부럽고 멋져 보였다.

정민이 우물쭈물하고 있는 하니의 등을 손바닥으로 살짝 밀며, 대강당

쪽으로 이끌었다.

"그러니까 우리 연극 보고 나한테도 감상 말해줘."

"연극 정말 좋아하나 봐."

"어. 연극도, 영화도, 뮤지컬도 다 좋아. 재미있어."

뭘 좋아한다고 당당하게 말할 수 있는 건 축복인 것 같아, 정민아. 하니는 속으로만 생각하며 고개를 끄덕거렸다.

기어코 하니는 정민에 이끌려 대강당 안으로 들어왔다.

안에는 조금 사람이 차 있었다. 아는 얼굴들도 몇 있었다. 같은 반 여자애들이, 정민과 함께 들어오는 하니를 못마땅하고 의아스러운 시선으로 노려보았다.

"저쪽에 앉으면 돼."

정민이 알고 그랬는지는 모르겠지만, 하니의 오른쪽으로 쓱 붙어서 여자애들의 시선을 가려주었다.

하니가 대강당 앞쪽으로 걸어가다가 순간 다리에 힘이 풀려 비틀거렸다. 퉁퉁한 몸이 휘청거리자, 정민이 단단하게 잡아주었다.

"넌 되게 자주 넘어진다."

"……고, 고마워."

"발목에 힘이 약한가 봐. 조심해. 저번에 체육시간에도 접질려서 반 깁스 하고 다니지 않았어?"

"응……."

넘어져 발목이 다쳤을 때도 정민만이 다가와 그녀를 부축해주었었다. 그의 다정한 말에 하니는 그대로 몸에 힘이 풀리고 녹아내릴 것 같았다.

정민은 동아리 스탭들이 앉아 있는 쪽으로 하니를 데려왔다.

"제 친군데 여기 앉아서 보라고 해도 돼요, 선배?"

"어? 그래. 맘대로 해라."

"이하니, 너 여기 앉아서 봐."

정민이 두 번째 줄 가장 중앙 자리에 하니를 앉혔다.

"시작하기까지 30분 남았는데 심심하겠다. 난 다시 애들 끌어모으러 가야 되거든."

"아냐. 괜찮아. 가봐. ……고마워."

"뭐가 고마워?"

"그냥 다."

"별게 다 고맙다. 나 간다!"

정민이 하니에게 크게 손을 흔들고는 다시 나갔다. 하니는 심장이 하도 두근대서 손가락까지 떨려왔다.

정민이 알면 주제도 모르고 웃긴다고 생각할지도 모르지만, 하니는 정민을 좋아하고 있었다.

다른 아이들이 대놓고 자신을 무시하고 따돌림 시킬 때에도, 정민만은 그러지 않았다.

그렇다고 친구라고 부를 만큼 특별하게 친한 사이도 아니었지만 정민은 자신을 다른 사람들과 똑같이 대해주었다.

'쟤 고아라며?'

'교복도 엄청 낡았네. 색도 이상하고.'

'중고로 물려받았겠지.'

'뚱뚱해. 냄새 나.'

하니가 왕따가 된 데에는 엄청나게 특별한 사건이 있었던 건 아니었다.

그저 학기 초 4월에 있었던 수련회에 돈이 없어 참가하지 못했고, 수련회가 끝나고 난 교실은 이미 죄다 놀 그룹이 정해진 후였다.

하니는 그 후로 겉돌기 시작했고, 점점 뒤에서 그녀는 공공의 놀림거리가 되었다.

모여서 험담할 주제가 하나 있으면, 사람들은 음습한 비밀을 나누며 더 친해지기 마련이었다. 1학년 4반의 그 험담 주제는 대체로 이하니였다.

그러나 정민만은 그러지 않았다.

그 또래 아이들이라면 뒷담화를 하고 있을 때 빠져나오는 게 쉽지 않을 텐데 정민은 달랐다. 다른 애들도 정민의 앞에서는 자연스레 말을 조심하게 됐다.

정민의 모든 점이, 자신에게는 없는 것이었다.

하니가 정민이 준 전단지를 내려다보았다. 연극. 공연. 모두 다 정민다운 것이었다.

곧 연극이 시작됐다. 하니는 숨을 죽이고 연극을 바라보았다. 학생들이 하는 거라 어딘가 어색하고 유치한 점이 있었지만 사뭇 진지해 보였다.

드디어 정민이가 등장했다. 항상 여유롭고 부드럽던 정민도 이때만큼은 엄청 긴장했는지 이마에 땀이 맺혀 있었다.

하니가 조마조마하게 손을 모으고 바라보았다. 다행히 실수 없이 대사를 치고 들어갔다. 극이 끝나고 모든 부원들이 앞에 나와 손을 잡고 인사했다.

"감사합니다!"

정민이 허리를 숙이고 피면서, 얼핏 자신 쪽을 바라본 것 같았다. 다 끝나고 아이들이 무대 아래로 내려와, 친구들에게 인사를 했다.

정민이 슬쩍 하니 쪽으로 다가왔다.

"이하니!"

정민이 불렀지만 하니는 서둘러 대강당을 빠져나왔다.

당장 얼굴을 마주하기가 너무 부끄러웠다. 연극을 보는 내내 정민에 대한 마음이 너무 커져서, 지금 한마디라도 나누었다간 금세 마음이 새어 나갈 것 같았다.

정민의 어리둥절한 목소리가 뒤통수에 꽂혔지만 하니는 무시했다.

나오자마자 갑자기 열이 솟구쳤고, 하니는 담임선생님에게 가서 조퇴 시간에 맞추지 않고 일찍 집에 가겠다고 했다.

어찌나 머리에 열이 가득한지 눈앞이 핑글핑글 돌았다. 가까스로 보육원에 돌아와 이불에 몸을 뉘였다.

체온을 재보니 38도였다. 반쯤 정신이 나가서 수녀님을 붙잡고 이것저것 횡설수설했던 것 같았다.

수녀님은 지독한 열감기라고, 다른 말로는 상사병이라고도 했다.

그날 이후, 하니는 자기 마음이 들킬까 무서워서 정민과 더 거리를 멀리했다.

남에게 스스럼없이 다가가고 따뜻하게 말을 건네는 정민과 다르게 자신은 겁쟁이였다. 그냥 같은 반에서 수업을 같이 듣고 있다는 것만으로도 좋았다.

말끔하게 잘생긴 얼굴에 또래보다 큰 키. 그는 교복이 참 잘 어울렸다. 하얀 와이셔츠와 감색 마이, 빨간색 타이. 다른 애들이 교복을 대충 입을 때에도 정민은 항상 단정하게 차려입었다.

꼿꼿이 허리를 세워 앉아 있는 모습이 멋져 보이는 건 비단 하니뿐만이 아니었다. 정민은 학교의 스타였다. 입학식 때부터 떠들썩했다. 급식실에 정민이 등장하면 다들 힐끔 돌아보곤 했다.

1학년 겨울쯤 어느 날도 그랬다. 하니는 혼자 급식실 구석 테이블에서 밥을 먹고 있었다. 대각선에는 2학년 여자들 몇 명이 앉아 있었다.

"야, 최정민이다! 너 쟤랑 같은 논술학원 다닌다며? 말해봤어?"

"아직 못 해봤지. 다음 주쯤 번호 물어보려고."

정민이 등장하자 여학생들이 웅성거렸다. 하니도 힐끔거리다가 혹시나 쳐다보는 게 들킬까 봐서 고개를 급히 숙였다.

정민은 친구 두 명과 같이 급식을 받아 이쪽으로 걸어왔다. 한 테이블에 네 명씩 앉을 수 있었는데, 하니가 있는 곳에는 그녀 한 명뿐이었다.

탁!

갑자기 하니 바로 앞에 식판이 놓였다.

"나 여기 앉아도 돼?"

정민이었다. 하니가 당황해서 안경을 더듬거렸다.

"어, 어, 그, 그래……."

순식간에 사람들 시선이 이쪽으로 쏠리는 게 느껴졌다. 정민은 싱글거리며 하니 앞에 앉았다. 세 명 앉을 자리가 별로 없어서 이리로 온 것이겠지만, 괜히 심장이 두근거렸다.

앞에 앉은 정민을 신경 쓰느라 밥도 제대로 먹지 못했다. 정민은 친구들과 웃으며 수다를 떨었다. 주로 게임 이야기였다. 알아들을 순 없었지만 그저 정민의 이야기를 듣고 있는 게 좋았다.

안 듣는 척하며 귀를 기울이고 있을 때였다.

"어디 아파? 왜 안 먹어?"

불쑥 정민이 말을 걸어왔다. 너무 놀라서 딸꾹질이 났다.

"아, 아냐. 다, 다 먹어서……."

"다이어트 하나 보지, 뭐."

정민 옆에 있는 남자애가 킬킬거리며 말했다. 정민이 이마를 좁혔다.

"넌 무슨 말을 그렇게 하냐?"

"나, 난 갈게."

하니가 급하게 일어서서 급식실 바깥으로 나왔다. 정민은 다정하면서도 단호하다. 그래서 좋은 거지만.

'바로 앞에 앉았어…….'

얼이 빠져 터덜터덜 느리게 교실로 걸어갔다. 그러다 계단 턱을 못 보고 발이 걸렸다.

"악!"

그대로 계단 위에 엎어지기 직전, 누군가 강한 힘으로 팔꿈치를 붙잡아 끌어당겼다.

툭! 몸이 뒤로 급히 움직이면서 안경이 바닥에 떨어졌다.

"저번에도 그러더니. 넌 진짜 자주 넘어진다."

하니의 등이 그 사람의 가슴팍에 닿았다. 안경이 벗겨져 시야가 흐릿했다. 하니가 뒤돌아 바라보았다. 뿌연 시야에도, 그 얼굴은 잘 보였다. 최정민이었다.

"……아, 안경 떨어졌네."

정민이 어쩐지 시선을 피하며 말을 어물댔다. 그리고 허리를 숙여 안경을 집어주었다. 하니가 급히 다시 안경을 썼다.

"고마워. 근데 왜 급식 안 먹구……."

"소화가 안 돼서 먼저 나왔어."

"……그렇구나."

"조심히 다녀."

하니가 고개를 끄덕거렸다. 정민이 하니를 스쳐 지나가려다 한마디 했다.

"너 안경 벗는 게 예, 예쁘더라."

하니가 뭐라고 대답하기도 전에 정민이 후다닥 자리를 떴다. 하니가 새빨개진 얼굴로 한참 동안 그곳에서 가만히 서 있었다.

1학년이 끝나고 2학년으로 올라갔다.

하니는 정민과 같은 반이 되었으면 좋겠다가도, 또 멀리 떨어져 그를 안 보고 싶기도 했다.

자주 꿈에서 정민이 등장했다.

꿈속에서 자신의 모습은 흐릿했고 정민만이 선명했다. 꿈속에서는 항상 둘은 사귀는 사이었다. 꿈이 끝나고 아침이 되면, 하니는 뻔뻔스럽게도 그런 걸 꾸었다며 자신을 자책하고는 했다.

2학년이 되고 정말로 하니는 정민과 같은 반이 되었다. 같은 반이 된 건 둘뿐이었다.

"우리 2년 연속 같은 반이네. 좀 친하게 지내자. 나 피하지 말고."

정민이 씩 웃으며 하니에게 말을 건넸다.

"피한 거 아닌데……."

"아니야? 나 피하는 건 줄 알았는데."

"내, 내가 널 왜 피해."

"그럼 다행이고."

하니는 한마디 할 때마다 속이 울렁거렸다.

2학년이 되어서는 그전보다는 조금 더 이야기도 나누고 했다. 하니는 그것만으로도 만족했다.

1년 새에 정민은 5센티미터가 더 컸으며, 더 잘생겨졌다. 정민은 부쩍 여자애들에게 고백을 많이 받았다. 그러나 그는 공부해야 한다는 이유로 죄다 거절해서 친구들의 원성을 샀다.

2학년이 되고 나서 또 달라진 점은 야자를 시작했단 것이다. 점심 급식은 지원이 나와서 괜찮았지만, 야자 전의 저녁 급식은 따로 돈을 내야 했다.

보육원에서는 조용히 공부할 곳이 마땅치 않아 야자를 하고 싶었지만, 저녁 급식비를 낼 돈이 없었다. 수녀님께 말해볼까 싶다가도 부담 드리기는 싫었다.

결국 후원자들이 정기적으로 보내주는 소보로 빵을 하나씩 들고 와, 혼자 교실에서 먹었다. 퍽퍽해서 잘 안 넘어갈 때는 복도에 있는 정수기에서 물을 떠 마셨다.

가끔 서러웠지만 일부러 아무 생각 않기 위해 빵을 먹으며 문제집을 풀었다. 외로움을 줄이는 데에는 별 도움이 되지 못했지만 성적은 올랐다. 그러다가 아이들이 하나둘씩 돌아오면 곁눈질로 정민을 바라보았다.

언제나 반짝거리고 멋져서, 멀찍이서 지켜보는 것만으로도 힘이 나곤 했다.

그냥 그렇게 고등학교를 보내고 싶었다. 정민을 바라볼 수만 있어도 좋았다. 그러나 문제는 2학년 가을이 끝나고 겨울이 될 즈음 찾아왔다.

날은 추워 나뭇잎도 떨어지고 동물들도 모두 몸을 수그리고 다니는데, 정민에게 향하는 마음만은 점차 더 당당하게 부풀고 있어서 난감하던 때였다.

그녀가 속해 있던 보육원이 재정 문제로 문을 닫게 되었다.

하니는 나이도 많아 곧 퇴소 대상자라 당장 거처가 애매해졌다. 수녀님이 사방팔방 연락해, 멀리 떨어진 지방에 있는 한 보육원으로 그녀를 보내기로 했다.

한시가 급했다. 하니는 2학년이 끝나기도 전에 급히 전학을 가야만 했다. 애초에 전학을 간다고 따로 알릴 친구도 없었으니, 급히 결정된 전학이 크게 불편한 건 아니었다. 하지만 정민에 대한 마음을 정리할 시간이 없다는 건 좀 아쉬웠다.

전학 가는 날, 하니는 교탁 앞에 섰다.

마지막으로 정민의 얼굴을 똑바로 쳐다보고 인사하고 싶었으나, 그녀는 끝까지 용기가 없었다.

"하니야. 인사해야지."

담임선생님의 말에 하니가 쓱 고개를 숙이고 웅얼거렸다.

"……자, 잘 있어."

모두를 보고 말했지만 실은 정민에게만 한 말이었다.

하니는 정민이 자신을 보고 있었는지 알 수 없었다. 그렇게 도망치듯 교실 밖을 빠져나와 먼 시골의 보육원으로 내려갔다.

나름 열심히 살았다. 좋은 성적으로 4년제 대학에 입학하고, 정민의 영향으로 공연기획과 관련된 전공을 하고, 사회인이 되었다. 그리고 하니라는 이름을 버리고 한이로 개명을 했다.

이름도 달라졌고 고등학교 시절의 주눅 든 성격은 나이를 먹으며 차츰 옅어져 갔지만, 정민에 대한 기억은 옅어지지 않았다.

머릿속 어딘가에 쿡 박혀 있다가, 가끔 가다 예상치 못한 때에 불쑥 튀어나와 마음을 곤란하게 했다.

그러나 다시 만날 수 있을 거란 기대는 하지 않았다.

열여덟, 겨울. 그게 마지막인 줄로만 알았다. 십여 년 만에 전 남자 친구의 결혼식장에서 재회하기 전까지는.

한이가 고개를 끄덕거리며 멘트를 정리했다.

"자, 여기까지 할게요."

정민에게서 첫 인터뷰를 무사히 따냈다. 생각보다 정민은 여러 이야기를 부드러운 어투로 해주었다.

"다 끝난 겁니까?"

"공식 인터뷰는 이걸로 될 것 같아요. 리얼 다큐이다 보니 중간중간 심정 인터뷰가 들어갈 수도 있어요."

한이의 목소리는 조금 잠겨 있었다. 고등학교 시절의 기억이 뭉글뭉글 떠올랐기 때문이었다.

한이가 애써 태연한 척하며 종현에게로 시선을 돌려 고개를 끄덕거렸다.

"종현 씨, 잘 찍었어요?"

"네. 연출님 카메라발도 완전 잘 받으시네. 방송 나가면 잘생긴 외모로 다들 깜짝 놀라겠는데요. 그죠, 이 피디님?"

종현이 싱글싱글 웃으며 하니의 어깨에 팔을 둘렀다. 정민의 매끄러운 이마에 힘이 들어가며 살짝 주름이 졌다.

"연출님이 이렇게 잘생기면 배우들 기가 죽겠어요."

"그러게요."

한이가 옅게 웃으며 종현에게 맞장구를 쳤다. 종현이 호들갑을 떨며 한이의 어깨를 살짝 그러쥐었다.

정민이 옆으로 흘러내린 머리카락을 휙 넘기며, 날카롭게 말했다.

"저기 한이 씨. 할 얘기가 있는데요."

"네? 어떤 거요?"

정민이 눈짓으로 종현을 가리켰다. 종현이 손가락으로 자기 가슴팍을 가리키며 어색하게 웃었다.

"저 나가야 되는 상황?"

"그, 그런 것 같은데. 종현 씨, 미안. 잠깐 연습실 안으로 들어가서 쉬고 있을래요?"

"알겠어요, 피디님."

종현이 슬금슬금 물러나고 정민과 한이 둘만 남았다.

"무슨 일 있으세요?"

한이가 눈치를 보며 운을 뗐다. 정민이 기다렸다는 듯 빠르게 말했다.

"둘이 무슨 사이예요?"

"둘? 설마 저랑 종현 씨요?"

"예."

"아, 아무 사이 아닌데요?"

한이가 당황해서 입을 벌렸다. 아무리 그래도 오해할 게 따로 있지. 종현 씨와의 사이를 오해하다니.

"저번부터 연습실에서 카메라 세워놓고 둘이서 맨날 귓속말로 속닥거리고. 저 남자는 원래 저렇게 스킨십이 짙습니까? 볼 때마다 어깨동무하고 있고."

"그, 그거는 종현 씨가 원래 좀 잘 치대는 성격이라서 그런 거예요. 정말 아무 사이 아닌데."

정민이 불만스러운 표정으로 턱을 쓸었다.

"그래요? 정말 아무 사이 아니죠?"

"그럼요. 아니라니까요."

"그럼 나랑은?"

"……네?"

"나랑은 이제 무슨 사이예요?"

한이가 잠시 말문이 막혔다.

정민과 정말로 사귀게 될 거라면, 과거를 다 밝히는 게 맞는 것 같았다. 그러나 이렇게 잠깐 떠올리는 것만으로도 기운이 쭉 빠지는데, 갑작스레 말로 털어놓기란 쉽지 않았다.

정민은 안경을 벗고 한이를 똑바로 쳐다보았다. 그의 새카맣고 깊은 눈동자에 웃음기가 서려 있었다. 정민은 한이가 난감해하는 걸 바라보는 게 즐거운 듯 입꼬리를 올렸다.

"말 못 하네."

"그, 그러니까……."

"됐어요. 질투 나서 그냥 투정부려본 거예요."

"……질투했어요?

한이가 눈을 동그랗게 뜨고 올려다보았다. 정민이 장난스러운 표정으로 말했다.

"네. 엄청."

"종현 씨 저 말고도 다른 사람한테도 다 저러는데…… 지, 진짜 예요."

"한이 씨가 너무 예쁘니까 마음을 놓을 수가 없잖아요. 누가 채 가면 어떡해요? 우리 아직 사귀는 사이도 아닌데."

한이의 얼굴이 점점 빨개졌다.

"조심할게요. 근데 걱정 안 하셔도 돼요."

"걱정이 된다니까요."

"으으음. 그러니까, 어, 저는 저, 정민 씨만 좋으니까……."

한이가 우물쭈물 말하자, 정민이 쑥 목을 빼 다가오며 하하 웃 었다. 한이가 고개를 들자 얼굴이 너무 가까웠다.

"꺅! 가, 갑자기 다가오면 어떡해요! 누가 보면……."

"보라고 해요."

"정민 씨!"

"얼굴도 예쁜데 왜 말도 예쁜 말만 해요?"

"그, 그, 그마안……."

더 듣다간 부끄러워서 죽을 것 같았다. 정민이 실실 웃다가 마 치 이마에 키스하려는 것처럼 다가왔을 때, 우혁이 근처로 다가오 며 소리쳤다.

"연출님! 우리 지금 동선 하나가 이상한데!"

"……아씨, 곧 가겠습니다."

정민이 방해받아 짜증난 듯 후 한숨을 내쉬며 대답했다.

"나중에 마저 대화해요."

정민이 싱긋 웃고 연습실 안으로 들어갔다. 흐아아. 살았다. 한이는 벌렁대는 심장을 부여잡았다.

시간이 흘러 퇴근 시간이 되었지만, 아직 연습실 안은 시끌시끌했다. 한이와 종현은 촬영을 끝마치고 어수선한 연습실에 대고 인사했다.

"저희 먼저 가보겠습니다. 수고하세요."

수정 사항이 하나 생겼는지 배우들과 정민은 분주해 보였다. 한이는 정민의 눈치를 살폈다.

"가세요."

정민이 멀찍이서 부드러운 목소리로 인사했다. 빤히 바라보는 눈빛이 평소보다 다정하고 따스했다.

괜히 민망해져서 한이가 머쓱하게 인사하며 몸을 돌려 바깥으로 나왔다. 나가는 한이의 등 뒤로 정민의 시선이 꽂혔다.

평소처럼 버스를 타고 오피스텔로 향했다. 찬바람이 얼굴을 아프게 후려쳤으나 정신이 몽롱했다.

'뭐라고 이야기를 시작하지? 내가 자기를 속였다고 배신감을 느끼지 않을까? 괜찮을까? ……정민이가 이하니를 어떻게 기억하고 있을까.'

별별 생각에 머리가 어지러웠다. 그대로 집에 들어가기보다는 산책이라도 좀 하는 게 나을 것 같았다. 근처 공원을 기약 없이 빙빙 돌았다.

지이잉. 손가락 끝이 찬바람에 차가워질 때쯤 휴대폰이 울렸다.

"정민인가?"

한이가 급하게 휴대폰을 꺼냈다.

"……어."

그러나 액정에는 의외의 이름이 떠 있었다. 김찬이었다.

5. 특별한 사이

한이가 한참 망설이다가 전화를 받았다. 결혼식 이후로 잘 산다더라 전해 듣기만 했지, 연락이 온 건 처음이었다.

"여보세요."

-전화 받네.

휴대폰 너머로 들려오는 찬의 목소리는 별다를 게 없었다.

"……왜 전화했어?"

-전화하면 안 돼? 그래도 몇 년을 같이 일했는데.

"그럼 되겠니? 같이 일하기만 했어? 구질구질하게 연애도 했지."

한이가 손가락으로 이마를 문질렀다.

-너무 까칠하게 구네.

"할 말 없음 끊어."

-잠깐! ……할 말 있어.

"뭔데."

-만나서 얘기하고 싶은데. 시간 돼?

"너한테 쓸 시간 없어. 전화로 해."

……그냥 요즘 뭐 하고 지내나 궁금해서.

어이가 없어서 헛웃음이 나왔다.

"뭐?"

-같이 보낸 시간이 얼만데 이렇게 매몰차게 구냐, 넌. 내가 미안하다고 했잖아.

"너, 지금 나랑 뭐 하자는 거야?"

-안부차 전화한 건데 네가 이렇게 나오니까 나도 속이 상하지.

"속이 상해? 네가 나한테 했던 짓 기억 못 해? 양다리 걸치다가 다른 여자랑 결혼했지. 몇 개월 동안 난 네가 딴 여자 만나는 줄도 모르고……."

-잘못했어.

잊고 있던 기억이 떠오르면서 울컥 감정이 치밀었다. 한이가 이마를 손으로 짚으며 후우, 숨을 내뱉었다.

"아니, 사과하지 마. 안 받아줄 거야."

-한이야. 나, 요즘 네 생각 많이 난다.

"너 술 취했니?"

-그냥 좀 마셨어.

풍문으로만 들었던 술 취한 새벽 2시 구 남친? 아직 새벽이 되기엔 멀었지만, 기분이 더러워지는 데에는 시각이 문제가 아니었다.

"술 취했으면 발 닦고 잠이나 자. 네 와이프는 네가 나한테 이러는 거 알아?"

-그 여자 얘기하지 마. 지금 나랑 통화하는 거잖아.

"야, 김찬. 너 진짜 정신 어떻게 된 거야? 결혼식 날에는 부잣집 딸한테 장가가서 입이 귀에 걸렸던데. 결혼 생활이 생각 같지 않나 봐?"

한이가 이를 꽉 물고 더 독한 말투로 쏘아댔다.

-그래, 힘들어. 사업도 생각보다 잘 안되고……. 네 생각만 나더라.

"진짜 미쳤네."

-너랑 나랑 좋았잖아. 네 자취방에서 살다시피 했는데…….

"네가 모텔비 아까워서 내 방에 온 거잖아. 둘러대지 마."

-이한이, 너 많이 예뻐졌더라. 아무리 생각해도 내 진짜 사랑은 너였던 거 같아. 나 있잖아, 진희한테는 그게 안 서.

"발기부전이면 병원 가서 약 처방받아. 나한테 전화하지 말고."

-보고 싶어. 지금 너희 집으로 가면 안 될까?

한이가 잠시 숨을 참으며 고개를 뒤로 꺾었다. 이 미친 새끼가. 평소의 그녀답지 않게 험한 말이 튀어나가려는 걸 간신히 참았다.

"……김찬."

-응? 한이야. 나 진짜 너무 외로워. 와이프랑은 각방 쓴다고. 진희는 날 봐주지도 않……

"그래서 어쩌라구. 3년 동안 내가 너한테 해왔던 것처럼, 또 가서 호구 짓 하라고? 아님 섹파라도 하자는 거야?"

-그게 아니라…….

"이혼하고 와."

―…….

"거봐. 대답 못 하네. 김찬, 진짜 인간 이하다. 지긋지긋해. 출세 위해서 나 버리고 부자 여자 잡았으면 빌붙어서 잘살아보던가. 그 와중에 아랫도리 허전하니까 나한테 전화를 해? 넌 짐승만도 못한 새끼야."

―이한이, 말이 심하잖아.

"그래, 심하지. 너한테 한 번도 이런 식으로 말한 적 없으니까. 난 뭐 입이 없어서 가만히 있었던 줄 아니?"

―그만해.

한이가 씩씩대며 휴대폰을 꽉 붙잡았다.

"싫어! 그만 못 해! 너 다시 전화하기만 해봐. 네 아내한테 일러 바칠 거니까!"

―하지 마.

"신혼이 각방이라니. 그 여자 마음도 이해는 된다. 네가 떡을 얼마나 못 쳤으면……."

―야. 됐어, 시발. 안 해.

"그래. 이렇게 나와야 김찬이지."

―조금이라도 네 생각했던 내가 병신이었지. 사람이 연애하고 헤어지고 할 수 있는 거지. 쿨하지 못하게. 내가 무슨 죄인이냐? 넌 사귈 때도 그랬어. 쪼잔해서는. 사랑을 못 받고 자라서 그런가.

"뭐?"

한이의 속눈썹이 바들바들 떨렸다.

-틀린 말 했냐? 맞잖아. 네가 없이 자라서 남한테 베풀 줄을 모르는 거야.

"……야."

-지금은 꼬라지가 봐줄 만해졌다지만 예전엔 뚱뚱하고, 못생기고, 고아에다가. 솔직히 너랑 떡 치는 맛에 사귄 거지.

"……."

-떡 정 생각나서 잠시 전화했는데, 빌어먹을. 괜히 했네. 기분만 잡쳤다.

"닥쳐."

-싫은데. 말 예쁘게 써야지, 여자애가. 하늘에 계신 부모님이 보시면…….

"더러운 입으로 우리 부모님 말하지 마, 이 자식아. 너 또 전화하면, 그대로 녹음 떠서 네 그 부자 와이프한테 보낼 줄 알아. 알았어!"

-이게 말이면 다인 줄…….

"끊어, 개새끼야!"

한이가 마구 진동하는 목소리로 소리치고는 전화를 끊었다. 휴대폰을 주머니에 집어넣는 손이 바들바들 떨리고 있었다. 한이가 그대로 힘이 풀려 근처 벤치에 쓰러지듯 주저앉았다.

"개자식…… 나쁜 자식……."

다른 건 다 건드려도 부모님 이야기는 아니었다. 야망에 눈이 멀어 그렇지 나쁜 사람은 아닐 거라고 믿어왔지만, 그 믿음이 산산이 부서지는 기분이 들었다.

"흡, 끄윽…… 흡."

그런 새끼한테 3년 동안 몸과 마음을 다 줬다는 억울함에 눈물이 차올랐다. 슬퍼서 우는 게 아니었다. 너무, 너무 화가 나서 울음이 나왔다.

3년 헛살았던 것 같다. 이십 대 청춘에 유일하게 만났던 사람인데. 그 반짝이는 청춘에 스스로가 오물을 튀긴 셈이었다.

이십 대 중반, 회사에 막 입사했을 때. 번지르르한 얼굴로 다가오던 찬을 거절했어야 했다.

'왜 하필 그 새끼를 좋아했지…….'

한이가 손등으로 눈가를 거칠게 문질러 닦았다. 눈 화장이 번졌다.

동기라 의지가 되기도 했지만, 무엇보다 찬은 누군가와 닮아 있었다. 이목구비는 달랐지만 말투나 제스처가 꼭…….

"……최정민."

그래, 정민을 닮았었다.

김찬이 최정민이 아님을 알면서도 자꾸 찬에게 눈길이 갔다. 그래서는 안 됐다. 첫 단추부터가 잘못이었다. 엉뚱한 사람에게서 정민을 찾으며, 그 다정함을 기대했으니.

사귄 지 1년이 되던 날, 한이는 아주 힘겹게 찬에게 털어놓았다. 부모님이 교통사고로 돌아가신 것, 마땅히 맡아줄 친척도 없어서 다섯 살의 나이에 보육원에 들어갔다는 것. 원래 이름은 이하니였다는 것.

20년 전의 일이지만 아직도 가끔 사고 당시의 장면이 떠오른다는 것. 자신은 다쳐도 아이는 살리기 위해 아이를 꽉 끌어안던 엄마의 품이라든가, 그런 것들.

부들부들 떨면서 간신히 털어놓은 이야기였다. 이런 식으로, 구질구질한 상황에 입 밖에 꺼내면 안 되는 것이었다.

"흐으윽, 윽, 끄윽, 흐어엉……!"

결국 오열하듯이 눈물이 터져 나왔다. 주변에 사람이 없어서 다행이었다.

"윽, 끄윽, 나쁜, 새끼, 흐으윽."

어두웠던 과거에서 도망치기 위해 겉모습도 싹 바꿨는데. 정민에게 거짓까지 말했는데. 안에는 여전히 그때의 기억이 남아 있었다.

코가 막히고 머리가 어지러웠다. 뺨에 흐르는 눈물을 손으로 대충 문질러 닦았다.

'네가 없이 자라서 남한테 베풀 줄을 모르는 거야.'

무시하려고 해도 찬의 매몰찬 목소리가 자꾸 귓전에 맴돈다. 이따가 정민을 만나기로 했는데 벌써부터 걱정이 됐다.

그때, 그런 마음을 귀신같이 눈치챘는지 정민에게서 문자가 왔다.

[어디예요?]

"흡, 흐윽……."

한이가 물기에 가득 찬 눈동자를 꾹꾹 손바닥으로 눌렀다. 울음을 멈추느라 잠시 답을 못 하고 있는 사이, 한 통이 더 왔다.

[왜 울어요.]

"……흐윽?"

한이가 벤치에서 벌떡 일어나 주변을 두리번거렸다. 캄캄할 뿐 아무것도 보이지 않았다. 크응. 코를 들이마시자, 띠링, 한 통이 더 온다.

[아직도 감기 안 나았어요?]

"어, 어디……."

한이가 계속 목을 빼고 주변을 둘러볼 때.

쓰윽. 뒤에서 탄탄하고 따뜻한 손이 다가와 한이의 눈을 가렸다. 등에 툭, 정민의 몸이 닿는다.

"……정민 씨?"

"왜 울고 있냐니까."

"어, 언제부터, 아니, 어디 있었던 거예요?"

혹시 찬과의 전화를 들었을까 봐 마음이 조마조마했다.

"벤치 뒤쪽. 방금 왔어요. 퇴근하는 길에 익숙한 뒷모습이 보이길래. 무슨 일이에요?"

"벼, 별거 아니에요. 정민 씨, 저 눈이 안 보여요."

한이가 자신의 눈두덩이를 감싸고 있는 정민의 손을 더듬거렸다.

"왜 울었는지 말해주면 비킬게요."

"……좀, 많이 화가 나는 전화를 받았어요."

"누가 그렇게 화나게 했는데요."

한이가 입술을 오물거리며 망설였다. 찬과 친구라 들었는데, 사실대로 다 말해야 하나. 어디까지 말해야 할까. 둘이 많이 친한가. 괜히 나 때문에 문제 생기는 건 아닐까.

머릿속에서 생각을 도르륵 굴리고 있는데, 정민이 뒤에서 바짝 다가와 턱을 한이의 어깨에 올려놓았다.

"지금 머리 굴리고 있죠?"

"……윽."

"정곡 찔렀구나. 한이 씨는 생각이 너무 많아 보여요. 생각할 시간이 있나? 나 같은 남자가 뒤에서 껴안고 있는데."

"뭐예요."

"그렇잖아요. 솔직히 막 정신없고 그래야 되는 거 아냐?"

풉. 한이가 작게 웃었다. 여전히 눈은 가려져 있어서 아무것도 보이지 않았다. 다만 따뜻하고 캄캄하다. 이상하게 그 따뜻한 어둠이 위로를 안겨다주었다.

한이는 어느새 울음도 멎고 빠르게 뛰던 심장도 진정되었음을 깨달았다. 한이가 웃자 정민이 고개를 더욱 어깨에 묻으며 낮은 목소리로 말했다.

"이제 말해봐요. 왜 그랬는지."

"좀 짜증 나는 이야기일 수도 있는데……."

"절 뭐로 보는 겁니까? 생긴 것만 봐도 엄청 대인배 같잖아요. 말해봐요. 다."

"그게, 사실은 전 남자 친구한테 전화가 왔……."

"뭐라고요!"

팟, 갑자기 눈앞이 트였다. 어리둥절해하다가 눈을 떠보니 어느새 정민이 달려와 앞에 서 있었다. 입술에 힘이 잔뜩 들어가 있었다.

"누, 누구한테 전화가 와요? 전 남친? 근데 그 전화를 받고 이렇게 펑펑 울었단 말입니까?"

"정민 씨, 잠깐 진정……."

"어떤 놈이에요. 어떤 새낀데요."

너도 아는 사람이야……. 한이가 난감하게 눈동자를 굴렸다.

"한이 씨를 화나게 했어요? 울 만큼?"

한이가 작게 고개를 끄덕였다. 정민이 여전히 혼란스럽고 놀란 표정으로 물었다.

"설마 마음이 남아 있어서 울었다거나 그런 건……."

"아니에요!"

한이가 단호하게 소리쳤다.

"절대 아니에요. 그 사람이 말도 안 되는 소리를 해서 열 받아서 그래요."

"도대체 무슨 소릴 했길래……."

"그냥…… 상처주고 상처 입히는 그런 소리들이요. 제가…… 연애를 참 엉망으로 해왔나 봐요. 괜히 부끄럽다. 하하. 어, 얼른 들어가요. 춥죠? 안 피곤했어요?"

한이가 어색하게 웃으며 오피스텔 쪽으로 발을 내딛는 순간, 정민이 와락 껴안았다.

"……정민 씨?"

몸이 강하게 그에게로 딸려가, 풀썩 가슴팍에 쓰러지듯 안겼다. 내내 바깥에 서 있다가 울기까지 해서 노곤해진 몸이 스르륵 풀렸다.

정민이 아이를 다루듯 한이의 등을 토닥이기 시작했다.

"어떤 놈인지는 모르겠지만 그 전 남친, 정말 밉네요."

한이가 조심스럽게 정민의 코트 자락을 붙잡았다.

"오늘 멋있게 딱 고백하려고 했는데. 그럴 분위기가 아니네, 지금."

"……그랬어요?"

"고백이야 언제든 다시 하면 되는 거지만 한이 씨가 울었잖아요. 아, 생각할수록 열 받네."

"그런 사람한테 신경 쓰지 마요."

"안 써요. 한이 씨가 운 거에 신경 쓰는 거지."

"정말?"

"……아마."

한이가 정민의 품속에 얼굴을 깊이 파묻었다. 은은한 향이 코를 감싼다. 찬 때문에 끄집어내진 예전의 상처가 정민으로 인해 치유되는 기분이었다.

그에게 언젠간 온전히 다 말하고 싶었다. 그로 인해 정민이 자신에게 실망한다 할지라도.

지금 당장은 그럴 용기가 안 나고, 그저 이 따뜻함에 안주하고 있는 자신이 너무 초라하게 느껴졌다. 그의 곁에 연인으로서 있을 자격이 없었다.

한이가 정민의 허리에 팔을 두르며 속삭이듯 말했다.

"미안해요."

"뭐가 미안해요?"

"음, 보, 보다시피 제가 전 연애를 엉망으로 한 데다 정민 씨에게 말 못 한 것도 많아요. 그래서……."

"그래서 '정민 씨에게 난 부족한 사람인 것 같다.' 이런 말 할 거면 하지 마요."

"……우와. 헤헤. 아까부터 자꾸 정곡을 찌르네요."

"요즘 하도 한이 씨 생각만 해서. 척하면 척이지, 뭐. 말 못 한 게 그렇게 많아요? 비밀 많은 여자구나."

"어쩌다 보니……."

"좋아요. 더 매력 있네. 처음부터 일급수처럼 투명한 것보단 반전의 반전을 거듭하는 게 긴장도 되고 좋지."

정민이 한이의 정수리에 뺨을 비볐다.

"뭐가 됐든, 편하게 내 곁에 있을 수 있게 될 때까지 내가 노력할게요."

"정민 씨는 이대로도 충분해요. 제 문제예요."

"그런 게 어디 있어. 관계는 같이 노력하는 거지."

"……으응."

정민이 한이의 어깨를 붙잡아 얼굴을 마주했다.

"자, 그러면!"

그가 추위에 빨개진 코끝을 찡긋거리며 웃는 낯으로 말했다.

"우리 사이를 정해야 하는데 말입니다. 아직 연인으로 훅 들어가기엔 한이 씨가 머뭇대는 거 같으니, 제가 속도를 맞춰야죠."

"어, 어떻게요?"

"뭐라고 할까. 썸 타는 단계는 이미 지난 것 같은데."

정민이 능글맞게 웃어 보였다. 한이도 긴장을 풀고 미소를 옅게 지었다.

"남들보다 한 뼘 더 특별한 사이라고 합시다."

특별한 사이. 한이가 속으로 그 말을 곱씹어보았다. 정민이 손을 쭉 펼쳐 한이에게 내밀었다.

"저와 특별한 사이이신 이한이 씨. 이제 그만 들어가 볼까요?"

한이가 잘게 떨리고 있는 손을 뻗어 단단하게 마주 잡았다.

"……좋아요."

손을 잡은 채로 한이의 오피스텔로 향했다.

"어린 애들처럼 이렇게 풋풋하게 한 발짝씩 시작하는 것도 나쁘진 않네요. 첫사랑같이 느껴지고 좋네."

첫사랑이라는 단어에 한이가 움찔거리다가 고개를 숙였다. 그 말대로 그녀는 정말 다시 첫사랑을 하고 있는 기분이었다.

열일곱 그때로 돌아가서, 그때처럼 여린 가슴으로.

오피스텔로 들어와, 꼴이 엉망인 한이부터 먼저 씻고 나왔다. 편안한 옷으로 갈아입고 어색하게 침대에 앉아 있자 정민이 상의를 헐벗은 채 나왔다.

빈틈없이 짜인 근육질 몸매는 몇 번을 봐도 적응이 되지 않았다. 한이가 눈을 어디에 둬야 할지 몰라 하며 귀 끝을 붉혔다.

"뭘 아직도 부끄러워하고 그래요?"

정민이 바로 다가와 한이의 앞에 앉았다.

"나만 벗고 있으니 불공평하다."

"뭐, 뭐라는 거예요."

"둘 다 벗어야 공평하죠."

정민이 한이의 상의를 쑥 올려 벗겼다. 그러고는 바로 한이에게로 고개를 숙여 쇄골을 입에 담았다. 윗니로 쇄골 선을 따라 이빨

자국을 약하게 냈다.

"흐, 웃……."

정민의 애무는 항상 부드럽고 달콤하다. 브래지어 후크를 풀고 맨가슴을 손으로 감싸 쥔다. 한참 동안 공을 들여, 정민이 한이의 가슴을 쓰다듬고 핥았다.

누워서 이렇게 그의 애무를 받고만 있자니 미안하기도 하고 부끄러웠다. 한이가 꾸물거리며 상체를 일으켰다.

오늘은 어쩐지 조금 용기가 났다. 평소라면 입 밖으로 꺼내지도 못할 말이었지만, 아까 전 특별한 사이가 됐으니까.

한이가 정민의 바지 위로 그의 빳빳한 성기를 쓱 손바닥으로 쓸었다. 정민이 당황한 듯하다가 눈알을 굴리며 웃었다.

"……저, 저기, 정민 씨."

"예."

"제가 입으로 해줄까요?"

"정말?"

"받기만 하는 것 같아서."

"의무감에 그러지 마요. 안 해줘도 됩니다."

"그, 그런 거 아니에요."

"……힘들면 바로 그만해요."

한이가 고개를 끄덕거리며, 정민의 바지를 쓱 벗겨냈다.

판판한 드로즈가 감싸고 있는 성기는 벌써부터 딱딱하게 발기해 있었고 귀두에서는 질척거리는 쿠퍼액이 새어 나와 팬티를 적셨다.

한이가 정민을 침대 위에 눕히고, 다리 사이에 자리를 잡았다.

얼굴을 가까이 가져다 대자 남자 특유의 시큼한 냄새가 났다. 그의 드로즈를 천천히 아래로 내렸다. 위로 서서 아랫배 쪽으로 달라붙은 성기가 툭 튀어나왔다.

"안 해도 돼요."

"아니……."

해주고 싶었다. 한이가 두 손으로 성기 뿌리 쪽을 잡았다.

위에서부터 천천히 입안에 삼켰다. 물컹하고 뜨거운 살덩어리가 입안에 가득 찼다. 진한 체향이 코를 찌르고 들어왔다.

"흣……."

정민이 고개를 옆으로 틀며 입술을 깨물었다.

민망하고 낯설었지만 혀로 성기 기둥을 부드럽게 감싸기 시작했다.

"아, 으, 한이 씨."

정민이 잔뜩 갈라진 목소리로 한이를 불렀다. 그가 한이의 둥그런 어깨 위에 손을 올리고 문질거렸다.

정민이 자신 때문에 몸을 바르작거리는 게 한없이 사랑스럽게 느껴졌다.

한이가 머뭇거리다 그의 성기를 입에 가득 담고 혀로 핥아 올렸다. 둥그런 귀두 부분을 혀끝으로 쿡쿡 찔러 자극했다가, 머리를 위아래로 흔들었다.

"으읍……."

"하, 한이 씨. 무리하지 마요, 윽…… 하아."

정민의 성기가 점점 더 부푸는 게 느껴졌다.

볼 근육을 이용해 성기를 꽉 감쌌다. 볼이 홀쭉해질 정도로 강하게 빨아들이자, 정민의 흉곽이 들썩거리더니 기어코 목이 뒤로 젖혀졌다.

"왜, 이렇게…… 윽, 잘해요."

정민의 말에 한이가 시선만 위로 들어 그를 바라보았다. 그의 얼굴은 쾌락으로 일그러져 있었다. 이마 부분에 살짝 주름이 진 게 섹시했다.

춥춥, 한이가 역한 기운에도 멈추지 않고 그의 성기를 조심스레 빨았다.

"큭, 윽……!"

정민이 한이의 어깨를 붙잡은 손에 더욱 힘을 주었다.

꿀꺽, 침과 정민의 귀두가 뿜어낸 쿠퍼액이 섞여서 목구멍으로 넘어간다.

정민의 아랫배 근육이 바들바들 떨리더니 그가 갑자기 일어나 한이의 몸을 떼어냈다. 한이가 타액으로 번들거리는 입술을 한 채 정민을 바라보았다.

"이러다 입으로 먼저 가겠으니까 그만해요."

정민이 빨개진 얼굴을 한 채 말했다. 그리고 손등으로 한이의 입술을 쓱쓱 문질러 닦아주었다.

"……괜찮았어요?"

"응, 엄청."

정민이 손바닥으로 자신의 얼굴을 훅 쓸어내렸다.

홍분으로 가득 찬 그의 눈동자가 위험해 보였다. 정민이 거친 손바닥으로 그녀의 맨살결을 쓸다가, 입으로 팔뚝을 물었다. 말캉거리는 팔뚝 살을 이로 잘근거리더니 혀로 핥았다.

"가, 간지러워요."

"가까이 와요."

정민이 벽에 등을 기대고 앉은 다음, 자신의 허벅다리 위로 한이를 끌어당겼다.

한이는 이제 새하얀 나신에 검정색 팬티 하나만 걸친 채였다. 정민이, 가져온 콘돔을 그의 성기에 씌웠다.

정민이 한이의 엉덩이 두 쪽을 손으로 단단히 붙잡은 채 스르륵 팬티를 잡아 내린다. 팬티가 허벅지 반쯤까지만 내려간 채로, 그대로 한이를 끌어안아 자신의 고간에 앉혔다.

쪽, 쪽.

한이가 고개를 숙이고 있어 드러난 뒷목에, 그가 짧게 키스했다.

"난…… 한이 씨가 정말 좋아요."

정민의 목소리는 축축하고 진중했다.

"마치 지금 첫사랑을 하고 있는 것처럼, 그런 기분이 들어."

그가 한이의 골반을 붙잡고 천천히 아래로 내린다. 성기 끝을 한이의 여성에 맞춘 다음 성기를 쓰윽 삽입하기 시작했다.

"……아!"

마주 앉아서 하는 자세는 익숙지가 않았다. 맞붙은 가슴이 눌려 숨이 잘 쉬어지지 않았다.

"후우."

정민이 한이의 엉덩이를 손으로 아프지 않게 부드럽게 주물러 댔다. 뜨거운 성기가 안을 가르며 들어오는 게 느껴졌다.

한이가 두 다리를 정민의 허리 뒤로 감싸고, 숨을 잘게 내쉬었다.

"힘 빼요."

"아, 으읏, 네……."

정민이 힘을 주어 한이의 골반을 더 아래로 내렸다.

퍽, 끝까지 성기가 들어갔고 한이가 어깨를 떨며 정민에게로 와락 안겼다.

"하아, 하아……."

쑤욱, 쑤욱, 정민이 팔 힘으로 한이를 들어 올리며 성기를 위아래로 움직였다. 내벽이 문질러지는 느낌이 오싹했다.

한이가 발끝에 힘을 주며 눈을 감았다.

"예뻐요."

정민이 다독이면서 더 깊숙이 성기를 올렸다.

"아, 아, 아읏……!"

한이가 정민의 등을 거세게 붙잡았고 손톱자국이 빨갛게 남았다.

몸을 붙이고 있자 금방 체온이 끓어올랐다. 가슴골 사이로 미끈거리는 땀방울이 흘렀다. 찔걱찔걱, 정민의 성기가 안을 들락거릴 때마다 살이 부딪치는 민망한 소리가 울렸다.

"흐으읏…… 아, 정, 정민 씨."

"좋아요?"

"네, 아, 아, 아!"

한이가 잘록한 허리를 비틀기 시작했다.

정민의 움직임에 따라 한이도 몸을 들썩거렸다. 허리가 둥글게 원을 그리며 성기를 더욱 자극했다.

"큭, 한이 씨, 한이 씨……."

한이가 몸을 들어 올렸다가 푹 내려앉았다.

정민이 아랫입술을 이로 짓씹으며 신음을 작게 내뱉었다. 뜨거운 질 안이 성기를 가득 죄어오는 감각 때문에 미칠 것 같았다.

한이가 움직일 때마다 통통하고 봉긋한 엉덩이가 정민의 탄탄한 허벅지에 부딪쳤다.

"후욱, 잠깐만."

정민이 삽입한 채로 한이를 안아 들어 침대 위에 눕혔다.

아까까지는 끌어안고 있어서 행동이 제약되었지만, 이제는 거칠 것 없이 빠르게 움직이기 시작했다.

"아, 아응, 앙!"

숨을 쉴 틈도 없이 강하게 밀어붙여오는 정민 때문에 한이가 입을 벌리고 할딱였다.

새하얀 젖가슴이 정민의 허리짓에 따라 위아래로 출렁거렸다. 정민이 입을 크게 벌려 과일을 깨무는 것처럼 아래 가슴을 콱 이로 물었다.

심지가 빳빳하게 선 젖꼭지를 혀로 츱츱 소리 내며 빨아 당겼다.

"아으, 하앙……."

한이가 도리질 치며 혀를 입 바깥으로 내밀었다. 몸에 뜨거운 감각이 뭉글뭉글 퍼지기 시작했다.

아래는 잔뜩 젖어서 정민이 움직일 때마다 질걱거리는 소리가
났다.

정민이 숨이 가득한 목소리로 말했다.

"후우, 크윽, 물러서지만 마요. 제가 계속 다가갈 테니까."

"으응, 읏……."

"대답, 해야지."

"네. 네, 정민 씨. 아, 앗!"

한이가 거의 울먹거리며 고개를 끄덕거렸다.

정민의 성기가 끝까지 빠져나왔다가 한 번에 안으로 콱 들어갔
다. 아래가 불이라도 난 것처럼 뜨거워 미칠 것 같았다.

정민이 한이의 뒤통수를 붙잡아 입술에 짧게 키스했다. 마지막
피스톤질은 격하고 재빨랐다.

퍽퍽, 올려붙이는 통에 이미 힘이 빠져버린 한이는 그의 움직임
에 따라 몸이 흔들릴 뿐이었다.

결국 빈틈없이 끌어안은 채로, 정민이 한이의 안에서 절정을 맞
이했다.

오늘은 전과 다르게 알람이 울리기도 전에 한이가 번쩍 눈을 떴다.

잠에서 깨자마자 눈앞에 보이는 건 남자의 탄탄한 가슴근육이
었다. 한이가 깜짝 놀라며 몸을 뒤로 무르려고 했지만, 그럴 수 없
었다.

정민이 그녀의 몸을 꽉 끌어안고 있었기 때문이다. 가슴만큼 근육
으로 짜여 있는 팔뚝은 어찌나 무거운지, 떨쳐내기가 쉽지 않았다.

결국 정민의 가슴골 사이에 얼굴을 푹 파묻고 한이는 그가 곤한 잠에서 깨어날 때까지 기다렸다.

그의 피부에서는 부드럽고 포근한 살 냄새가 났다. 한이의 정수리 위로 정민의 쌕쌕거리는 규칙적인 숨결이 느껴졌다.

얼굴만 간신히 들어 그를 바라보았다. 턱에 까슬까슬한 수염이 조금 돋아나 있기에, 손가락 끝으로 문질거리자 그가 눈을 느리게 떴다.

"……음, 뭐 해요."

"일어났네요."

"몇 시예요?"

"아직 일러요."

"아, 진짜?"

정민이 아이처럼 어깨를 말며 한이의 몸을 세게 안았다.

"그럼 이러고 좀 더 있자……. 피곤해 죽겠네."

"피곤해요?"

"그럼. 피곤하지."

"……으응."

한이는 허벅지에 닿아오는 그의 딱딱한 성기를 느끼며 어색하게 웃었다. 아래는 별로 안 피곤한 것 같은데.

결국 정민은 한이의 어깨에 입술을 파묻은 채 다시 옅은 잠이 들었고 알람 소리가 울릴 때가 되어서야 일어났다.

한이가 씻을 동안 정민이 간단하게 토스트를 만들어 아침을 차려놓았다. 한이가 끝이 조금 탄 바삭한 토스트에 잼을 바르며 맨발을 까딱거렸다.

"연습실로 바로 가세요?"

"네. 한이 씨는?"

"오늘은 촬영 일정 없어요. 방송국으로 출근해요."

"그럼 같이 못 가나? 아쉽다."

정민이 턱을 괸 채, 한이를 바라보고 웃었다.

그가 웃는 얼굴을 볼 때마다 생각하는 거지만, 나이 서른인 남자가 저렇게 웃으면 반칙이다. 그만큼 그의 미소는 반짝거리고 화사했다. 한이가 큼큼거리며 시선을 살짝 피했다.

"그…… 며, 몇 시에 퇴근하시는데요?"

"오늘 기약 없어요. 배우 한 명 불발 난 것 때문에 스탭들이랑 일정 조정하느라 밤은 되어야 끝날 것 같은데."

"으응……."

"밤에 약속 있어요?"

"저요? 없죠."

"내일은 토요일인데, 쉬어요?"

"오후에 방송국 나가봐야 돼요."

"오전은 쉬는 거네. 늦잠 잘 수 있겠다. 그럼 밤에 심야 영화나 한 편 봐요."

정민이 물 흐르듯 부드러운 목소리로 말했다. 영화라니. 정식으로 데이트하는 기분이 들어서 두근거렸다.

그러고 보니 밖에서 약속 잡고 만나는 거는 처음이네. 한이가 고개를 끄덕거리자, 정민이 만족스러운 미소를 지어 보였다.

"예매는 내가 해놓을게요."

"네, 좋아요."

한이가 손가락에 묻은 딸기잼을 입에다 넣고 한 번 쪽 빨았다.

"그런데 한이 씨."

"응?"

"언제까지 우리 존댓말할 거예요? 나이도 같은데."

"……불편해요?"

"아뇨, 불편하지는 않은데."

"전 존댓말이 편해서요."

"그럼 그렇게 해요. 한이 씨 편한 대로."

사실 말을 놓는 것에 큰 부담이 있는 건 아니었다.

하지만 정민에게는 지금 쉽사리 그러기가 힘들었다. 정민아, 하고 부르게 되면 예전 생각이 계속 떠오를 것 같아서.

'……언젠가는 제대로 말해야 하는데.'

토스트가 목구멍으로 내려가다가 턱 막힐 듯했지만, 싱글싱글 웃으며 손을 부드럽게 잡아오는 정민 덕분에 다시 마음이 가라앉았다.

'조금만. 조금만 더 있다가 말하자.'

지금이 너무 달콤하니까.

출근하고 나서 한이는 방송국에서 정신없는 하루를 보냈다.

출근하기 전 현관에서 신혼이라도 되는 것처럼 입술을 부딪친 게 가끔 떠올라 마음을 설레게 했지만, 그걸 진득하게 생각하고 있을 틈도 없이 일이 휘몰아쳤다.

우선 앞에 찍어놓은 걸 가편집했는데, 윗선에서 마음에 들지 않았는지 이곳저곳 거의 다 뜯어고쳐야 할 수준으로 수정 요구가 들어왔다.

한이는 편집실에서 편집 담당과 함께 머리를 싸매다가 원래 퇴근 시간이 훌쩍 넘어서야 집에 갈 채비를 했다.

밖에 다른 촬영을 나갔다가 복귀한 종현이, 허옇게 질린 얼굴로 한이에게 손을 흔들었다.

"이 피디님. 퇴근하시나 봐요."

"촬영 나갔다 왔어요?"

"네. 아이돌 예능. 실외 촬영이었는데 추워 죽는 줄 알았어요. 손 다 언 것 같아."

종현이 아이처럼 쨍알쨍알 투정 부리며 한이에게 두 손을 내밀어 보였다.

"어이구. 진짜 손이 빨가네요."

한이는 친근한 동생처럼 구는 종현이 귀여워서 풉, 웃었다.

"선희 씨도 곧 퇴근인데 다 같이 맥주나 한잔?"

종현이 술잔 넘기는 제스처를 취해 보였다.

"아……."

한이가 잠시 뜸을 들이다가 고개를 저었다.

"미안. 오늘은 선약이 있어서요."

"뭐, 그러면 어쩔 수 없죠."

"다음에 마셔요."

한이가 사무실을 빠른 발걸음으로 빠져나왔다.

'그럼 밤에 심야영화나 한 편 봐요.'

아침에 정민이 했던 말이 아직까지 귓가에 붙어 있는 것처럼 생생했다. 정민의 일이 끝나려면 아직 시간이 좀 남았다.

한이는 먼저 집에 가서 출근하느라 대충하고 나왔던 머리를 다시 손보았다.

고데기로 볼륨도 주고, 화장도 토닥토닥 수정해놓고, 입고 갈 옷까지 침대 위에 몇 벌 늘어놓는다.

'뭘 입고 가야 유난 떠는 것처럼 안 보일까.'

힘을 빡 주고 나가면 너무 신경 쓴 게 티가 날 것 같아서 민망스러웠다.

결국 몇 벌을 번갈아 몸에 대보았다가, 군청색에 아이보리로 포인트가 들어간 니트 원피스를 골랐다. 맞춰 신을 구두도 미리 꺼내놓고, 의자에 털썩 주저앉아 시간이 가기만을 기다렸다.

"시간 되게 안 가네."

그 난리를 쳤는데도 고작 8시 반이었다. 만나기로 한 건 한두 시간 후였는데.

'정민이한테 연락이나 해볼까.'

한이가 휴대폰을 손에 쥐고 망설였다.

그러나 안 그래도 일이 바빠 정신없을 텐데 시간 뺏기 싫어서 그만두었다. 무료한 표정으로 휴대폰 게임이나 좀 하고 있던 도중 전화가 왔다.

한이가 게임을 급히 끄고 전화를 받았다.

"여보세요?"

-어, 한이 씨.

정민은 조금 지쳐 있는 듯한 목소리였지만, 그래도 부드러웠다.

"벌써 끝났어요?"

-그러게. 다행히 좀 일찍 끝났습니다. 제가 오피스텔 쪽으로 갈 테니 나와요. 영화관 근처에 있거든요.

"알겠어요."

-30분 후에 나오고. 아, 따뜻하게 입고 나와요. 오늘 어엄청 춥습니다.

한이가 두 손으로 휴대폰을 꽉 쥔 채 잠시 눈을 깜빡이다가 먹먹한 목소리로 말했다.

"……네."

가끔씩. 아니, 하루에도 대여섯 번, 이 모든 게 꿈처럼 느껴지곤 했다.

몇 달 전에 재회했을 때도 그랬지만, 그때 자신이 한 번 끊어내고 영영 못 만날 줄 알았는데 다시 만난 지금이 더 비현실적으로 느껴졌다.

정민은 아마 자신이 이렇게까지 그를 오랫동안 마음에 품어왔고, 생각한다는 걸 모를 테다.

한이가 정민의 말을 듣고 목도리를 두른 채 밖으로 나왔다. 오피스텔 정문 쪽에 잠시 서 있으니, 곧 저쪽에서 정민이 긴 다리를 휘적거리며 뛰어왔다.

"한이 씨!"

그의 매끄러운 입술 사이로 뿌연 입김이 터져 나왔다.

"춥죠?"

"네, 조금요."

"얼른 갑시다."

정민이 한이의 어깨에 팔을 둘러 자기 품 쪽으로 끌어당기며 걸음을 옮겼다. 한겨울의 거리는 한적했고 희뿌연 가로등 불빛 외에는 새카맸다.

날이 서 있는 바람이 정면에서 계속 불어와 둘은 거의 껴안듯이 몸을 바짝 붙이고 걸을 수밖에 없었다.

"으, 지, 진짜 춥네요."

한이가 파래진 아랫입술을 덜덜 떨며 말했다.

"목도리 좀 더 위로 올려요. 오늘 체감 온도 영하래요."

"아으으……."

"영화관, 바로 앞이에요."

정말 몇 발자국 걷지 않아서 곧 영화관이 나왔다.

주거 단지 근처에 신축된 자그마한 영화관이었는데, 심야 시간대라 그런지 사람이 많지는 않았다. 조도가 낮은 영화관 내부에는 달달하고 고소한 팝콘 냄새가 가득했다.

"예매해왔는데 우리 만나기로 한 시간에 마땅한 게 이거 하나밖에 없었어요."

정민이 예매한 표를 뽑으며 말했다.

영화는 추격 스릴러 장르로, 포스터만 봐도 꽤 살벌하고 긴박감 넘칠 것 같았다. 정민이 팝콘 큰 걸 하나를 사서 품에 안고 영화관 안으로 들어갔다.

자리는 중간에서 적당히 뒤였다.

"사람이 한 명도 없네요?"

한이가 고개를 두리번거렸다. 새카만 영화관 안에는 아직 둘뿐이었다.

둘이 나란히 앉자 팔 부분이 맞닿았다. 정민이 팝콘 통을 한이 쪽으로 기울여주면서 말했다.

커다란 스크린에서는 요란한 액션 영화 예고편이 나오고 있었다. 정민이 팝콘 두어 개를 입에 털어놓고는 말했다.

"영화 시작할 때 되면 좀 더 들어오겠죠. 영화 보는 거 좋아해요?"

"그럼요."

"한 달에 몇 편 정도 봐요? 저는 신작 나온 거는 웬만하면 다 챙겨 보는데."

"그럼 거의 매주 보시겠네요. 전 그 정도는 아니고 한 달에 두 편 정도는 꼬박꼬박 보는 것 같아요."

"전 주로 심야 시간대에 혼자 보러 와요."

"그렇구나."

"이제 한이 씨랑 같이 오겠네. 안 외롭고 좋다."

정민이 쑥 고개를 돌려 한이를 바라보며 웃었다.

어쩜 이 남자는 이런 말 할 때 표정 변화가 하나도 없을까. 사실 엄청난 선수인 거 아냐?

한이가 두근대는 심장을 진정시키느라 애쓰며 무릎을 달달 떨었다.

고등학교 땐 이렇지는 않았던 것 같은데. 그간의 연애 경력이 의심되는 순간이 몇 번 있었다.

한이가 그저 하하 웃으며 말을 넘겼다.

"왜 그냥 웃고 말어. 나랑 영화 보러 또 안 올 겁니까?"

"아뇨. 보러 와야죠. 그냥, 음, 어……. 정민 씨는 이런 멘트 치는 게 되게 익숙하구나 싶어서."

"아아."

정민이 손바닥을 주먹으로 탁 쳤다.

"나 선수 같다고 생각했죠, 방금?"

"뭐……. 아, 아니, 꼭 그런 건……."

"맞네."

"……네. 조금."

"나 선수 같나?"

정민이 뺨을 긁적거렸다.

"나쁜 뜻이 아니라 여자 대하는 게 능숙해 보이시고 그러니까……."

"능숙해 보여요, 내가?"

"네. 저, 전 떨려 죽겠는데."

"흐음."

정민이 커다란 손을 불쑥 한이 앞으로 내밀었다. 한이가 영문을 모르겠다는 표정으로 정민을 바라보았다.

"손잡아봐요."

정민의 말에 한이가 조심스레 손바닥을 맞잡았다.

정민의 손바닥은 땀으로 축축하고 뜨거웠다.

"어······."

"혹시 말실수하면 어쩌나, 어떤 말을 해야 좋아할까 긴장돼서 손에 땀까지 났는데. 무슨 선수래, 나보고."

기분이 묘했다. 발바닥을 누가 깃털로 문지르는 것처럼 간지러운 감각이 온몸에 퍼지는 것 같았다.

"나이 서른에 여자 한 번 깊이 안 사귀어봤다 하면 거짓말이지만, 한이 씨한테 가볍게 그러는 거 아니에요."

"······."

"안심하고 저 좀 예쁘게 봐줘요."

"이, 이미 예쁘게 보고 있어요."

너무 예쁘게 봐서 문제죠, 하는 말은 목구멍 뒤로 삼켰다.

"그래요? 그럼 다행이고."

정민이 싱긋 웃으며 붙잡은 손을 자기 무릎에 올려놓았다.

영화관 안은 히터를 틀어놓아 온도가 높았다. 맞잡은 손에서 자꾸 땀이 배어나왔지만, 정민은 놓을 생각이 없어 보였다.

한이도 손을 빼낼 타이밍을 놓친 채 영화가 시작되었다.

영화관 안에는 결국 총 네 명의 관객밖에 없었다. 한이와 정민이 가장 뒤에 쪽에 앉아 있고, 나머지 두 명은 각각 따로 온 관객이었다.

쿠쿠쿵!

영화가 시작되자마자 스피커에서 커다란 소리가 울려 퍼졌다.

옆에 앉아 있는 정민이 움찔 놀라며 어깨를 떨었다. 한이가 정민을 힐끗 쳐다보았다.

'……무서운 거 못 보나?'

영화는 빛 한 줄기 없는 검은 밀실에서 시작되었다. 근처에서 무언가가 요동치는 소리가 들렸다.

끼긱, 밀실의 천장 부분이 소름 끼치는 소리를 내며 반으로 갈라지고 험상궂은 사내 한 명이 주인공의 멱살을 잡고 일으켰다.

영화가 진행될수록 정민은 숨을 거세게 들이켜는 횟수가 많아졌다. 영화는 생각보다 잔인하거나 깜짝 놀라는 장면이 많았다.

'무서워하는구나.'

왠지 귀엽게 느껴졌다.

맞잡고 있는 축축한 손도 그렇고, 잔인하거나 소름끼치는 장면이 나올 때마다 잔뜩 놀랐으면서 안 그런 척하려고 꽉 힘을 주는 턱도 그렇고.

한이는 무서운 영화를 잘 보는 편이었다. 기분이 꿀꿀할 때는 공포 영화를 일부러 찾아보기도 했다.

정민이 숨을 들이마시며 헐떡이자, 한이가 그쪽으로 몸을 약간 기댔다.

힘이 바짝 들어가 있던 정민의 어깨가 느슨해지는 게 느껴졌다.

"……한이 씨."

"네?"

정민이 작게 속삭였다.

"저한테 좀 기대줘요."

"기대달라고요?"

"네."

"⋯⋯무서워서 그래요?"

"쪽팔리니까 아무 말 말고 기대줘요. 한이 씨가 옆에 붙어 있으면 괜찮을 것 같단 말입니다."

한이가 쿡쿡 작게 웃으며 그들 사이를 가로지르고 있던 팔걸이를 위로 올렸다. 둘은 서로에게로 바짝 몸을 붙여 기대서 보았다.

그렇게 다시 영화에 집중할 수 있을 줄 알았다.

-끄아아악!

영화에서 한 사람이 급작스레 죽어가는 장면이 튀어나오고, 정민이 놀라 손을 헛디뎌 한이의 허벅지를 쥐기 전까지는.

"⋯⋯헉."

"억."

허벅지를 만진 정민도 놀라고, 허벅지가 만져진 한이도 놀랐다.

니트 원피스 아래에는 스타킹 하나만 신고 있었기에 바로 뜨거운 정민의 손바닥이 느껴졌다. 정민이 침을 꿀꺽 삼켜 목젖이 울렁거리는 게 보였다.

영화는 점차 끝을 향해 달려가고 있었다.

정민의 손은 허벅지에서 떨어지지 않은 채였다. 대신 기다랗고 굵은 손가락이 살아 있는 것처럼 꿈틀거리더니 한이의 무릎을 살살 쓰다듬는다.

"흐웃……. 정민 씨!"

무릎 위에 둥그렇게 원을 그려대는 손짓에, 한이가 신음 섞인 숨을 참아냈다.

"……미안해요. 나도 모르게."

정민이 손을 애써 떼어내며 습관처럼 손으로 앞머리를 쓸어 넘겼다.

괜히 이 이후부터는 영화에 도통 집중이 되지 않았다. 몸이 바로 붙어 있어서, 굳이 보려 하지 않아도 보였다.

핏이 딱 떨어지는 청바지 안에 감싸인 정민의 성기가 반쯤 흥분해 있었다.

정민은 다리를 꼬고 앉아서 손에 턱을 괴었다. 한이는 그런 정민을 모른 척하며 다시 스크린 쪽으로 시선을 돌렸지만, 자꾸 오금이 찌릿찌릿 저려왔다.

곧 영화가 끝나고 잠깐 암전되며 크레딧이 올라갔다.

캄캄한 사위 가운데에, 정민이 번쩍이는 눈으로 한이를 바라보았다. 순간, 훅 그의 얼굴이 다가와 한이의 입술을 살짝 깨물었다.

물컹거리는 혀가 한이의 입술을 쓱 훑고 지나간다. 짧고 아쉬운 키스가 끝나고 정민이 벌떡 자리에서 일어났다.

"나가죠."

"네……."

정민이 한이의 손목을 그러쥐고 걸음을 빠르게 했다. 뚜벅뚜벅 영화관 밖으로 걸어 나오자, 이미 로비에 불빛은 다 꺼져 있었다.

심야 시간의 영화관은 한적했고, 영화 홍보관에만 간간이 불이 들어와 있을 뿐 캄캄했다. 으스스한 분위기였다.

비슷한 시간대에 상영이 끝난 영화관에서 몇 안 되는 사람들이 하나둘씩 걸어 나왔다.

"갑시다."

정민의 목소리는 어쩐지 좀 다급해 보였다. 손목을 강하게 쥐고 있는 손아귀가 축축했다.

"어?"

그때, 뒤에서 지금은 들려서는 안 되는 익숙한 목소리가 들려왔다. 식겁하며 한이가 정민의 손아귀에서 벗어나 멀찍이 떨어졌다.

"……으으응?"

장난기 가득한 얼굴이 움찔거리며 그들에게로 바짝 다가왔다.

"우, 우혁 씨."

"왜 두 분이 여기 계실까?"

새벽이라 우혁의 얼굴은 평소보다 하얗게 떠 있었다. 우혁은 친구랑 함께 보러 온 모양이었다.

정민이 당황한 표정으로 코트 깃을 매만지며 큼큼 헛기침을 했다.

"우혁 씨도 영화 보러 왔나 봅니다?"

"아이, 말 돌리지 마시구. 두 분 뭐야, 진짜. 제 촉이 맞았네. 전부터 이상하다니까."

한이가 어쩔 줄 모르며 어색하게 서 있었다. 우혁이 한이를 바라보며 물었다.

"피디님! 둘이 언제부터 이런 사이가 되신 거예요? 잘되어가시는 중?"

"아, 아니요. 그게……."

"아니라고요?"

아니라고 둘러대는 한이의 말을 끊고 정민이 불퉁스러운 목소리로 끼어들었다.

"호오."

우혁이 흥미롭다는 듯 고개를 갸웃거렸다.

"맞아요. 저희 잘해보려고 하는 중이니까. 우혁 씨, 여기서 방해하지 말고 얼른 가요. 썩."

정민이 한이의 어깨에 팔을 올리며, 우혁에게는 훠이훠이 손짓했다.

"헐. 이거 저 우리 팀한테 말해도 돼요?"

"한이 씨 부담되니까 당분간 비밀로 해줘요."

"알겠어요. 두 분 잘 어울렸는데 만난다고 하니까 내가 다 신 나네."

우혁이 크게 웃으며 손을 흔들고 그의 일행과 함께 밖으로 나갔다.

"후아……."

우혁이 사라지자 한이가 긴장을 풀고 숨을 팍 내쉬었다.

"왜 이렇게 긴장을 했어요? 못 볼꼴 보인 것도 아닌데."

"그래도 어쩐지……. 음. 사실 공적으로 만난 사인데, 좀 그렇잖아요."

"그거야 우혁 씨가 그렇게 알고 있는 거지. 우리 첫 만남은 그게 아니었잖아요."

"그렇긴 하지만……."

한이가 고개를 느리게 끄덕거렸다. 정민이 다시 한이의 손을 잡고 같이 밖으로 나왔다.

새벽 2시의 찬기가 그들을 휘감아왔다. 아까 전처럼 거의 껴안다시피 하고 오피스텔로 걸어왔다.

지나가는 사람 없는 조용한 엘리베이터 앞에 나란히 서서 정민이 혀로 입술을 축인 다음 낮게 잠긴 목소리로 말했다.

"우리 집에 가자고 하고 싶은데 참겠습니다."

띵. 엘리베이터가 도착하고 문이 열렸다. 둘이 엘리베이터 안으로 들어갔다.

"시간도 너무 늦었고 내일 출근도 해야 한다니까."

"……참는 거예요?"

"네. 참는 겁니다. 대신 내일 저녁에 일 끝나고 우리 집 와요."

나지막하게 조곤조곤 늘어놓는 목소리가 섹시하게 들렸다.

곧 한이가 내릴 층에 도착했다. 한이는 정민에게 인사하려고 했지만, 정민이 따라 내려서 그녀의 집 앞까지 데려다주었다.

한이가 현관문을 열고 안으로 들어가자 열린 문틈 새로 정민이 손을 흔들고는 한이의 볼을 한 번 어루만졌다.

"기다리고 있을게요."

새벽을 닮아 차분하고 건조한 목소리가 텅 빈 복도를 울렸다.

정민이 싱긋 웃으며 현관문을 닫아주고는 타박타박 걸어갔다. 한이는 닫힌 현관문 안쪽에서 복도를 울리는 그의 발소리를 들으며, 정민이 쓰다듬고 간 뺨을 스스로 어루만졌다.

6. 허니 트랩

　한이가 긴장한 표정으로 초인종을 눌렀다. 띵동. 얼마 기다리지 않아 벌컥 현관문이 기다렸다는 듯이 열렸다.

　정민이 얇은 티셔츠와 편안한 면바지 차림으로 한이를 맞이했다.

　"왔네요."

　어제 약속한 대로 한이는 퇴근하고 조금 있다가 정민의 집으로 찾아갔다.

　정민이 사는 곳에서는 처음 가는 거라 아침부터 계속 긴장이 되었다. 일도 손에 잡히지 않고 오늘따라 화장은 이상하게 된 것만 같았다.

　"……네."

　"들어와요."

결국 퇴근하자마자 집에 와서 샤워도 싹 다시 하고 화장도 수정하고 나서 정민의 집으로 향했다.

정민이 한이의 어깨를 감싸 안아 집 안으로 들였다.

"집이 좀 지저분하죠. 청소할 시간이 안 나서."

"……아뇨. 제 집보다 훨씬 깨끗한데."

한이는 무슨 모델하우스처럼 빈틈없이 정리된 집을 둘러보며 입을 쩍 벌렸다. 정리정돈이 잘된 것뿐만이 아니었다. 집에 있는 모든 가구와 소품들이 다 고가였다.

"정민 씨, 월세가 아니라 매매로 들어온 거죠?"

"어떻게 알았어요?"

"아니, 그냥 그럴 것 같았어요."

한이는 그가 생각보다 더 부자일 수도 있겠다 싶었다. 연출 공부를 하느라 지금까지 벌이도 크게 없었을 텐데.

대학 졸업하자마자 지금까지 열심히 벌어 빠듯하게 월세를 내고 있는 자신이랑 비교가 됐다.

정민이 고개를 갸웃하며 물었다.

"저녁은 먹었어요?"

"어, 아직이요."

"거기 앉아 있어요. 간단하게 뭐라도 해줄게요."

"정민 씨, 요리도 할 줄 알아요?"

"혼자 산 게 몇 년인데 못하겠습니까."

정민이 낮게 웃으며 한이를 식탁 앞에 앉혀놓고 자신은 냉장고 앞에 섰다.

능숙한 손짓으로 재료를 꺼내더니 둥근 그릇에 밥과 어디서 났는지 모를 해산물과 치즈를 잔뜩 뿌려 오븐에 넣었다.

"뭐예요?"

"그라탕이요."

"그런 것도 할 줄 아세요?"

"간단한데."

"왠지 주눅 드는데요. 저는 볶음밥이랑 김치찌개밖에 못하는데."

"무슨 상관입니까. 보다시피 내가 하는데."

정민이 컵에 주스를 따라 건네며 빙긋 미소 지었다.

한이가 주스를 홀짝거렸다. 정민이 앞에 앉아 턱을 괴고 한이를 빤히 바라보았다.

"앞으로 자주 놀러 와요."

"저, 정민 씨 집에요?"

"네. 뭘 놀라요. 우리 특별한 사이가 되기로 했잖아요."

"……네. 그렇죠. 네."

"한이 씨는 보기랑 다르게 진짜 귀여운 거 알아요?"

착하다는 말은 들어봤어도 귀엽다는 말은 또 처음이었다. 아주 어렸을 때 수녀님한테서나 들었으려나.

한이가 어색한 눈을 하며 얼굴을 구기자 정민이 하하 소리 내서 웃었다.

"얼굴도 예쁘고 몸매도 좋아서 안 그럴 것 같은데, 부끄러움 많이 타잖아요."

그거야 이런 외모로 살게 된 지 몇 개월밖에 안 됐으니까. 한이가 씁쓸하게 웃으며 그냥 입을 다물었다.

땅. 오븐에서 소리가 나고, 모락모락 김이 오르는 그라탕 그릇이 나왔다. 정민이 포크와 숟가락을 한이에게 건넸다.

"먹어봐요. 맛있을지는 모르겠지만."

한이가 한입 떠서 먹었다. 노릇노릇하게 익은 치즈가 쭉 늘어졌다.

"……맛있다!"

"다행이네."

안 그래도 허기진 참이라 허겁지겁 싹싹 다 긁어 먹었다. 정민은 한이가 먹는 걸 바라보며 종종 만족스러운 미소를 지어 보였다.

좀 더 조신하게 먹고 싶었지만, 그게 안 되는 맛이었다.

"잘 먹었어요."

"다음에 더 맛있는 거 해줄게요."

"이거로도 충분히 맛있었어요."

"에이, 이건 아니야. 다른 거 기대하고 있어요."

정민이 한이의 손을 붙잡아 일으켜 욕실로 끌고 왔다. 통에 새 칫솔이 하나 꽂혀 있는데 그걸 집어 들어 한이에게 쓱 건넸다.

"이거 한이 씨 칫솔."

"제 거요?"

"저번에 한이 씨 집에 제가 하나 놓고 왔으니까, 저희 집에도 한이 씨 거 하나 있어야 공평하죠. 자주 올 거잖아요. 그렇죠?"

"……네에."

"좋아요. 양치해요."

순식간에 정민이 한이의 손에 칫솔을 쥐어주고 치약까지 짜주었다.

정민과 같이 있다 보면 순식간에 그의 페이스에 말려들어가는 기분이 들었다.

욕실 안도 바깥과 다름없이 깔끔하게 청소되어 있었다. 남자 혼자 사는 집이 이렇게 번쩍번쩍 빛이 날 줄이야.

한이가 혼이 빠진 상태로 이를 닦고 나와, 자그마한 소파에 앉아 정민이 씻기를 기다렸다.

오늘 하루 종일 일 때문에 바쁘기도 했고 정신없이 정민의 집으로 오느라 신경도 많이 써서 몸이 피곤했다.

거기다가 맛있는 밥을 배부르게 먹고 따뜻한데 앉아 있자 금세 졸음이 밀려왔다. 푹신한 가죽 소파에 뺨을 기대고 한이가 살짝 눈을 감았다.

탁. 차가운 물방울이 가득한 손등이 뺨에 닿아오기 전까지는.

"……으앗!"

한이가 소스라치게 놀라며 눈을 떴다.

정민이 세수를 마치고 뽀득뽀득한 얼굴로 서 있었다.

"설마 날 놔두고 지금 자려는 겁니까?"

"아뇨, 자는 게 아니라 소파가 편해서……."

정민이 한이의 옆에 딱 달라붙어 앉아, 그녀를 확 뒤에서 끌어안았다.

"아. 좋다."

나지막하게 내뱉는 그의 목소리가 정말로 행복하게 들렸다.

자신이 정민에게 이런 감정을 느끼게 할 거라곤 상상도 해보지 못했다.

정민의 두 팔이 한이의 허리에 단단하게 둘러졌다. 한이가 머뭇거리다가 충동적으로 입을 열어 말했다.

"저…… 사실 잘 이해가 안 돼요."

"뭐가요?"

정민이 더 가까이 다가오며 턱을 한이의 어깨에 기댔다.

"정민 씨 같은 사람이 제가 왜 좋아요?"

"어, 이거 여자들의 단골 질문. 어디가 좋냐, 그거예요? 잘 말해야겠네."

"아, 아니……. 그런 게 아니라. 그냥…… 정민 씨랑 이렇게 된 게 믿기지가 않아서요."

"왜 그런 생각을 하지?"

정민이 목을 앞으로 쭉 빼서, 한이의 뺨에 자기 볼을 비볐다.

"어, 그, 저…… 제가 정민 씨에 비해 특별나게 좋은 사람도 아니고, 정민 씨한테 뭐 잘해준 것도 없는데 이렇게 따뜻한 마음 받아도 되나 싶어서."

"으음."

정민이 한이의 몸을 돌려서 똑바로 눈을 마주쳤다.

"한이 씨는 자기 장점이 뭐라고 생각해요?"

"……잘 모르겠어요."

"하나만, 빨리."

한이가 곰곰이 떠올리다가, 어색하게 웃으며 말했다.

"……그래도, 저 지금은 좀 예쁘죠?"

"예쁜 거 알긴 아네. 근데 예쁜 것 때문에 한이 씨한테 빠진 거 아니에요. 결혼식장에서 처음 만난 날부터 이상하게 한이 씨랑 말이 잘 통하고 계속 끌렸어요. 마치 오래된 친구처럼."

정민의 말투는 진지했다. 한이가 울렁거리는 속을 다스리며 그의 말을 한마디도 놓치지 않고 들으려 애썼다.

마치 오래된 친구처럼.

그 말이 가슴을 크게 두드렸다.

"……그래요."

"말투도 조곤조곤하고 상냥하고. 따뜻한 물 같아서 곁에 있으면 사람을 편안하게 해주는 재주가 있어요."

"제가요?"

"네. 한이 씨가요. 몰랐죠? 이제 내가 알려줬으니 그렇게 알고 있으면 돼요."

"으음……."

"저 믿어요. 나 꽤 똑똑한데."

"응, 알겠어요."

한이가 결국 살풋 웃었다. 정민이 두 손으로 한이의 얼굴을 감싸고 키스할 듯 입술이 가까이 다가와 기어코 한이의 입술 위로 내려앉았다.

그의 입술과 손바닥은 뜨거웠고, 그 온기만큼 한이는 더 정민이 좋아졌다.

정민의 말대로 '특별한 사이'가 된 지 며칠이 더 흘렀다. 그 사이, 둘은 퇴근할 때쯤 서로의 집을 번갈아 들렀다.

같이 저녁을 먹고 이야기를 나누다 매일같이 몸도 섞었다. 오늘도 마찬가지였다.

"훗, 한이 씨."

정민이 뜨거운 숨을 내쉬며 한이의 몸을 끌어안았다. 겹쳐진 몸이 떨리는 게 서로 느껴졌다. 정민이 손바닥으로 한이의 얼굴을 쓰다듬었다.

"우리 되게 잘 맞는 거 같지 않아요?"

"흐으, 네?"

한이가 아직까지 남아 있는 쾌락의 여파로 붉어진 눈을 한 채 정민을 올려다봤다.

"성격도 그렇고. 속궁합도 그렇고."

관심 있는 분야가 비슷하니 말이 잘 통하는 건 당연했고, 둘 다 모난 성격은 아니라서 싸울 일도 없었다. 게다가 정민이 말한 대로 속궁합도 좋았다.

정민과 하면 이성이 날아가는 것 같았다. 이렇게까지 섹스가 기분 좋고 짜릿한 거란 걸 몰랐다.

한이가 웃으며 정민의 맨가슴에 이마를 가져다 댔다. 정사 후, 땀 때문에 미끈거리는 피부가 찰싹 달라붙었다.

"아, 피곤하다……."

한이가 중얼거렸다.

"안 피곤한 게 이상하지. 이것도 운동인데."

"정민 씨 때문이잖아요."

"내가 뭘요?"

"오늘은 안 한다고 했는데 정민 씨가 꼬셨잖아."

한이가 정민의 살결에 입술을 댄 채 웅얼거렸다. 정민이 하하 웃으며 한이의 머리카락을 만지작거렸다.

"억울한데."

"뭐가 억울해요. 난 진짜 아까 안 한다고 했어요. 기억나죠?"

"그럼 내가 유혹했을 때 넘어오질 말았어야지."

"작정하고 막, 이렇게 저렇게 만져대는데. 어, 어떻게 밀어내요!"

"내가 너무 매력적이라 그런 건 아니고?"

"……."

"대답 못 하는 거 보니까 그런 것 같은데."

"어이없어서 아무 말 안 하는 거거든요."

정민이 키득대며 손으로 한이의 맨피부를 간질였다.

"꺄악! 뭐, 뭐 하는 거예요!"

까르르 웃으며 한이가 몸을 뒤틀었다.

"내가 멋있어서 그랬다고 말해요, 얼른."

"아, 꺅, 정말!"

"빨리."

"머, 멋있어서 그랬어요! 돼, 됐죠!"

"진심이 안 담긴 거 같은데."

정민이 손을 떼면서 의심스러운 눈빛을 보냈다. 한이가 작게 주먹을 말아 정민의 단단한 어깨를 쳤다.

"다른 사람들이 정민 씨 이러는 거 보면 진짜 놀랄 거야."

"반전 매력이죠."

"헐."

한이가 어이없다는 듯 쳐다보다가, 뻔뻔하게 잘생긴 얼굴로 웃는 정민 때문에 결국 웃음이 터졌다. 화장기 없는 얼굴로 입술을 벌려 소리 내서 웃자, 정민이 뚫어지게 한이를 바라보았다.

"왜 그렇게 봐요?"

"그냥 좋아서."

정민이 훅 다가와 볼에 쪽 키스했다.

"뭐, 뭐가요?"

"편하게 웃잖아요."

"전에는 안 그랬어요?"

"지금까지는 아직 나한테 거리를 두는 느낌이 있었지."

"……그런가."

"이렇게 대해주니 좋네요."

정민이 빙긋 미소를 지었다. 코가 닿을 거리에서 바라보자 새삼 잘생겼다는 게 느껴졌다. 괜히 얼굴에 열이 오른다.

"……특별한 사이니까."

"응. 말도 예쁘게 하고."

정민이 한이의 어깨를 눌러 몸 위로 올라왔다. 그러더니 온 얼굴과 목덜미에 키스 세례를 퍼부었다.

"웃, 저, 더 안 할 건데!"

한이가 간지러움에 몸을 비틀었다.

"더 한다고 안 했는데? 그냥 키스한 건데. 한이 씨가 음란마귀가 꼈네."

"아, 아니. 갑자기 위로 올라오니까 그, 그렇지!"

"씻으러 가요."

정민이 쿡쿡대며 몸을 물렸다. 드로즈만 입고 침대 바깥으로 나와 한이에게 손을 내밀었다. 한이는 옷을 주섬주섬 어느 정도 챙겨입었다.

"뭘 또 입어요. 아까 다 봤는걸."

"침대 안이랑 밖이랑 같나. 부끄럽단 말이에요."

"알았어요. 나와요."

한이가 정민의 손을 잡고 침대 바깥으로 발을 내디뎠다.

그때 순간 한이가 휘청해서 반쯤 넘어졌다. 정민이 다행히 허리를 붙잡아, 바닥에 코 박을 신세는 면했다.

"왜 이렇게 자주 넘어져요. 저번에도 그러더니. 안 되겠네."

"아……."

"넘어지는 거 버릇인가 봐."

한이가 눈을 깜빡거렸다.

갑자기 뒤통수를 어디에 얻어맞은 것처럼 둔한 충격이 느껴졌다. 정민이 의아한 표정으로 한이를 내려다보았다.

'넘어지는 거 버릇인가 봐.'

비슷하지만 더 앳된 목소리가 불식간에 기억 속에서 튀어나와 머릿속을 스쳐 지나간다.

'예전에도 이랬던 적이…….'

한이가 정민을 물끄러미 바라보았다. 자신은 발이 꼬여 넘어질 뻔하고, 정민이 자신을 붙들었던 어린 시절의 한 장면이 눈앞에 휙 지나갔다.

정민의 첫 번째 연극 날. 쭈뼛거리던 자신을 끌고 대강당으로 가던 정민의 등. 넘어질 뻔하던 자신. 붙잡아주던 단단한 손.

"저기, 정민 씨. 저 혹시……."

"응?"

"아니, 아니에요."

한이가 고개를 저으며 입을 다물었다.

정민은 기억하고 있을까.

안에서 계속 숨기고 있는 비밀은 스스로 무게를 불려 나갔다. 가슴이 묵직했다. 한이가 일부러 팔을 잡아 이끌며 다른 화제로 말을 돌렸다.

"아, 촬영 곧 끝날 거예요."

"맨 처음엔 부담스러웠는데, 이제 연습실에서 못 본다고 생각하니까 괜히 아쉽네."

정민이 손가락으로 이마를 긁적였다.

"따로 보면 되죠."

"오늘 예쁜 말만 계속 하네요. 좋다."

정민이 훅 몸을 기울여 끌어안고는 한이의 이마에 키스했다.

한이가 불안한 표정으로 잠시 머뭇거리다가 그대로 팔을 둘러 마주 앉았다.

오늘은 연습 장면을 담는 마지막 촬영 날이었다.

이제 곧 첫 공연이었다. 첫 공연 장면을 담고 나면 공식적인 촬영 일정은 모두 종료된다.

한이가 조곤조곤 배우들에게 일정을 설명하자 우혁이 먼저 아쉬워하며 팔을 흔들었다.

"이제 진짜 끝이에요? 피디님 못 봐요?"

"첫 공연 때 뵌다니까요."

"우우우."

요란하게 소리치는 우혁 때문에 한이가 웃음이 터져서 손으로 얼굴을 가렸다.

정민은 멀찍이 떨어져서 삐딱하게 서 있었다. 안경을 쓴 채로 무뚝뚝하게 한이를 바라보고 있었지만, 다른 사람을 볼 때와 눈빛이 미묘하게 달랐다.

그걸 느끼고 있는 건 한이와 정민, 그리고 우혁뿐이었다.

"이제 마무리 동선 연습 다시 합시다."

정민이 손뼉을 딱딱 치자 한이 주변에 몰려 있던 배우들이 다시금 흩어졌다.

그 틈을 가로질러 정민이 은근슬쩍 한이 곁으로 다가왔다.

"방송국 들렀다가 퇴근해요?"

"네."

정민이 남들 눈치 못 채게 차가운 표정이었지만, 한껏 크기를 낮춰 속삭이는 목소리만은 다정했다.

"……그럼 이따 연락해요. 전에 알아봐둔 음식점 같이 가요."

"알겠어요."

한이가 싱긋 웃으며 눈매를 접었다.

그때 우혁이 불쑥 둘 사이에 얼굴을 들이밀며 끼어들었다.

"아, 입 근지러워라! 이렇게 깨가 쏟아지는데 왜 다른 사람들은 제대로 눈치를 못 챌까."

"죽고 싶어요?"

정민이 살벌하게 장난치듯 말하며 우혁의 뒷덜미를 휙 낚아챘다.

"가서 연습이나 합시다. 응?"

"아니, 이건 피디님이랑 정민 씨 잘못이지. 누가 거기서 보고 있는 사람 배 아프게 염장 지르래? 둘이서 아주 속닥속닥 무슨 얘기를 그렇게……."

"불만이면 우혁 씨도 연애하십쇼."

정민이 우혁의 몸을 밀어댔다. 물러나면서도 우혁이 간족댔지만, 연습이 시작되고 나서는 다시금 진지하게 연기에 들어갔다.

한이는 종현의 옆에 서서 촬영을 바라보며 이상하게 가슴이 뜨거워졌다.

평소에는 실없고 평범해 보여도, 연기와 음악만 시작되면 다들 다른 사람이었다. 그건 정민도 마찬가지였다.

정민도 일에 있어서는 완전히 다른 사람이 되는 것 같았다.

하나하나 날카롭게 주시하며 마지막으로 점검하는 정민의 모습을 눈으로 좇았다. 한참을 그렇게 촬영하고 나서, 종현이 잠시 녹화를 끊고는 한이에게 말했다.

"일에 열중하는 남자, 섹시하죠?"

"……음, 그렇죠."

"그러게. 연출님이 좀 섹시해."

"무슨 소리예요, 갑자기?"

"아니, 우리 이 피디님이 도대체 어느 부분에서 연출님한테 꽂혔을까 생각하던 중이었거든요."

"……네!"

이런, 달라진 기류를 느낀 사람이 우혁뿐만 아니라 종현도 있었나 보다.

"뭐 그렇게 놀라요. 둘이 엄청 티 나요."

"……헉."

"뭐, 엄청까지는 아니고. 나야 피디님 곁에 항상 붙어 있으니까 눈치챘죠. 잘 어울려요. 사귀는 거죠?"

"어, 음……. 사귄다고 해야 할까요? 비슷한 거예요."

"그거면 그거고, 아니면 아니지. 아, 지금 연습 잠시 쉬나 보다. 연출님한테 갔다 오십쇼."

종현이 킬킬대며 한이의 등을 쭉 손바닥으로 밀어주었다.

한이가 얼떨결에 밀려나며, 결국 머쓱한 표정으로 정민 쪽으로 쭈뼛거리며 다가갔다. 정민이 한이가 오는 걸 눈치채고 눈썹을 꿈틀거리더니 자연스레 연습실 밖으로 걸어갔다.

한이가 잠시 주변을 살피고 따라 나갔다.

복도에 나가자 정민이 안경을 벗어 주머니에 꽂아 넣고는, 예민하던 표정을 무너뜨리고 빙긋 웃었다.

"나 보고 싶어서 나온 거예요?"

"으음, 아니, 뭐……."

"아니에요, 맞아요?"

"……맞아요."

"좋다."

정민이 활짝 입꼬리를 끌어 올렸다. 한이가 쑥스러운 듯 머리를 손가락으로 매만지며 말했다.

"곧 다시 공연 올리니까 긴장되죠?"

"긴장이야 되지만, 흥분도 돼요. 좋은 흥분. 아, 그날 올 거죠?"

"네. 촬영도 해야 되고……."

"촬영 말고. 촬영 다 끝나면 저한테로 바로 와요."

"대기실로요?"

"네. 그런 날에 한이 씨가 있어줘야지. 한이 씨 없음 의미 없습니다. 알겠죠?"

한이가 고개를 끄덕거렸다.

"배우들도 이제 정들어서, 한이 씨 보면 좋아할 겁니다."

"네. 갈게요."

정민이 빤히 한이를 바라보다가 뜬금없이 툭 던졌다.

"뽀뽀하고 싶다."

"가, 갑자기 이런 데서 어떻게……. 읍."

정민이 재빠르게 다가와 한이의 입에 짧게 쪽 입 맞추고는 물러났다.

"정민 씨!"

"좋으면서."

"누가 보면 어떡해요. 부끄럽게. 이제 다시 들어가세요."

"응, 갈게요."

"……화이팅! 힘내요."

한이가 멈칫거리다 정민의 손을 꼭 잡아주었다. 정민이 그 어느 때보다 밝게 웃으며 한이의 손등을 도닥거렸다.

"정말 힘 난다."

"다행이다. 나 때문에 힘 난다니."

"항상 힘 나는데. 지금은 특별히 더 힘 나는 거예요."

정민의 말이 부드럽게 꿈틀거리며 다가와 가슴속에 콕 자리 잡았다. 안에서 정민을 부르는 목소리가 들려올 때까지, 그렇게 둘은 손을 붙잡고 있었다.

첫 공연 날은 유달리 날씨가 추워서 두툼한 겉옷을 입었음에도 뼈에 오한이 이는 날이었다. 봄이 성큼 다가온 것 같다가 갑자기 멀어졌다.

"저희가 보낸 것 말고도 화환이 엄청 많네요."

종현이 공연장 입구를 카메라로 담으며 말했다.

공연장 앞에는 각 기획사와 배우의 팬들이 보낸 화환이 빼곡하게 늘어서 있었다. 한이와 종현은 공연을 기다리는 수많은 사람들을 헤치고, 관계자실로 들어갔다.

공연 준비로 분주한 가운데 묘한 긴장감이 감돌았다.

배우들은 분장을 받고 있었다. 얼굴의 윤곽을 과할 정도로 강조해놓은 무대 분장을 바로 앞에서 보니까 기묘했다.

우혁이 눈을 감은 채 분장을 받다가 한쪽 아이라인이 다 그려지자 눈을 반짝 떴다.

"피디님 오셨네요!"

우혁이 한쪽만 아이라인이 그려진 우스꽝스러운 얼굴로 손을 흔들거렸다.

"네, 왔어요. 지금 기분이 어떠세요?"

종현이 옆으로 카메라를 들고 따라붙으며 클로즈업을 한다.

"조금 긴장되네요. 한 번 했던 무대지만 그래도."

"전 시즌과는 여러 면에서 많이 달라졌다고 하던데요."

"전반적으로 퀄리티가 좋아졌죠. 기대하셔도 좋아요."

우혁이 카메라에 대고 찡긋 윙크를 했다.

그때 우혁의 어깨 뒤로 정민이 걸어 나왔다.

연습실에서는 주로 셔츠나 니트에 청바지를 입은 캐쥬얼한 차림이었는데, 오늘은 정장을 빼입고 있었다.

"오우. 우리 정민 씨 잘생긴 거 봐."

우혁이 빽 휘파람을 불었다. 정민이 하지 말라는 듯 다가와서 우혁의 어깨를 퍽 밀쳤다.

"정민 씨 좋으면서 저런다."

우혁이 킬킬댔다.

한이는 잠시 할 말을 잃고 정민을 빤히 바라보았다.

항상 부드럽게 내려와 있던 앞머리는 뒤로 넘어가 있었다. 머리를 까고 드러난 이마는 반질반질하고 단단해서, 그 아래로 이어지는 날렵한 콧날을 더욱 돋보이게 했다.

검은색 수트는 맞춤인 것처럼 그의 몸 윤곽을 착 감싸고 있었다.

"히야아."

종현도 과장되게 감탄을 하며 카메라로 정민을 위아래로 훑었다. 정민이 손을 쭉 뻗어 카메라를 가렸다.

"아, 왜 그럽니까."

"잘생겨서 그렇죠. 이야."

"……흠흠."

"그렇죠, 피디님?"

종현이 이번에는 한이 쪽으로 화살을 돌렸다. 멍하니 서 있던 한이가 소스라치게 고개를 들며 눈알을 데굴데굴 굴렸다.

"응? 아, 네. 네. 뭐……."

안 멋있을 리가. 안 그래도 정민 앞에서는 객관성을 잃는데, 이렇게 멋지게 하고 있자 얼굴이 화끈거렸다.

더듬거리는 한이를 대신해 종현이 웃음기 섞인 목소리로 말했다.

"진짜 배우 같으시네. 오늘 공연 잘 볼게요."

"감사합니다."

정민이 종현의 인사를 받으며 쓱 지나쳐 걸어갔다. 잠깐 한이를 바라보며 눈으로 찡긋 인사를 한다.

아씨, 왜 이렇게 멋있는 거야.

정민이 나가고 대기실 안 풍경을 몇 컷 담은 후에 종현과 한이도 관객석으로 나왔다. 뒤쪽에 자리를 잡고 앉아 공연이 시작되기를 기다렸다.

"계속 지켜봐서 그런지 괜히 나까지 긴장된다."

후우. 종현이 숨을 내쉬며 고개를 흔들었다.

"……그러게요."

한이가 차가워진 손끝을 주물렀다.

얼마 지나지 않아 관객석이 사람들로 꽉 찼다. 이윽고 불이 꺼졌다. 한이가 무릎 위에 올려놓은 손을 계속 꿈지럭거렸다.

암전되고 나서 잠시간의 침묵이 흘렀다. 관객들은 배우들이 나오기를 기다렸다.

곧 무대 옆쪽에서 하얀 하이라이트 조명 한 개가 탁 켜졌다.

"믿을 수 없어."

조명 아래에서 공연장의 조용한 공기를 가로지르며 나타난 우혁이 거친 톤으로 대사를 읊었다. 아까 전 장난을 치던 모습은 찾아볼 수 없었다.

금세 한이는 극에 몰입했다. 무대 위로 빨려 들어가는 것 같았다. 지켜보았던 연습 장면을 더듬더듬 떠올리며 집중했다.

중간에 조연 배우 한 명의 대사 실수가 있었지만 바로 애드리브로 대처해서 무사히 넘겼다.

'정민은 무대 뒤쪽에서 지켜보고 있을까.'

그가 얼마나 열심히 준비해왔는지 알기 때문에 덩달아 그녀마

저 긴장이 되었다.

몇 번이고 동선을 수정했던 군무 장면이 나왔다. 다 같이 나와 춤을 추고 빠른 템포의 노래를 불렀다.

쿵. 쿵. 공연장 안을 음악이 가득 메웠다. 박자에 맞춰 심장도 뛰는 것 같았다.

"오, 완전 잘한다."

종현이 고개를 숙여 작게 속삭였다.

"……그러게요."

팔을 내지르며 고음을 지르는 배우의 모습.

무대까지 거리가 좀 있었지만, 그가 에너지에 가득 차 숨을 거칠게 헉헉 내쉬는 것이 여기까지 느껴졌다.

무대를 사이에 두고 다른 차원이 존재하는 것 같았다. 무대 위를 묵직하게 감싸고 있는 땀과 열정 때문에.

문득 한이는 고등학교 시절의 정민을 떠올렸다.

정민은 연극부에서 공연을 꽤 여러 번 올렸다. 그는 자신이 연기를 잘하는 편이 아니었노라 얘기했지만 사실 그렇지는 않았다.

엉성하고 유치한 고등학교 연극 무대 중에서 정민은 단연 눈에 띄었다. 잘생긴 얼굴도 그랬고 낮고 울림통이 큰 목소리 하며, 연기력까지.

한이는 정민이 나오는 공연이라면 꼭 가서 맨 뒷자리 구석에서 보곤 했다.

연극부가 공연을 했던 곳은 대개 백 명도 채 안 들어가는 좁은 곳이었고, 맨 뒷자리여도 무대 위에 서 있는 배우의 얼굴 표정 하나하나가 잘 보였다.

정민이 잔뜩 긴장해서 볼 근육이 미약하게 떨리는 모습. 푸른 힘줄이 불거진 채 꽉 쥐고 있는 주먹이 바들거리는 모습.

땀이 송골송골 맺힌 이마. 크게 대사를 내지를 때마다 핏줄이 빳빳하게 서는 목.

그렇게 가만히 정민을 보고 있으면, 그의 반짝거리는 순간의 일부분을 공유하고 있는 느낌이 들어 좋았다.

그녀가 추억에 잠시 감싸여 있을 때, 드럼 소리가 강렬한 배경음악이 귀를 쾅쾅 두드렸다. 번쩍 정신이 들었다.

마지막 장면이 끝나가고 있었다. 열기에 압도될 것만 같았다. 이 무대 곳곳에 정민의 손길이 스쳤을 것이다.

"멋지네요."

한이가 혼잣말하는 것처럼 나지막하게 종현에게 말했다.

짝짝짝!

마지막 대사가 끝나고 곧 사람들의 박수 소리가 공연장을 가득 메웠다. 무대 조명은 서서히 암전되었으며, 장막이 드리워졌다.

"이렇게 쭉 보니 참 잘 만들었다. 저희 방송 나가면 반응 좀 있겠는데요, 피디님?"

한이가 손뼉을 두드리며 고개를 끄덕였다.

"그래야죠."

"괜히 어린 나이에 천재 소리 들으며 데뷔한 게 아니네."

종현이 고개를 까딱거렸다. 박수를 한참 치다 보니, 다시금 무대 위에 배우들이 올라 커튼콜이 시작되었다. 한 명씩 나와서 인사하고 주요 넘버를 불렀다. 관객들의 반응은 뜨거웠다.

커튼콜마저 다 끝나고 사람들이 하나둘씩 빠져나갈 때 한이와 종현도 일어섰다.

"이 피디님, 대기실로 가실 거죠?"

"종현 씨도 같이 가서 인사해요."

"그럴까요?"

둘은 함께 대기실로 향했다.

막 성공적인 무대를 끝마치고 내려온 터라 다들 땀을 뻘뻘 흘리며 웃고 있었다. 진한 땀 냄새와 후끈거리는 열기가 가득했다.

"피디님!"

이제는 낯이 익은 배우들이 다가와 한이에게 손을 내밀었다.

"너무 잘 봤어요. 수고하셨어요."

한이가 한 명 한 명에게 인사하며 악수했다.

왼손에 들고 있는 종이봉투에는 정민에게 주려고 샀던 꽃다발이 있었다. 정민은 저 멀리 스탭들에게 둘러싸여 정신없어 보였다.

아직 자신을 발견하지 못한 듯했다. 한이가 배우들에게 인사를 건네며 한 발짝씩 정민 쪽으로 다가갔다.

이윽고, 키가 커 스탭들 사이에서 머리통이 불쑥 튀어나와 있는 정민이 한이를 바라보았다.

"한이 씨!"

정민이 흥분했는지 붉어진 얼굴로 활짝 웃었다. 기다란 팔을 위로 뻗어 한이에게 휘적휘적 흔들었다.

한이가 꽃다발을 꺼내들어 그에게로 다가가려는 순간이었다.

대기실 안으로 남자 세 명이 불쑥 들어오더니 한이를 지나쳐 정민 쪽으로 우루루 걸어갔다.

"최정민!"

"정민 선배."

아마 정민의 대학 동기들인 듯싶었다.

정민은 한이와 동기들을 번갈아 바라보며, 어색한 몸짓으로 걸어 나왔다. 한이는 자기는 괜찮다는 듯 뒤로 물러서며 잠시 빠져 있으려 했다.

그때였다.

정민과 함께 있을 때면 꿈처럼 쏟아지는 달콤함 때문에 잠시 묻어두었던 목소리가 허상처럼 툭 그녀에게로 다가왔다.

"어? 이한이?"

뒤로 돌아가던 한이의 몸이 바짝 굳었다. 그녀가 고장 난 로봇처럼 느리게 고개를 돌렸다.

"이한이, 네가 왜 여기 있냐?"

방금 들어온 세 명 중에 전 남자 친구이자, 유일했던 남자 친구이며, 자신을 배신하고 결혼했던.

김찬이 서 있었다.

7. 한이, 하니

"어떻게 여기……."

"나, 정민이 대학 동기. 그것보다 한이 네가 여기 있는 게 난 더 놀라운데?"

"선배, 이분이 그 한이 씨예요? 형 전 여친?"

후배로 보이는 남자 하나가 불쑥 끼어들어 말을 던졌다. 한이가 그 후배를 바라보았다. 낯이 익었다.

3년간 연애를 해오면서 그와 가까운 사람들은 한 번씩 만나곤 했다. 후배도 그렇게 만난 기억이 났다.

"어. 맞아."

찬의 말에 후배가 적잖이 놀란 표정을 지으며 한이를 위아래로 쭉 훑어봤다.

"저희 전에…… 뵀죠?"

후배가 떠듬거리며 물었다. 도저히 믿기지 않는다는 목소리였다.

한이의 아랫입술이 바르르 떨렸다.

회사에서 부장님에게 잔뜩 깨져서 하루 종일 정신없었던 어느 날이었다. 동료 직원이었기에 한이의 상황을 뻔히 알면서도 찬은 저녁에 그녀를 친구들 모임에 불러냈다.

대학교 들어와서 조금 뺐던 살이 회사를 다니면서 두 배로 불어 있던 시기였다. 요란한 호프집에서 테이블 사이를 오가는 미묘한 조롱기가 담긴 대화들.

그 자리에서 봤던 사람들이 지금 눈앞에 있었다. 후배는 고개를 갸웃거리며 한이를 뚫어지게 응시했다.

"믿기지가 않네."

"그렇지? 나도 그렇다니까. 여기 스탭이랑 아는 사이야?"

찬이 이죽거리며 말했다. 그의 손에는 결혼반지가 빛나고 있었다. 어처구니가 없어 말도 나오질 않았다.

며칠 전에 술 마시고 와이프한테는 그게 안 선다며 전화한 그 자식이 맞나? 전화한 건 까맣게 잊어버린 건지, 아님 기억이 안 나는 척을 하는 건지.

찬은 뻔뻔스러운 얼굴로 한이를 쳐다보고 있었다. 한이는 황당함에 몸이 바짝 굳었다. 그러나 언제까지 그 앞에서 명청하게 서 있을 수는 없는 노릇이었다.

한이가 애써 고개를 쳐들며 말했다.

"……정민 씨 보러."

"정민이? 여기 연출 정민이? 네가 정민이를 어떻게 아는데?"

"정민 선배랑 아는 사이세요?"

당황과 궁금증이 잔뜩 섞인 목소리가 한이에게 쏟아졌다. 한이가 쉽게 대답을 하지 못하고 우물쭈물거릴 때.

휙! 그녀의 몸이 옆으로 기울었다. 털썩, 그녀의 머리가 넓고 단단한 품과 부딪혔다.

"어. 나랑 아는 사이야."

정민이었다.

정민이 자신의 어깨를 커다란 손바닥으로 꽉 쥐고 있었다. 입고 있는 옷이 살짝 구겨질 만큼. 찬의 얼굴이 기괴하게 일그러졌고, 그와 대조되게 정민은 짙게 웃고 있었다.

"너희 뭐냐? 서로 어떻게 알아?"

"한이 씨. 왔으면 나한테 바로 와야지, 왜 여기 이렇게 서 있어요."

정민이 찬의 말을 무시하고 한이를 내려다보며 다정하게 말했다. 찬은 기가 찬 듯이 바람 빠지는 소리를 내더니 한 발자국 정민에게 다가왔다.

"최정민, 지금 이 상황 뭐냐?"

둘 사이에 긴장감이 감돌았다. 정민의 얼굴은 웃고 있었지만, 묘하게 냉기가 흘렀다.

"아아. 너, 한이 씨랑 직장 동료였다고 했지."

"어."

"너 결혼식에서 만난 후로 잘 지내고 있다."

정민의 말에 한이가 어깨를 푸드덕 떨었지만, 정민은 그녀를 놓지 않고 더욱 세게 끌어안았다.

찬과 후배들은 잠시 굳어서 입을 다물었다. 한이가 찬의 표정을 살폈다. 그가 자존심이 상했거나 크게 심기가 뒤틀렸을 때 짓는 표정이었다.

곧 찬이 어깨를 들썩이며 크게 웃어댔다.

"하, 하하, 하하하!"

찬은 얼이 빠져 있는 후배들의 등까지 두드려가며 웃더니 곧 싹 웃음기를 거두고 말했다.

"뭐? 연애? 야아, 한이야. 너 진짜 출세했다. 와. 웃기네, 애."

찬은 기분이 나빴는지 뺨이 뒤틀렸다. 아무리 헌신짝 내버리듯 버린 여자라고 해도, 전 애인이 자기 친구와 사귄다는데 기분이 좋지만은 않을 터였다.

정민과 찬의 시선이 허공에서 날카롭게 얽혔다.

"최정민. 이한이, 나랑 사귀었던 거 알아? 3년이나."

"뭐?"

정민의 표정이 살짝 굳어졌다. 한이의 어깨를 쥐고 있는 손아귀에 힘이 더 들어갔다.

"그래, 뭐. 옛날 일이지. 한이랑 잘해봐. 한이 얘 되게 강단 있고 멋진 여자다. 몇 달 전까지만 해도 뒤룩뒤룩 살쪄서 고도비만이었던 애가 순식간에 살을 쫙 빼더라. 그런 의지력이 흔하냐, 어디?"

명백하게 비꼬는 톤이었다.

잠자코 있던 한이의 손가락이 바들바들 떨렸다.

"너희들도 한이 봤지? 전에 내가 소개시켜줬잖아. 어?"

선배 둘의 기싸움에 후배들이 눈치를 살살 보며 고개만 끄덕거렸다.

"아, 잠깐 봐봐. 나 옛날 사진 있는데. 이거 놀리는 게 아니고 진짜 내가 대단해서 그래. 너도 볼래, 정민아? 진짜 돼지 같았는데."

"······김찬."

한이의 입이 열리고 낮게 잠긴 목소리가 흘러나왔다. 찬이 눈썹을 꿈틀거리며 그녀를 바라보았다.

"김찬, 그만해."

"뭘 그만해?"

"너 진짜 이럴래!"

"아, 찾았다. 여기 사진. 이것 좀 봐. 한이야, 내가 네 생각나서 아직까지 사진도 못 지우고 이러고 있다. 우리 좋았잖아, 그렇지?"

찬이 한이와 같이 찍었던 사진을 휴대폰 앨범에서 기어코 찾아내더니, 정민 쪽으로 들이밀었다.

지금과는 너무 다른, 살이 가득하고 침울해 보이던 모습.

한이의 얼굴이 빨갛게 달아올랐다. 심장이 너무 쾅쾅 빨리 뛰어서 다리를 똑바로 붙이고 서 있기가 힘들었다.

"아······."

예전의 자신이었다. 고등학교 때와 똑 닮은.

열이 올라서 머리가 어지러웠다. 그토록 도망쳐 피해왔던 그 시절이 눈앞에, 그것도 정민이 있는 곳에서 까발려졌다.

옆에 있는 정민을 바라보기가 무서웠다. 그가 어떤 표정일지. 어떤 생각을 하고 있을지. 상상하는 것만으로 아찔해졌다.

"······한이 씨."

정민의 낮은 목소리가 들려왔다. 한이가 잔뜩 경직된 목을 느리게 돌렸다.

세상이 흐릿하게 보였다. 시력이 안 좋았을 때처럼 상이 마구 흔들렸다. 손등으로 눈을 문질러보니 눈물 때문이었다.

'어떡해……'

그러나 흐린 시야 속에서도 정민만은 또렷했다. 찌푸려진 이마. 흔들리는 동공. 당황한 눈빛. 꽉 다물어진 입술.

실망한 표정이었다.

한이의 입술과 턱이 바들바들 떨렸다. 정민이 무슨 말을 하려고 입을 벌리는 순간, 한이가 몸을 확 돌렸다.

더 이상 그 자리에 서 있을 수가 없었다.

그의 입에서 무슨 말을 듣는 순간 무너질 것 같다. 한이가 와락 주먹을 꽉 쥐며 그곳을 빠른 발걸음으로 빠져나왔다.

"한이 씨!"

정민이 등 뒤에서 부르는 소리가 들렸지만, 붙잡지는 않았다. 또각또각. 복도를 지나치며 사람들과 부딪히고 어깨가 치였다.

그렇게 애써 차가운 바깥으로 완전히 나올 때까지도 정민의 모습은 볼 수 없었다.

한이가 떨리는 두 손을 마주잡은 채 택시에 탔다.

"xx동 성모 의료원으로 가주세요."

어떤 정신으로 택시를 붙잡았는지도 모르겠다.

그저 도망치듯이 그 자리에서 빠져나왔다. 오피스텔로 돌아가기는 싫었다. 마땅히 갈 곳도 없이 택시에 몸을 실은 것이었으나, 자연스레 입은 성모 의료원을 외치고 있었다.

한이가 새하얘진 손을 스스로 주물럭거렸다.

'……화가 많이 난 걸까.'

고개를 푹 숙였다.

찬과 사귀었다는 걸 나쁜 의도로 숨긴 것은 아니었지만, 정민이 배신감을 느꼈다 해도 할 말은 없었다.

'내가 이하니였다는 것도 알았을까…….'

정민의 그런 표정은 처음 보았다. 당황스럽고, 화가 난 듯한 얼굴. 가슴 한구석을 누가 쇠붙이로 찌르듯이 아파왔다.

"……욱."

평소 차멀미를 하는 편도 아닌데, 속이 울렁거리면서 욕지기가 느껴졌다.

"아가씨, 괜찮아요? 얼굴이 너무 하얀데."

"괘, 괜찮아요."

"창문 좀 열고 있어요."

"감사합니다."

택시 기사에게 고개를 꾸벅이고 차창을 반쯤 내렸다. 도로 위의 차갑고 날카로운 바람이 뺨을 후려쳤다. 그러나 여전히 제대로 정신이 들지 않는다.

한이가 내내 휴대폰을 만지작거렸다. 아무런 연락도 없었다. 먼저 연락을 해볼까 싶었지만, 무슨 염치로 그러나 싶어 그만두었다.

휴대폰을 보면 볼수록 더 멀미가 심해지는 것 같아, 옆 좌석으로 치워놓았다.

'끝난 걸까.'

밤거리의 야경이 어지럽게 일렁였다. 자꾸 눈물이 배어나왔다.

'……끝났나 봐.'

내가 겁이 많아서, 과거를 마주할 용기가 없어서. 항상 부드럽게 다가와주던 너를 놓쳤나 봐.

"……으윽."

한이가 손을 입으로 가렸다. 눈에 맺힌 눈물은 바람 때문에 금방 말랐지만, 입술 새로 튀어나가는 울음소리는 어쩔 수가 없었다.

택시 기사가 백미러 통해 그녀를 힐끔거렸다.

"흑, 끄윽, 흑……."

"휴지라도 좀 줄까?"

"……가, 감사합니다."

"도착지 다 와 가니까 좀만 참아요."

기사는 주변인이 아파서 성모 의료원으로 가는 줄 알고 달랬다. 한이는 가타부타 말하지 않고 휴지를 받아 들어 눈가 주변을 닦았다.

성모 의료원. 그녀가 한없이 외로워질 때마다 가는 곳이었다.

끼이익. 기사의 말대로 택시는 곧 의료원 앞에 도착했다. 한이가 값을 지불하며 허둥지둥 급히 택시 바깥으로 걸어 나왔다.

부르릉, 택시가 소리를 내며 좁은 골목을 빠져나갔다.

"하. 괜찮아, 괜찮아. 울지 말고."

한이가 숨을 고르며 손바닥으로 뺨을 두드렸다. 의료원 안을 우는 얼굴로 들어갈 수는 없었다.

시간이 몇 시쯤이지. 의료원 주변은 한산했다. 한이가 휴대폰을 꺼내려 주머니 속에 손을 넣었다.

"······아! 휴대폰!"

그러나 주머니는 텅 비어 있었다.

아까 옆에 밀어두었던 휴대폰을 그대로 택시에 두고 내린 게, 지금 생각났다. 한이가 얼굴을 엉망으로 구겼다.

"하아. 정신이 얼마나 없었으면······."

한이가 더 풀 죽은 모양새로 한산한 의료원 안으로 들어가 능숙하게 안쪽으로 걸음을 옮겼다. 그러고는 복도 끝에 위치한 낡은 갈색 나무문을 열었다.

"······수녀님, 저 왔어요."

방 안에는 나이가 들어 머리가 다 희끗해진 수녀가 침대에 기대어 있다. 수녀의 손에는 조그만 성경책을 붙들려 있었다.

"너, 하니 아니니?"

수녀 옆에서 환자복을 개고 있던 중년 여성이 고개를 들어 인사했다.

"네. 원무님도 잘 지내셨죠?"

"수녀님 보러 왔지?"

"좀 어떠세요?"

수녀는 들어온 한이에게 눈길도 주지 않고 성경책만 보았다.

"나빠지지는 않으셨어. 요즘에는 밥도 잘 드시고. 얘기 좀 나눠. 난 나가 있을게."

"저 오늘 여기서 자고 가려고요."

"출근은?"

"여기서 바로 할게요. 수녀님은 제가 돌볼 테니, 쉬세요."

결국 한이와 수녀 둘만 방 안에 남게 되었다. 한이가 코트를 벗고는 침대 옆으로 다가가 앉았다.

손이 차가울까 봐 허벅지 사이에 끼워놓고 따뜻해질 때까지 기다렸다가, 수녀의 손등을 붙잡았다.

"우리 수녀님. 저 왔는데 봐주지도 않으시고."

그제야 수녀가 성경책을 내려놓고 한이를 바라보았다. 한이가 옅게 웃으며 수녀의 머리카락을 정돈해주었다.

시간이 구기고 간 눈가에는 주름이 가득하고 피부는 거칠었지만, 여전히 그 동그랗고 따뜻한 눈만은 그대로였다.

"아가씨는 누구예요?"

"우리 수녀님이 요즘 바쁘셔서 저 또 까먹으셨나 보다. 그쵸?"

한이가 애써 웃으며 수녀의 손등을 토닥거렸다.

"은혜 보육원 하니예요. 기억나시죠?"

"하니……. 하니?"

"응, 하니요. 수녀님이 다섯 살 때부터 쭉 길러주셨던 그 하니요."

수녀의 하얗게 센 머리카락을 손으로 빗어주며 한이가 눈물을 참았다.

"그래, 하니……. 기억난다, 기억나. 하니."

"네, 하니요."

"그래, 우리 하니 나이가……."

수녀가 짙은 갈색의 눈동자를 빛내며 한이를 빤히 바라보며 정답게 웃었다.

"이제 꼭 열일곱이구나. 그렇지?"

울컥, 한이가 눈물이 나오려는 걸 꾹 참아내고 마주 웃어 보였다.

"맞아요. 고등학생 하니요."

"착하고 공부도 잘하고……."

"응. 기억 다 하시는구나."

"그럼. 다 한다. 못할 리가 있니."

평생을 보육원에서 부모 없는 아이들을 보살피며 살아온 수녀의 머릿속에 야멸친 병이 찾아왔다. 치매였다. 수녀의 시간은 십여 년 전으로 돌아가 있었다.

언제 찾아오든지 간에, 수녀에게 한이는 통통하고 소심하던 열일곱 살 '이하니'였다.

수녀가 바짝 마른 몸을 일으켜 한이의 두 손을 꼭 붙잡았다.

"밥은 잘 먹니?"

"네. 그럼요."

"네가 나가서 한참을 찾았다."

"제가 너무 오랜만에 왔죠? 죄송해요."

"공부는 어렵지 않고?"

"그럼요. 항상 반에서 일등인 걸요."

"그래도 너무 무리는 하지 마라. 건강이 최고야. 알지?"

"네, 알아요."

"기도 시간에도 그만 빠지고."

"죄송, 흡, 해요."

한이가 숨을 참으며 눈물을 아래로 삼켰다. 수녀가 바짝 마르고 힘이 없어 바들바들 떨리는 손을 뻗어, 한이의 이마를 감쌌다.

"……수녀님?"

"열감기 난 건 다 나았니?"

"열감기요?"

"며칠 전에 열감기를 심하게 앓았잖아. 축제 끝나고 와서 며칠을 앓았니. 내가 걱정을 많이 했는데……."

"……아."

수녀는 한이가 열일곱 살, 축제날의 일을 떠올리는 중인 듯했다.

그날, 정민의 첫 연극을 봤었다. 무대 위에서 반짝거리는 정민에게 반하면서, 동시에 그렇지 못한 자신에게 초라함을 느낀 날이었다.

정민의 다정한 눈빛과 말이 머릿속에 가득 차 있었다. 이상하게 그날 이후로 며칠간 열감기가 떨어지지 않아 고생을 했다.

열이 오르면 머리가 둔해져서 이성이 제대로 붙어 있지를 못했다. 결국 수녀를 붙잡고 울고 불며, 이것저것 다 서러운 목소리로 털어놓았다.

왜 이렇게 자신은 보통 아이들과는 다르게 사는지. 어째서 그 아이는 그렇게 반짝이는지. 얼마나 그 아이가 좋은지.

수녀는 그때의 일을 어제의 일처럼 기억하고 있었다.

"오늘은 안 서러워?"

"……수녀님."

"그 아이가 아직도 그렇게 아플 만큼 좋아? 어떤 녀석인지 궁금하구나."

수녀가 꺼칠거리는 손바닥으로 한이의 이마를 더듬었다.

"어디 보자. 이런. 아직 열이 있구나. 이마가 뜨거워."

"......정말요?"

"아직도 그 아이가 그렇게 좋은가 보구나."

한이가 수녀의 손을 꼭 붙잡았다. 열일곱 살, 열감기를 지독하게 앓았던 그날처럼, 한이가 수녀의 손바닥에 뺨을 비볐다.

"아프면 그냥 다 말해버리렴."

"그 애한테요?"

"그럼. 싫다고 못할 거야. 내가 장담하지."

한이가 작게 웃었다.

"어떻게 장담하세요?"

"하니 너는 착하고 좋은 아이니까."

"하지만 저는 겁쟁이예요."

"사람은 누구나 살면서 한 번은 겁쟁이가 돼. 그럴 땐 숨 한번 크게 쉬고 용기 내면 되는 거야."

수녀가 한이의 얼굴을 부드럽게 쓰다듬었다.

"너무 걱정할 것 없다. 열이 빨리 내리게 기도해주마. 용기를 낼 수 있도록."

"......감사해요. 오늘 여기 있어도 되죠?"

"그럼. 안 될 게 있겠니."

한이가 수녀의 마른 품속으로 조심스럽게 다가가 얼굴을 기댔다. 끝까지 참으려 했으나, 눈가를 비집고 나온 눈물 몇 방울이 떨어졌다.

수녀는 조용히 한이의 등을 두드려주었다.

"다들 좋은 월요일……. 히이익! 피디님!"

종현이 사무실 안으로 들어오다가 깜짝 놀라며 벽으로 달라붙었다. 종현이 눈을 깜빡거리며 편집실에서 툭 튀어나온 한이를 바라보았다.

"어. 종현 씨. 왔어요?"

"피, 피디님. 얼굴이 왜 그래요?"

"주말 내내 여기서 있었어요."

한이가 질끈 묶은 머리를 좌우로 흔들어 보였다.

"헐. 밤 새우셨어요?"

"아니, 숙직실에서 잤는데…… 잠자리가 불편해서."

성모 의료원에서 수녀님과 하룻밤을 보내고 난 후, 새벽에 잠깐 오피스텔에 들러 간단히 짐을 싸 바로 회사로 왔다.

어차피 촬영한 거 편집도 해야 했고, 당장은 도저히 집으로 돌아갈 수 없었다. 집에는 정민의 흔적이 남아 있었고, 더군다나 천장 위에는 바로 정민의 집이었다. 그래서 주말 내내 회사 사무실에 콕 박혀 있었다.

한이가 피곤해서 허옇게 뜬 뺨을 손바닥으로 감쌌다.

"왜 여기 계시는 건데요?"

"……으으음."

"혹시 집에 불나고 그런 건 아니죠?"

한이가 도리질했다.

"그런 건 아니고. 일도 바쁘고⋯⋯."

"그렇다고 주말 내내 여기에 계시면 어떡해요."

"괜찮아요. 그것보다 잠깐 휴대폰 좀 빌려줄 수 있어요?"

"휴대폰이요?"

종현이 고개를 갸웃하며 한이에게 휴대폰을 건넸다.

"휴, 사실 휴대폰을 잃어버렸거든요. 누가 아직 가지고 있을까 해서 제 번호로 문자해보려고요."

"휴대폰도 잃어버리셨어요! 집에 강도 든 건 아니죠?"

"아냐, 택시에 두고 내렸어요."

한이가 종현의 폰으로 문자를 보냈다.

[휴대폰 주인이에요. 휴대폰 아직 가지고 계시다면 이 번호로 연락 부탁드립니다.]

종현이 한이의 얼굴을 이리저리 뜯어보며 조심스레 물었다.

"⋯⋯무슨 일 있으세요?"

"그런 거 없어요. 연락 오면 알려줘요."

"택시에서 잃어버리면 거의 못 찾을 텐데⋯⋯."

"이틀만 기다려보고 안 되면 어쩔 수 없이 새로 사야죠. 바쁠 텐데 촬영 나가봐요."

"⋯⋯진짜 괜찮으신 거죠?"

한이가 방긋 웃으며 종현의 어깨를 두드렸다.

"걱정 말라니까."

"저 그럼 부장님이랑 얘기하고 나가볼게요. 점심때 다시 올 거예요."

"그래요. 이따 봐요."

종현이 꾸벅 인사를 하고 부장에게로 향했다. 방긋 웃고 있던 한이가 종현이 사라지자마자 얼굴에서 웃음기를 싹 거두었다.

축, 어깨가 쳐졌다. 힘이 빠진 다리로 걸어 편집실로 향했다. 흰 블라우스 소매를 쓱 걷어 올리고 화면 앞에 앉았다.

"하아……."

테이블 위에 놓인 커피 잔을 입에 가져다 댔다. 커피는 완전히 식어 있었다. 한 모금 홀짝거리며, 한이가 가편집해놓은 영상을 다시 재생했다.

-오늘이 첫 공연인데 떨리지는 않으세요?

정민이 모니터에 가득 찼다.

앞머리를 위로 올려 이마를 드러낸 채, 매력적으로 웃고 있는 얼굴. 입가에 깊게 보조개가 파인다.

-조금 떨리네요.

말을 끝마치고 손가락으로 이마를 문지른다.

한이가 그 장면만 무의식적으로 계속 되감아 재생했다.

'조금 떨리네요.'

긴장한 듯 굳어 있지만 그래도 부드러운 목소리, 미소, 손짓. 정민의 모든 것이 생생하게 느껴지는 듯했다. 지금 그는 모니터 속에 있지만, 마치 바로 옆에 있는 것처럼.

"아……."

결국 다섯 번쯤 영상을 돌려 보다가 한이가 두 손으로 얼굴을 확 감쌌다.

'한심해.'

한없이 우울하고 외로워졌다.

요즘 이런 기분이 들 때마다 유일한 최고의 해결책은 정민이었다. 정민의 곁에 붙어서 그와 이야기를 나누다 보면 마이너스적인 감정이 어느새 사라지곤 했다.

그러나 지금은 그 해결책을 쓸 수가 없다.

달래지 못하는 우울한 감정이 넘실넘실 흘러넘쳤다. 한이가 머리를 쥐어뜯으며 이마를 테이블에 박았다.

"피디님?"

그러다 편집팀 팀원 한 명이 들어와 한이를 불렀다.

"아, 네."

"어디 아프세요?"

"아니, 아니에요. 제가 주말 동안 가편집해놨는데 같이 보죠."

한이가 애써 웃음 지으며 영상을 맨 처음으로 돌렸다. 같이 앉아서 영상을 처음부터 찬찬히 살펴보았다.

정민의 인터뷰와 평소 모습이 군데군데 등장했다. 한이가 아무렇지 않은 척하려 애쓰며 다 식어버린 커피만 계속 들이켰다.

'……편집실로 도망쳤는데, 여기와도 정민이 네가 있구나.'

아니, 사실 당분간은 어디 가든 네가 있을 것이다.

편집팀이랑 상의하며 바쁘게 오전을 보냈다. 차라리 이렇게 바쁜 게 나았다.

'다음에는 오지 탐방 같은 거라도 보내달라 해볼까.'

쉼 없이 바쁘면 아무 생각도 안 나겠지.

한이가 주린 배를 쥐며 편집실 바깥으로 몇 시간 만에 나왔다. 어느새 점심시간이었다.

"이 피디님!"

종현이 헐레벌떡 사무실 안으로 뛰어 들어왔다.

"왔어요?"

"여기!"

"응?"

종현이 다짜고짜 그의 휴대폰을 한이의 눈앞에 들이밀었다.

"연락 왔어요! 택시 기사님이 보관하고 계셨대요!"

"정말?"

한이가 종현의 휴대폰을 붙잡아 연락 온 것을 확인했다. 정말이었다. 찾을 거라고는 거의 기대하지 않았는데.

우연히 근처라고 해서 택시가 잠깐 회사 앞에 들르기로 했다. 한이가 잽싸게 아래로 내려가 택시를 기다렸다. 곧 익숙한 택시 기사가 휴대폰을 들고 나왔다.

한이가 달려가 휴대폰을 받으며 고개를 깊숙이 숙였다.

"감사합니다, 감사합니다! 여기 사례금 조금이라도 챙겼는데……."

"어이구, 됐어요. 어차피 이 근방에서 영업하던 중이었고."

"그래도……."

"괜찮다니까. 택시 탔을 때 하도 안 좋아 보여서 걱정이 좀 되더라고. 충전해서 아까 오전에 켜봤는데 바로 문자가 와서 잘됐네."

"정말 감사합니다."

"거, 휴대폰 키니까 연락이 엄청 와 있던데……."

한이가 휴대폰을 꽉 쥐었다.

"연락이요?"

"똑같은 사람한테 수십 통이 와 있더라고. 그, 이름이 최정민인가. 하여간, 확인해봐요."

"……아, 네. 조, 조심히 가세요!"

한이가 여러 번 인사하고 택시가 떠나자마자 회사 안으로 들어왔다. 한이가 망설이다가 사무실 옆 비상구 쪽으로 들어갔다.

계단에 쪼그려 앉아서 휴대폰을 확인했다.

<부재중 전화 42통>
<새 메시지 28건>

거의 모두 한 사람에게 온 것이었다. 최정민.

한이가 덜덜 떨리는 손으로 문자를 확인했다. 첫 문자는 공연이 있던 날 늦은 밤. 한이는 성모 의료원에 있었을 시각이었다.

한이가 수십 통의 문자를 빠르게 훑어보다가 가장 최근에 온 문자에 시선이 멈추었다. 휴대폰을 붙들고 있는 손에 힘이 쭉 빠져서 휴대폰을 순간 떨어뜨릴 뻔했다.

바로 어제, 정민에게서 온 문자였다.

[하니야.]

[너 지금 어디 있어, 이하니.]

한이가 손등으로 눈을 문지르고 다시 화면을 바라보았다. 이하니. 분명 그렇게 쓰여 있다.

정민이, 자신을 하니라고 부르고 있었다.

8. 돌아온 로미오

"정민 씨, 괜찮아요?"

"……."

"정민 씨!"

"……."

"최 연출님!"

"……아, 예. 뭐라고 했죠?"

정민이 고개를 느리게 돌리며 그제야 우혁을 바라보았다. 우혁이 걱정 가득한 눈빛으로 정민의 얼굴을 살폈다.

"아직까지 이 피디님한테 연락 안 온 거예요?"

"……지금이 무슨 요일이죠?"

"월요일이요, 월요일. 주말 내내 연락 없었어요?"

"하아."

정민이 흘러내리는 옆머리를 손바닥으로 쓸어 넘겼다.

한이가 그렇게 대기실에서 뛰쳐나가고 난 이후로 집에도 없고, 연락해도 휴대폰은 꺼져 있었다. 마음이 조마조마하다 못해 가슴 주변이 오그라들 것 같았다.

"다친 데는 좀 어때요."

우혁이 정민의 볼 주변을 손가락으로 가리키며 물었다.

"아, 이거요……."

정민이 손가락으로 뺨의 상처를 만지작거렸다.

"나 참, 무슨 어린애도 아니고 어떻게 대기실에서 주먹질을 할 생각을 해요?"

"우혁 씨까지 너무 그러지 마십쇼. 충분히 위에서 소리 들을 만큼 들었습니다."

"더 들어야지. 경찰서까지 갔다 왔는데. 그래서 그 김찬이란 사람은 어떻대요."

"제가 더 많이 때렸으니, 뭐, 더 심하게 다쳤겠죠. 알게 뭡니까."

정민이 다시 생각해도 분하다는 듯 미간을 찌푸리자, 우혁이 고개를 절레절레 저었다.

"이성적인 분이, 답지 않게 왜 그랬어요."

"그건…… 말 못해요."

정민이 입을 일자로 꾹 다물고, 3일 전 첫 공연 날의 대기실을 떠올렸다.

"아, 찾았다. 여기 사진. 이것 좀 봐. 한이야, 내가 네 생각나서 아직까지 사진도 못 지우고 이러고 있다. 우리 좋았잖아, 그지?"

김찬이 대기실 안으로 들어왔을 때부터 기분이 더러웠다.

동창회 때 말다툼한 건 까맣게 잊었는지, 아니면 일부러 기분 나쁘라는 의도에서 보란 듯이 후배들을 끌고 온 건지.

찬은 뻔뻔스러운 표정으로 다가와, 한이에게 알은척을 했다. 그때부터 정민의 속은 빠르게 뒤틀리기 시작했다.

공원에서 한이가 서럽게 울던 날이 떠올랐다. 그 전 남자 친구가 김찬이었다니. 앞에서 깐족대는데, 말 끝나자마자 한 대 세게 쳐줄 생각이었다.

그러나 찬이 내민 한이의 예전 사진 때문에 그러지 못했다. 정민은 머리를 어디에 얻어맞은 것처럼 순간 멍해졌다.

분명히 지금과는 많이 다른 모습이었지만, 무척 익숙한 이목구비였다.

'설마…….'

기억 속에 깊이 박혀 있는 얼굴. 수줍고 소심하지만, 착하고 똑똑했던 아이. 다른 아이들과 다르게 항상 자신의 연극을 진지하게 봐주던.

나의 첫사랑, 이하니였다.

그제야 그간의 시간이 썰물처럼 밀려오면서, 조각조각 비어 있는 기억들이 맞춰지기 시작했다.

소보로 빵을 자주 먹었다던 그 말, 자주 넘어지던 모습, 가끔가다 무언가를 숨기는 것처럼 전전긍긍하던 표정.

갑자기 진한 실망감이 몰려왔다.

한이가 아니라, 자기 자신에게.

'어떻게 몰라볼 수가……'

처음 만났을 때, 그녀를 몰라보던 자신이 얼마나 당황스러웠을까. 심지어 같이 봄까지 섞었으면서도 조금의 기미도 알아차리지 못했다.

한이가 정민을 돌아보자, 정민이 혼란스러움에 얼굴이 굳어졌다.

한이가 갑자기 싸하게 표정을 굳히더니 홱 몸을 돌려 뛰쳐나갔다.

"한이 씨!"

정민이 한이를 붙잡으려 손을 뻗을 때였다. 탁, 찬이 정민의 팔을 붙잡았다.

"쪽팔려서 도망가는 거 모르겠냐? 붙잡지 마."

"놔. 쫓아가야 돼."

"너 쟤 고아인 거 아냐?"

"뭐?"

정민의 눈썹을 꿈틀대며 함부로 말하는 찬을 노려보았다. 탁. 정민의 구두굽이 한 발짝 앞으로 나갔다.

"김찬, 너 지금 뭐라 그랬냐?"

정민의 목소리가 차갑게 내려앉았다. 대기실에 있던 배우 몇 명이 웅성거리며 두 사람의 대치 상태를 구경했다.

우혁도 이마에 난 땀을 티슈로 닦으며 근처로 다가왔다.

"몰랐어? 고아라고. 어떻게 너랑 나랑은 자꾸 이렇게 엮이냐. 이번에도 내 여자 낚아채가니 좋아?"

"뭘 낚아채. 너랑 사귀었던 말건 관심 없어. 들어보니 잘해준 것 같지도 않네."

"잘해줬는데? 내가 이한이 첫 남친에, 그것도 첫 상대인데."

찬이 비릿하게 웃으며 정민을 쏘아보았다.

"이 새끼가……."

"걔 밤일은 존나 잘하지. 내가 다 가르쳐준 거다, 그거."

정민이 결국 이성을 잃고 달려들어 찬의 멱살을 잡아채 쥐었다. 찬의 발바닥이 허공으로 조금 들어 올려졌다.

"흐어억, 정민 씨!"

우혁이 다가와 말리려 했지만 소용없었다. 정민이 아랫입술을 꽉 깨물고 찬을 죽일 듯이 노려보았다.

"함부로 말하지 마, 개자식아."

"윽, 큭…… 이, 이거 놓……."

"사과해."

"내가 뭘……."

"사과하라고."

온몸에서 화가 솟구쳐 죽을 지경이었다.

한이는 김찬이 이런 식으로 함부로 말해도 되는 사람이 아니었다.

그녀가 갑자기 전학을 가게 되고 나서 얼마나 방황했던가. 조금 더 다가가 볼걸. 친한 척해볼걸. 수없이 고민했다.

자리 핑계를 삼아 하니가 혼자 밥을 먹고 있는 테이블에 은근슬쩍 앉을 것이 아니라, 당당하게 같이 먹자고 해볼걸.

하니 덕분에 연극에 더 호기심이 생겼고 그녀 덕분에 연출 공부를 시작했다.

연락처도 남기지 않은 채 하니가 전학을 가고 난 후, 한 번도 만난 적은 없었지만 정민의 마음속에는 항상 이하니가 존재했다.

그녀로 인해서 극 연출을 시작했으니까. 오랜 기간 자신에게 예술적 원동력이 된 존재였다.

고등학교 때는 어렸지만 이제는 자신도 어른이 되었다. 사랑 앞에서 머뭇거리지 않는.

혹시라도 하니를 다시 만나게 된다면, 이번에는 망설이지 않고 다가가야지. 몇 번이고 다짐했다. 못 만나더라도 하니가 어디선가 행복하게 살고 있기를 기도했다.

그래서 그동안 다른 여자를 만나도 깊게 사랑할 수가 없었다. 이성적이고 깔끔하게, 스쳐 지나가는 인연을 반복했다. 마음속에 계속해서 떠나가던 하니의 뒷모습이 남아 있던 탓이었다.

그런데 이런 자식이 그녀 옆에 있었다니. 얼마나 하니의 마음에 상처를 줬을지, 보지 않아도 뻔했다.

"김찬, 네가 나한테 욕을 하든 비열하게 굴든 상관 안 하는데. 한이 씨한테 그딴 식으로 말하지 마."

"윽, 큭, 숨…… 숨 막히…….."

"네가 함부로 대해도 될 사람 아냐. 헤어졌으면 영원히 한이 씨 앞에서 꺼져."

"시, 싫으면 어쩔 건데…….."

"싫으면?"

정민이 찬 가까이 얼굴을 바짝 가져다 댔다.

"걔가, 큭, 날 잊을 수 있을 것 같아? 옥……. 걘 나 못 잊어. 첫 남자를 어떻게 잊……."

퍽!

정민이 주먹으로 찬이의 얼굴을 가격했다. 쿵! 찬의 몸이 바닥으로 쓰러졌다.

"헉, 연출님!"

우혁이 잽싸게 다가와 말리기 위해 정민의 팔을 붙잡았다.

"말로 했는데 싫으면 이렇게 되는 거지."

찬이 터진 입가를 손등으로 쓱 매만지며 몸을 일으켰다.

"……너 지금 쳤냐?"

"한 대 더 쳐줘?"

"이 새끼가."

찬이 달려들어 정민의 얼굴을 후려쳤다. 그 이후로 몇 분간 두 사람 사이에 주먹이 오갔다. 몇 명이 붙어서 말리려고 해보았지만 소용이 없었다.

결국 경찰이 와서 그들을 끌고 갈 때까지, 싸움이 계속됐다.

다음 날 해가 뜰 때쯤에야 정민은 집으로 돌아올 수 있었다.

얼굴에는 온통 멍과 상처투성이였다. 찢어진 입가가 쓰렸지만 맞은 것에 배로 때렸으니 되었다.

"……연락이 없네."

정민이 휴대폰을 내려다보았다.

한이가 뛰쳐나가는 걸 따라가서 붙잡았어야 했나. 찬과 싸우느라 서에서 조사가 어느 정도 정리됐을 때, 한이에게 연락할 수 있었다.

"아직 자는 건가……."

그렇게 뛰어나간 한이가 걱정이 되었다. 몸이 피곤했지만 정민은 쉽사리 잠에도 들지 못하고 침대에 걸터앉았다.

해가 완전히 떠올라 정오가 다 되어갔지만 여전히 휴대폰은 감감무소식이었다.

조금 초조해지기 시작했다. 한이가 심란할 것 같아서 문자에 답을 줄 때까지 기다리려고 했는데, 정민이 참지 못하고 전화를 걸었다.

뚜뚜뚜. 전화기가 꺼져 있었다. 답도 없고, 통화도 안 된다. 정민이 일어서서 집 안을 뱅글뱅글 돌았다. 결국 고민 끝에 종현에게 전화를 걸었다.

-어? 최 연출님?

"혹시…… 한이 씨랑 연락되십니까?"

-안 그래도 촬영 관련해서 상의할 게 있어서 전화 드렸는데 안 받으시더라고요.

"……알겠습니다."

-무슨 일 있는 거예요?

"아닙니다."

정민이 숨을 불안하게 내쉬며 전화를 끊었다. 뭔가 이상했다. 그대로 정민이 집 바깥으로 뛰쳐나가 다급하게 계단을 내려갔다. 아래층 한이의 집에서 초인종을 눌러보았지만 답이 없었다.

"한이 씨! 한이 씨!"

쾅쾅! 현관문을 두드려보았지만 안에서는 아무런 기척도 없었다. 현관 앞에 어제 자 신문이 있는 걸 보니 집에 안 온 모양이었다.

뭔가 이상했다.

방금 전까지는 단순히 한이가 자신의 연락을 잠깐 피하는 줄로만 알았는데, 종현과도 연락이 안 되고 집에도 없다니. 무슨 일이라도 생긴 게 아닐까 싶어 머리가 싸하게 굳어갔다.

그녀가 갑자기 전학을 갔던 그날처럼 자신이 무력하게 느껴지기 시작했다. 이대로 그녀가 또 한 번 사라질 것 같은 두려움이 엄습해왔다.

정민이 집으로 돌아와 손톱을 깨물며 머리카락을 손으로 쥐었다. 전처럼 가만히 앉아 놓칠 수 없었다.

'방법, 방법을 찾아야……'

"아!"

뭔가 떠오른 정민이 급하게 휴대폰을 찾았다. 피곤과 긴장으로 뻑뻑해진 눈동자를 데굴데굴 굴리다가 통화 버튼을 눌렀다. 오랜만의 통화였다.

"……아버지."

-어, 네가 웬일이냐. 전화를 다 하고.

걱정과 달리 부친의 목소리는 별다를 게 없었다. 정민이 작게 안도의 숨을 내쉬고 말했다.

"잘 지내셨죠."

-그럭저럭 지냈다. 용건이 있으니 전화를 했을 텐데.

"……아버지. 사람 하나를 찾고 싶어서요."

-사람 찾는 걸 왜 나한테 부탁해?

"우리 재단 고등학교 나왔던 애예요."

-언제?

"저랑 같은 반이었는데…… '이하니'라고. 예전에 보육원에서 지냈던 것 같거든요. 그쪽 연락처를 학교에서 가지고 있나 해서요."

-아래에 알아보라고는 하겠지만…….

"아버지가 이사장이시잖아요. 알아보실 수 있잖아요. 부탁드려요."

-네가 나한테 부탁하는 전화를 다 하고. 신기해서 그런다.

정민이 앞머리를 손으로 꽉 부여잡았다.

"급해서…… 정말 급해요, 아버지. 부탁드려요."

-흠…….

"……연출하겠다고 집 나간 거는, 죄송해요."

-죄송하면 집에나 다시 들어와. 들어보니 조그만 오피스텔에 산다던데. 돈이 없는 것도 아니고 왜 사서 고생이야?

"곧 찾아뵐게요. 그리고 여기 별로 안 좁아요."

-그 정도면 좁은 거지. 집에나 얼른 들러. 부탁한 건 알아보마. 근데, 누군데?

정민이 바짝 마른 입술을 혀로 쓸었다.

"저한테…… 저한테 정말 소중한 사람이에요."

─……알아보고 연락하라고 하마. 자세한 건 너 집에 와서 들으마.

"감사합니다, 아버지."

전화를 끊고 정민이 숨을 푹 내쉬었다. 뜨끈거리는 두 눈가를 손가락으로 문질렀다.

늦은 저녁 즈음에 문자가 왔다. 은혜 보육원이라는 곳에 있었는데 그곳이 당시에 문을 닫아 시골의 보육원으로 내려갔다고 했다.

열아홉에 잠깐 머물렀던 시골 보육원 전화번호를 알아내, 정민이 그곳에 전화를 걸었다.

-네, 한빛 보육원입니다.

"저기…… 혹시 거기에 10년 전에 있던 '이하니'라는 사람과 연락 닿는 분 계신가요?"

-이하니? 잠깐만요. ……아. 은혜 보육원에서 온 친구? 누구신데요?

"……친구인데 연락이 안 되어서요."

-글쎄요. 여기에 워낙 잠깐 있어서 연락 닿는 사람은 없고. 아마 세실리아 수녀님이랑은 연락이 될 것 같은데…….

"세실리아 수녀님이요?"

-지금 서울 xx동 성모 의료원에 계신다고 들었어요.

"……감사합니다."

그다음 날 아침 일찍, 정민은 성모 의료원으로 향했다. 진료 시간이 아니었지만 이한이라는 사람을 찾는다고 하니까 원무부장이 나와 정민의 얼굴을 빤히 바라보았다.

"저…… 여기 한이 씨가 왔었습니까?"

"한이를 알아요?"

"세실리아 수녀님도 여기 계신다고……."

"며칠 전에 왔었어요."

"지금은 여기 안 있고요?"

"네."

정민이 허탈한 숨을 내쉬었다. 이마를 손바닥으로 짚으며 눈을 찡그리고 있을 때, 저쪽에서 바짝 마르고 환자복이 아닌 수녀복을 입고 있는 노인이 느리게 걸어왔다.

정민이 얼굴을 들어 수녀를 바라보았다.

"우리, 하니를 찾아요?"

정민이 수녀에게로 급히 다가갔다.

"네, 아십니까?"

"하니가…… 으음, 하니가 왔었지."

왔었구나. 무슨 큰일이 생긴 건 아니었나 보다. 정민이 작게 안도의 한숨을 내쉬었다. 아까까지 가득하던 긴장이 약간은 덜어진 것 같았다.

수녀는 입을 우물거리다가 기침을 했다. 원무부장이 정민에게 다가와 살짝 속삭였다.

"치매 때문에 좀 안 좋으세요."

치매? 겉으로 보기에는 수녀는 단정하고 고아해 보였다. 정민이 수녀의 눈높이에 맞춰 허리를 숙였다.

"수녀님, 하니 어디에 있는지 아세요?"

"왔다가 갔어. 어디로 갔는지는 몰라요."

"세실리아 수녀님이시죠?"

수녀가 고개를 느리게 끄덕거렸다.

"왜 그렇게 우리 하니를 찾아요?"

"하니와 연락이 안 돼서요."

"그 아이는 지금 아파요."

"……아프다고요?"

정민이 눈을 크게 떴다.

"누구한테 미안하고 누구를 너무 좋아해서 마음이 많이 아프다고 했어요. 혹시 우리 하니 만나면 괜찮을 거라고 다독여줘요."

"……아."

아프다는 이야기를 듣고 죄여오던 심장이, 이번에는 쿵 아래로 떨어진 것 같았다.

도대체 무슨 생각을 하고 있는 거야. 설마 나한테 미안해서 어디로 숨어버린 걸까. 그런 말도 안 되는…….

답답하고 애가 타서 정민이 주먹을 꽉 쥐었다. 애초에 그녀를 알아보지 못한 것부터가 잘못인 것 같았다. 가뜩이나 자신감이 낮은 사람이 그 작은 머리로 전전긍긍했을 생각을 하니 눈앞이 어찔했다.

"하니 친구지요?"

정민이 울컥 차오르는 눈물을 참으며 수녀의 말에 대답했다.

"……네. 친구예요."

"이렇게 멋진 친구가 있어서 다행이네요."

"……감사합니다."

"하니는 좋은 아이거든요."

"네, 알아요."

나에게는 다시없을, 좋은 사람.

그렇게 말하지는 않았지만 수녀는 다 안다는 듯 빙긋 웃었다. 정민의 손을 한 번 꽉 잡아주더니, 원무부장의 부축을 받아 안으로 들어갔다.

정민이 수녀의 온기가 남아 있는 손등으로 눈가를 꾹 눌렀다.

'……보고 싶다.'

누군가를 너무 좋아해서 마음이 아프다는, 이한이를.

그렇게 주말에 의료원까지 갔다 왔지만 여전히 한이에게 연락이 닿지 못했다.

월요일이 되어 어쩔 수 없이 연습실에 나왔지만 평소의 예민하고 프로페셔널하던 정민과는 다르게 그는 도통 집중을 하지 못하고 혼이 빠져 있었다.

한이와의 관계를 알고, 대기실에서 그 싸움을 다 지켜봤던 우혁이 걱정하는 건 당연했다.

"연습 이 정도로 마무리합시다."

정민이 안경을 벗고는 눈가 주변을 문질렀다.

우혁이 땀을 닦으며 정민에게로 다가왔다.

"가볼게요. 너무 초조하게 생각하지는 마시고요."

"계속 집에 없어요. 어디 있는지……."

"생각 좀 정리하려고 어디 가 있겠지 않겠어요? 걱정 마세요."

"후우……."

그때 내내 잠잠하던 정민의 전화 벨소리가 울렸다. 우혁과 정민의 동시에 커지며 마주쳤다.

"하, 한이 씨 아닐까요!"

우혁이 다급하게 말했다. 정민이 급히 휴대폰을 집어 들어 전화를 받았다.

"여보세요."

-……정민 씨.

정말, 한이였다.

며칠간 듣지 못했던 목소리였다. 정민은 순간 몸에 힘이 쭉 빠지는 것 같았다.

"도대체 지금까지 어디……!"

-저, 정민 씨…….

소리치려다 정민이 입을 다물었다. 한이의 목소리에 물기가 섞여 있다는 걸 눈치챘기 때문이다.

-……정민아.

한이가 자신을 10년 전처럼 불렀다.

정민이 입을 꽉 다물었다가 낮게 깔린 목소리로 말했다. 심장이 빠르게 쿵쾅거리기 시작했다.

"지금 어디야."

-나…….

"어디 있어, 이하니."

-어디 있어, 이하니.

"회사에……."

-지금 바로 갈 테니까 기다려.

휴대폰 너머로 정민의 다급한 목소리가 들려왔다. 전화를 끊고 한이가 크게 숨을 몰아쉬었다.

정민이 이리로 온다.

한이가 비상구 계단에 쪼그려 앉아 있는 채로 눈을 깜빡거렸다. 속눈썹에 매달려 있던 눈물이 떨어지려는 걸 손등으로 급히 훔쳐냈다.

정민에게서 자신을 하니라고 부르는 문자가 온 걸 보고난 직후, 한이는 바로 전화를 걸었다.

며칠 만에 듣는 정민의 목소리는 평소보다 더 조급하고, 갈라져 있었다. 한이가 심장 주변에 손바닥을 가져다 댔다. 쿵쿵 뛰는 박동이 고스란히 느껴졌다.

정민에게서 주말 동안 온 문자를 처음부터 꼼꼼히 읽어보기 시작했다. 첫 문자부터 하나하나.

[어디예요?]

[연락이 늦어서 미안해요. 사정이 있었어요. 왜 전화 안 받아요?]

'미안한 건 난데…….'

정민이 화가 나 있을 거라고 생각했는데, 실상은 정반대였다. 다정하고 섬세한 사람이 얼마나 걱정했을지 문자로도 짐작이 가서 한이가 한숨을 푹 내쉬었다.

문자가 몇 시간 끊겨 있다가 새벽 무렵에 또 와 있었다.

[미안해요. 김찬이랑 경찰서에 있었어요. 그래서 연락 못한 거예요.]

"겨, 경찰서!"

한이가 문자를 읽다가 빽 소리를 질렀다. 도대체 김찬이랑 어디서 무엇을 했길래 경찰서에 간 거지? 어린애들도 아니고 다 큰 성인 남자 둘이.

한이가 초조하게 손톱을 잘근거렸다.

[보고 싶어요.]

[무슨 일 있는 거예요?]

[왜 연락이 안 돼요…….]

[집에도 없는데, 도대체 어딜 간 거야.]

비슷비슷한 내용이 계속 반복되는 문자들이었다. 그래서 더 가슴이 시큰거렸다. 주말 내내 자신 때문에 속을 졸였을 것 같아서.

[하니야.]

[진짜 걱정돼. 왜 휴대폰은 계속 꺼져 있는데.]

[하니야. 보고 싶어.]

한이가 후들거리는 무릎을 짚으며 계단에서 일어서 똑바로 섰다.

"흡……."

더 이상 도망치거나 약한 모습을 보이는 건 싫었다.

살을 빼고 외모를 가꿔 겉은 완전히 다른 사람이 되었지만, 사실 여태껏 속은 그대로였다. 과거를 덮어두고 무시하고서는 앞으로 나아갈 수가 없다는 걸 몰랐다.

한이가 사무실로 돌아갔다. 피부는 허옇고, 코와 눈가는 새빨개진 걸 보더니 사람들이 다 놀라서 한이를 힐끔거렸다.

"주말 내내 회사에 있었다며?"

부장이 한이를 쳐다보며 물었다.

"네. 편집 지시 다 끝났어요."

"……한이 씨, 괜찮아? 꼴이 말이 아닌데."

"오늘만 일찍 퇴근해도 될까요?"

"뭐, 일도 다 끝났고. 그렇게 해."

부장의 허락까지 받고 한이가 회사 건물 앞으로 재빨리 내려갔다.

뉴스에서 이제 더 이상의 한파는 없을 거라더니 정말로 날씨가 따뜻했다. 한이가 도로변에 못에 박힌 듯 서 있었다.

몇 분을 그렇게 기다렸을까. 익숙한 차 한 대가 앞에 끼이익 소리를 내며 멈춰 섰다. 한이가 아스팔트 바닥을 바라보고 있던 얼굴을 천천히 들어 올렸다.

"하니야."

정민이 차 문을 열고 나왔다. 정말, 정민이었다.

문을 붙잡은 채로 정민이 한이를 쳐다보았다. 불과 몇 발자국 앞에 정민이 서 있다.

정민은 며칠 새에 얼굴 살이 빠져 있었다. 게다가 뺨에는 맞아서 난 상처로 보이는 것들이 가득했다.

정민은 그 자리에서 움직이지 않고 한이를 응시했다. 잠시 둘 사이에 시간이 멈춘 듯했다.

타닥타닥.

이제는 내가 다가가야 할 때.

한이가 그대로 발을 옮겨 정민에게로 뛰어들었다.

와락! 정민의 허리에 팔을 감싸 있는 힘껏 끌어안았다. 정민의 몸이 뒤로 한 번 휘청거렸다가 한이를 마주 안았다.

"나, 그러니까…… 나……."

비상구 계단에서 그의 문자를 읽을 때에는 하고 싶은 말이 목구멍 언저리까지 가득 차올랐는데, 지금은 입이 제대로 떨어지지 않았다.

막상 정민을 마주하고, 그를 껴안고, 그에게서 나는 산뜻한 비누 냄새를 들이마시는 순간, 머릿속이 새하얘졌다. 무슨 말부터 해야 할지 몰랐다. 말이 다 엉키고 섞여서 덩어리진 것 같았다.

대신 그를 껴안고 있는 두 손에 힘을 더 꽉 주었다.

"정민아, 내가……."

"괜찮아. 이젠 다 알아."

정민이 커다란 손으로 한이의 뒤통수를 감싸왔다.

부드럽고 따뜻한 감촉이 느껴지자마자 몸에 맥이 탁 풀렸다. 괜찮다는, 이젠 다 안다는 그 한마디로 모든 게 설명되었다.

한이가 턱을 들어 정민의 눈을 마주 보았다. 정민도 할 말이 많은 듯 보였지만 재촉하거나 먼저 쏟아내지 않았다. 그가 입술을 우물거리며 잠시 고민하더니 싱긋 웃고 말했다.

"밥은 먹었어?"

"……응."

"잠은 잘 잤고?"

"……응."

정민이 손바닥으로 한이의 옆얼굴을 한꺼번에 감쌌다.

"근데 왜 울어."

안 울려고 나오기 전에 허벅지도 꼬집고 심호흡도 수차례 했는데, 정민의 얼굴을 보자마자 또 헤픈 눈물샘이 터져 나왔다.

"아씨……."

"아씨?"

정민이 장난스럽게 웃더니 엄지로 한이의 눈가를 문질렀다.

"지, 진짜 안, 안 울려고 했는데……."

"그럼 왜 울어. 내가 울린 거야?"

"아니, 그게 아니고……. 흑, 끕, 너, 너무 좋아서 우는 건데……."

"좋으면 웃어야지, 왜 울어."

"흐, 끄윽, 흐윽."

"내가 너무 좋아서 그래?"

정민이 뺨에 흘러내리는 눈물을 닦아주었다.

훌쩍거리면서도 크게 울지는 않으려고 꾹 참아냈는데, 결국 다정한 손길에 그간 맘 졸였던 게 풀어지면서 울음이 나왔다.

한이가 다시 한 번 투우처럼 정민의 품으로 돌진했다.

"어어!"

"흐어엉, 정민아……."

"너, 넘어질 뻔했잖아."

정민이 간신히 자동차 보네트를 손으로 짚어 균형을 유지했다. 한이가 눈물이 줄줄 새어 나오는 눈가를 정민의 가슴팍에 묻고 고개를 흔들었다.

"흐어엉, 좋아해. 너무 좋아. 흐윽, 끅. 너무 좋아해."

"저, 저기, 하니야. 한이 씨? 이 피디님? 자, 잠깐……."

정민이 당황해서 한이의 어깨를 붙잡았다.

그러나 꽁꽁 싸매어두던 게 봉인해제가 된 직후라 한이는 눈에 보이는 게 없었다. 그녀는 정민에게서 떨어지지 않고 마구 말을 쏟아냈다.

누군가에게 이렇게 솔직하게 감정을 털어놓는 건 처음이었다.

"흐어엉, 좋아해! 세상, 히끅, 에서 제일 좋아! 내가 다 잘못했어, 흐으윽!"

서른 살이 되어서야, 처음으로.

그동안 감정을 숨기기에만 급급하고 사랑 앞에서 소심했던 건, 첫사랑이 미완으로 남아서였을까?

제대로 고백도 못 하고 끊어진 첫사랑을 언젠가는 다시 이어 붙이기 위해 긴 시간 동안 기다려왔는지도 모른다.

"한이야, 진정을……."

"다시는 안 떠날게. 응? 응? 정민아아."

"윽, 숨 막혀! 알겠어!"

"좋아해애애!"

정민이 피식 웃더니 한이의 등을 다독였다.

"얼굴은 또 왜, 끄윽, 왜 그래, 흐어엉……!"

"걱정 마. 내가 이겼어."

"……흐윽, 저, 정말?"

"그렇다니까."

"다, 다행…… 딸꾹!"

"하하."

정민이 정말로 갈비뼈가 으스러질 것 같아서 억지로 한이를 떼어낼 때까지, 한참을 참아왔던 사랑 고백은 계속됐다.

"으이구. 콧물 좀 닦아."

"크응."

"진정됐어?"

"……으응."

한이가 휴지로 새빨개진 코를 문지르며 고개를 끄덕거렸다. 차 안에 둘이 나란히 앉아 있었다. 정민이 한이를 돌아보며 피식 웃었다.

"너 지금 얼굴 좀 봐."

"……웃지 마."

"되게 웃겨."

"아씨."

"이렇게 울 만큼 내가 그렇게 좋아?"

정민이 능글거리는 투로 물었다. 한이가 팽 코를 풀고서 정민을 돌아보았다. 커다란 눈이 새빨간 게 토끼 같았다.

"……응. 진짜 좋아해."

"어?"

한이가 의외로 담담하게 대답하자, 정민의 귀 끝이 조금 붉어졌다.

매듭이 하나 풀리니까 뒷걸음질하고 거리를 두던 한이는 온데 간데없이 사라졌다. 솔직해서 귀엽기는 하지만……. 이렇게 좋아한다고 말할 때마다 심장이 덜컹거리는 건 좀 문제였다.

"흠흠. 지, 집으로 가자. 도대체 그동안 어디서 잤어?"

"……숙직실에서."

"하아. 왜 그랬어."

"네가 나한테 실망한 줄 알았지……."

한이가 손가락을 꿈지럭거리며 중얼거렸다. 정민이 운전대를 붙잡으려다 말고 한이 쪽으로 몸을 돌렸다.

"그런 거 아니야."

"응, 알아. 무, 문자 봤어."

"나한테 실망한 거야."

정민이 손을 뻗어 한이의 얼굴을 감싸 쥐었다. 그러고는 부드럽게 다가와 입술을 맞추었다. 하도 울어서 뜨겁게 달아오른 뺨을 문지르며, 혀로 입술을 살짝 건드린다.

입술이 반쯤 붙어 있는 채로 정민이 눈을 떠 한이를 바라보았다. 속눈썹이 한 올 한 올 보일만큼 가까운 거리였다.

"늦게 알아봐서 미안해."

한이가 살풋 웃으며 고개를 저었다.

"아냐. 못 알아봤을 수도 있지. 그리 친하지도 않았는데……. 내가 뭐라고."

쪽. 정민이 입술을 다시 부딪쳤다.

"그런 식으로 말하지 마."

"나, 나야말로 지금까지 숨겨서 미안해. 너무, 좋아해서…… 그 냥 말 한마디 하는 것도 겁이 났어. 숨 쉬는 것도 거, 겁이 났고. 잃을까 봐. 실수할까 봐."

"……그랬어?"

"그래서 내 약점 꽁꽁 숨겨두고 안 보여주려고 했어. 그러면 안 됐는데……."

"네 약점이 뭔데? 설마 이하니였다는 거?"

한이가 눈동자를 도르륵 굴리다가 고개를 끄덕였다.

"왜 그게 약점이야."

정민이 단호하게 말하며 이번에는 좀 더 깊게 키스해왔다. 혀가 바삐 얽히고 호흡이 가빠질 정도로 짧지만 짙은 키스가 끝나고, 정민이 말했다.

"내 기억 속에서 제일 반짝이는 이름인데."

"……응?"

"첫사랑이야. 네가."

한이가 잠시 말을 멈추고 눈을 찌푸렸다.

정민의 첫사랑이 나라고?

믿기지 않는 소리였다. 정민은 항상 반짝이는 학교의 스타였고, 자신은 학교에서 모두가 인정하는 불우한 왕따였으니.

"거짓말."

"내가 네가 첫사랑이라는데 무슨 거짓말이야? 거짓말 아니거든!"

정민이 발끈해서 소리쳤다.

"에이."

"이것 봐라. 왜 안 믿어?"

"하하. 무슨."

한이가 정민을 밀어내고 손을 휘휘 내저었다. 정민이 억울한 듯 눈썹을 꿈틀거렸다.

"맞다니까!"

"굳이 그렇게 말 안 해줘도 돼."

"아, 답답해."

"알았어. 그런 걸로 하자."

"그런 걸로 하는 게 아니라, 진짜 네가 내 첫사랑이라니까?"

정민이 왁 소리 지르듯 말했다. 진짜가 싫었지만 도무지 믿어지지 않았다. 너무 비현실적인 이야기라서.

첫사랑이라니. 단어만 들어도 10년은 어려지는 것 같은 기분이었다. 설레고 간지러웠다. 한이가 정민의 찌푸린 눈가를 손가락으로 문지르며 속삭이듯 말했다.

"나야말로 정민이 네가 첫사랑인데?"

이번에는 정민이 눈을 찌푸리고 의심의 눈초리를 보냈다.

"거짓말."

"거짓말 아니야."

"에이."

"정민아, 왜 내 말 안 믿어줘?"

"너도 안 믿잖아!"

한이가 입술을 삐죽 내밀고 정민을 바라보다가 픕 웃었다. 그러고는 잽싸게 다가가 볼에 쪽 입을 맞추고 물러났다.

"웨, 웬 기습 키스……. 심장 떨어지게."

"서로 믿어주는 걸로 하자."

정민은 아직 뭔가 못 미더운 듯했지만 수긍했다.

"한이야. 내가 너 얼마나 좋아했는지 알면 진짜 깜짝 놀랄걸."

"아니? 내가 더 좋아했을걸?"

"안 돼. 이건 양보 못 해."

한이가 눈을 깜빡거리며 환하게 웃었다. 동그란 눈동자가 반달 모양으로 접혔다. 이렇게 그와 편하게 이야기를 나눌 수 있는 지금이 꿈만 같았다.

"의미 없는 싸움이다. 옛날 일인데 무슨 말을 못하겠어."

"진짜라니까!"

"나도 진짜야!"

"분하다. 안 믿어주다니."

"어쨌든 과거보다는 지금이 중요하지. 정민아, 사귀자."

"그래, 지금이 중요…… 뭐!"

정민이 깜짝 놀라 클락션을 주먹으로 쾅 쳤다. 빠아앙! 요란한 소리가 울려 퍼졌다. 정민이 입을 쩍 벌리고 한이를 바라보았다.

한이는 두근거리는 심장 소리를 스스로 느끼며 말을 이었다. 비상구 계단에 쪼그려 앉아 정민에게 해야 할 말을 여러 가지 생각해놓았지만, 제대로 기억나는 건 이것 하나였다.

고백하자. 이제는 물러서지 말고, 내가 다가가자.

한이가 긴장으로 땀이 배어나오는 손바닥을 허벅지에 쓱쓱 문지르며, 정민에게 다시 한 번 말했다.

"이제 특별한 사이 말고, 애인 하자."

"너, 지금, 야……."

"나랑 사귀어줄…… 읍!"

"그만!"

정민이 손으로 한이의 입을 틀어막았다. 정민이 씩씩 숨을 내쉬었다.

"내가 말하려고 했는데! 네가 먼저 고백하면 어떡해!"

정민이 분한 듯 소리치자, 한이가 그의 손가락 하나를 아프지 않게 살짝 깨물었다.

"……얼른 대답해줘. 용기 냈단 말이야."

한이가 뺨을 살짝 붉히며 세실리아 수녀를 떠올렸다. 겁쟁이지만 용기 냈어요, 수녀님.

정민이 한이의 입을 막고 있던 손을 뗐다. 푹, 한숨을 내쉬다가 이내 짙게 웃고는 한이의 얼굴 곳곳에 키스를 퍼부었다. 쪽. 쪽. 쪽. 요란한 소리가 차 안에 가득했다.

"백만 번 오케이지."

한이가 미소를 지으며 정민의 손을 꽉 쥐었다.

"이제 정말 집에 가자."

한이의 말에 정민이 운전대를 잡았다.

"집에 가서 각오해."

"……빨리 엑셀 밟아."

그들이 타고 있는 차는 빠른 속도로 오피스텔 쪽으로 굴러갔다.

한이는 빨간 신호등에 걸릴 때마다 눈에 띄게 아쉬워하는 정민의 옆모습을 바라보며 며칠 만에 처음으로 크게 소리 내서 웃었다.

엇갈린 첫사랑, 낯선 원나잇 상대, 피디와 연출가, 이웃사촌, 특별한 사이.

정민과의 관계를 정의 내리는 여러 가지 단어를 거쳐 왔다. 가깝지만 낯설고, 멀지만 친숙한, 애매모호한 관계들을.

그리고 지금. 조금 돌아왔지만, 너와 나 사이는.

더없이 사랑하는 사이.

"정민아, 빨리 와! 시작한다."

"아, 부끄러운데."

"응? 응? 얼른 오라니까."

"왜 네가 더 긴장했어? 잠깐만. 핫초코 탄 거 가지고 갈게."

정민이 부엌에서 목을 쭉 뒤로 내밀며 말했다.

"핫초코?"

"이제 겨울도 다 끝나가는데 많이 남아서."

한이가 머리를 하나로 묶은 채 고개를 끄덕거리며 비어 있는 소파 옆자리를 손바닥으로 팡팡 두드린다.

오늘은 한이가 촬영한 정민의 뮤지컬 특집 방송이 방영되는 날이었다.

본 방송 때는 한이는 회사에서 팀원들과 있었고, 정민은 일로 바빠서 새벽에 하는 재방송을 같이 보기로 했다.

시작되기 딱 직전에 정민이 핫초코 두 잔을 들고 한이의 옆에 앉았다.

"마시멜로우 뿌렸네."

"단 거 좋아하잖아."

한이가 하얗고 몽글몽글거리는 마시멜로우가 뿌려져 있는 잔을 내려다보며 웃었다.

"응, 좋다."

"오, 시작하네. 편집 잘됐어?"

"잘된 것 같아. 봐봐. 너 되게 잘생기게 나왔어. 앗, 나온다."

한이가 핫초코를 한 모금 머금으며 정민의 어깨에 머리를 기댔다. 요즘 들어 계속 정민의 집에 있어서 아예 편한 옷을 가져다 놨다.

헐렁거리는 후드 티와 레깅스를 입은 채 한이는 정민에게 딱 달라붙어 텔레비전을 바라보았다.

자신이야 편집하면서 계속 돌려보았고 아까 본 방송으로도 본 영상이지만, 정민과 같이 보니까 또 느낌이 특별했다.

정민은 그에게 기대어 있는 한이를 힐끔 내려다보며 씩 웃었다. 길쭉한 다리를 꼬고 한이의 취향에 맞춰 혀끝이 아릿할 정도로 달게 탄 핫초코를 마셨다.

첫 장면에 연습실에서 군무를 연습하고 있는 배우들 모습이 나왔다.

"어, 우혁 씨네."

"너 우혁 씨 너무 좋아해."

"내가 언제?"

"내가 지켜보고 있다."

정민이 두 손가락을 펴 눈을 쿡 가리키며 말했다.

"참나, 우혁 씨도 이거 봤대?"

"다들 봤지. 아까 메신저 창 난리 났다. 방송 잘 나왔다고."

텔레비전에서 땀을 닦으며 말하는 우혁의 얼굴이 클로즈업됐다.

-솔직히 제가 외모로 뜬 건 아니죠. 그리 잘생기지도 않았고. 다른 배우분들이 워낙 잘생기셔서.

우혁이 너스레를 떨며 말했다.

정민이 혀를 쯧쯧 차더니 고개를 절레절레 흔들었다.

"거짓말도 잘하네. 저 사람 저거 얼마나 자뻑이 심한데."

"그래?"

이어서 화면 속의 우혁이 장난스럽게 말했다.

-전 저희 연출가님한테도 지잖아요. 얼굴로.

"어, 뭐야. 저런 인터뷰를 했어?"

"기다려봐. 자기 나온다."

화면이 넘어가면서 나레이션이 나왔다.

-배우들마저 한입 모아 칭찬하는 미남 연출가. 스물아홉이라는

어린 나이에 데뷔하여 작품성으로 호평을 받은 그는…….

나레이션과 함께 드디어 정민의 얼굴이 화면에 가득 찼다. 한이와 첫 인터뷰를 했을 때의 장면이었다.

"거봐, 잘생기게 나왔지?"

"흠……."

"화면발 잘 받는다니까."

"뭐, 나쁘지는 않네."

"잘생겼어, 잘생겼어."

한이가 칭찬하듯 정민의 뒤통수를 문질거리자 정민이 픽 웃었다.

화면 속의 정민은 처음에는 약간 긴장한 듯 이마를 좁히고 있다가 곧 한이와 질답을 주고받으며 표정이 서서히 풀려갔다.

"……이렇게 보니 기분이 또 묘하네."

-고등학교 때 연극부에 있었거든요. 처음엔 멋모르고 선배들이 '너 잘생겼으니까 들어와라.'라고 해서 얼떨결에 들어갔는데, 좋은 경험이었죠.

둘은 텔레비전 소리에 집중했다. 화면 속의 정민은 조곤조곤하게 대답하고 있었다.

정민이 살짝 웃는 얼굴이 한껏 클로즈업된다. 반대쪽에서 들어오는 조명 때문에 그의 왼쪽 눈가와 뺨이 밝게 빛났다.

-네. 그랬죠. 고등학교 시절은, 제가 가지고 있는 가장 큰 예술적 자산이라고 생각해요. 그 시절에서 많은 소재와 영감을 떠올려요. 순수하고 열정적이었죠.

따끈따끈한 핫초코 잔을 한이가 두 손으로 감싸 쥐었다.

이내 방송에서는 배경음악이 깔리고 다시금 연습하고 있는 배우들 쪽으로 화면이 전환되었다.

아무 말 없이 텔레비전을 바라보고 있던 정민이 입을 열었다. 부드럽고 달콤한 목소리였다.

"방송 좋네."

"내가 만든 거야."

"그래, 그래. 잘했다. 대단해. 핫초코 다 마셨어?"

"응? 아직. 왜?"

"다 마셨으면 이리 달라고. 치우고 키스하게."

"⋯⋯얼른 마실게."

한이의 말에 정민이 비식 웃음을 터뜨리며 그녀의 귓불을 만지작거렸다. 그녀는 핫초코 잔을 입으로 기울였다.

말캉거리는 마시멜로우가 혀에 닿았다가 금세 사르르 녹아 없어졌다.

"달다."

"좋지?"

"응⋯⋯."

정민이 손등으로 한이의 뺨을 비볐다.

"근데, 저 고등학교 얘기 너 얘긴 거 알아?"

"무슨 얘기?"

"방금 인터뷰에서 고등학교 시절이 내 예술적 자산이라고 한 거."

"……내 얘기야?"

"이거 봐. 말 안 해주면 모르네. 전에 너 때문에 이 일 하려고 했다고 말했잖아."

"……감동이네."

한이가 꿀꺽꿀꺽 급하게 핫초코를 다 들이켜고 잔을 정민에게 탁 건네주었다.

"다 마셨……."

한이가 정민의 두 뺨을 감싸 쥐었다.

"정민아, 키스하자."

정민이 불꽃이 팡 터지는 것처럼 환하게 웃고는 핫초코 잔을 소파 옆에 내려놓았다.

곧 정민이 고개를 틀어 한이에게 키스해왔다. 입술과 혀끝에 감각이 없을 정도로 단맛이 진했다. 코코아 가루 때문에 혀가 텁텁했지만 둘은 개의치 않았다.

겨울이 끝나가고 있었다. 맨발로 소파에 앉아 있어도 발가락이 시리지 않는 계절이었다. 지금처럼 이렇게 키스를 하고 있으면 몸이 달아올라 조금 더워지는 그런 계절.

둘은 땀으로 촉촉하게 젖어 들어가는 손바닥을 마주 잡고 방송이 끝나갈 때까지 한참을 키스했다.

여느 연인들처럼.

에필로그

한이가 핫초코를 마시면서 창밖을 바라보았다. 하늘이 흰 눈송이를 펑펑 쏟아붓고 있었다.

며칠 전 크리스마스 때에는 조금도 내리지 않고 쌩쌩 찬바람만 불더니, 크리스마스가 지나자마자 그림처럼 함박눈이 내렸다.

"왜 이렇게 늦지."

한이가 초조한 표정으로 시계를 쳐다보았다.

연휴가 더 바쁜 방송쟁이라 크리스마스에는 제대로 된 데이트를 하지 못했다. 정민도 마찬가지였다. 첫 뮤지컬로 수상도 하고 한이가 촬영했던 방송 반응도 꽤 좋아서, 그 후 약 1년간 신작 준비로 정신없이 바빴다.

크리스마스는 이미 흘러갔지만 기분이라도 내자는 마음에 오늘 제대로 된 데이트를 하려던 참이었다.

6시 정도에 집 근처에 와서 전화하겠다던 정민은 6시 반이 되도록 소식이 없었다. 한이가 신경 써서 한 화장을 다시 한 번 확인하고 입술을 삐죽거렸다.

"립스틱도 바꿨는데……."

한이가 휴대폰으로 SNS를 확인했다.

요즘 괜히 마음이 불안했다. 일 때문에 바로 아래위층에 살면서도 얼굴을 자주 보지 못하는 것도 이유였지만…….

"아, 얄미워!"

진짜 이유는 정민의 신작 뮤지컬의 주연을 맡은 여배우 때문이었다.

그 여배우는 툭하면 SNS에 사진을 올렸는데, 배우들과 다 같이 찍은 것도 아니고 정민과 단둘이 찍은 사진을 주로 올렸다. 대개 정민은 딴 데를 보고 있고 여배우가 일방적으로 찍은 거였지만.

둘이 뭔 사이냐고 캐물어도 정민은 그런 거 아니라며 웃어넘기기만 했다. 하지만 분명 어딘가 수상했다.

여자는 여자가 제일 잘 알아보는 법. SNS에 적어놓은 멘트도 범상치가 않은 것이, 분명히 정민에게 마음이 있는 것 같았다.

연습하다 보면 같이 있는 시간이 많을 텐데. 정민을 의심하는 건 아니었지만 마음이 쓰이는 건 어쩔 수 없었다.

"내 거라고 확 도장을 찍어놓을 수도 없고!"

여배우는 바로 한 시간 전에 또 정민이 끼어 있는 사진을 찍어 올렸다. 한이가 부글부글 끓는 속을 다스리기 위해 심호흡을 했다.

'신경 쓰지 말자, 신경 쓰지 말…… 수가 없잖아!'

인정하기 싫지만 그녀는 예쁘고 자기보다 세 살이나 어렸다. 한이가 확 휴대폰을 옆으로 밀쳐놓고 이마를 구겼다.

"정민이는 언제 오는…… 꺅, 연락 왔다!"

휴대폰이 울리자마자 한이가 허겁지겁 뛰어가 전화를 받았다.

"정민아!"

-미안. 일이 늦게 끝나서. 기다렸지?

한이가 두 손으로 휴대폰을 꼭 부여잡은 채 현관 밖으로 나갔다.

"아니! 아니! 지금 나 나가면 돼?"

한이가 들떠서 방방거리는 목소리로 말하자 정민이 휴대폰 너머로 웃는 소리가 들렸다.

-응. 아래로 내려와.

"갈게!"

-나 보고 싶다고 뛰다 또 넘어지지 말고, 천천히 와.

"아, 알겠어!"

이미 뛰고 있는데 어떻게 알았지. 한이가 조금 민망해하며 전화를 끊었다.

요즘 또 하나의 고민은 좋은 게 주체가 안 된다는 것이었다. 여자라면 어느 정도 튕길 줄도 알고 다 퍼주지 말아야 한다는데, 정민 앞에서는 그게 안 됐다. 정민만 보면 주인을 본 강아지처럼 그에게로 그저 달려갔다.

오피스텔 아래로 내려가자 정민의 차가 보였다. 한이가 두 뺨이 살짝 붉어진 채로 그의 차 안으로 들어가 조수석에 앉았다.

"왔네."

정민이 쓱 다가와 뺨에 입을 맞추었다. 정민이 한이의 반짝거리는 큰 눈동자를 보더니 쿡쿡 웃었다.

"나 만나서 그렇게 좋아?"

"아니! 놀러 가니까 신 나서 그러는 거야."

한이가 머쓱해서 시선을 돌렸다.

"알았어. 가자. 저녁은?"

"먼저 먹으라며, 갈 데 있다구. 그래서 먼저 먹었지."

"잘했어."

"근데 어디 가는 거야?"

"안 알려줄 건데."

한이가 정민의 팔뚝을 양손으로 붙잡으며 그를 빤히 올려다봤다.

"윽. 그렇게 쳐다보지 말랬지."

"응? 응? 어디 가는데. 응?"

정민이 귀 끝이 빨개져서 고개를 돌리고 차에 시동을 걸었다.

"안 돼. 오늘은 애교 부려도 안 알려줘."

"도대체 어디를 가려고……."

"가보면 알아. 안전벨트 매야지."

정민이 한이에게 안전벨트를 매주고 차를 출발시켰다. 한이가 두 눈을 끔벅거리며 차창을 바라보았다. 그 후로 두세 번이나 더 물었지만, 정민은 단호하게 비밀이라고 했다.

미리 말해주면 재미가 반감될 거라나. 차는 그렇게 삼사십 분을 달렸다. 차창에 자꾸만 눈이 소복하게 쌓였다. 바깥도 마찬가지로 온 세상이 하얘서 어디가 어딘지 잘 구분이 되질 않았다.

이윽고 차가 멈추었고, 한이가 두리번거리며 내렸다. 함박눈은 여전해서 둘은 한우산을 쓰고 걸었다.

"여기가 도대체 어디야……."

"어딘지 모르겠어?"

"잠깐……. 우리 왔던 데야?"

걸을 때마다 뽀득거리는 소리가 났다. 행여 미끄러질세라 정민이 한이를 단단하게 끌어안고 발걸음을 옮겼다. 일이 분 걸어가자, 한이의 눈이 조금씩 커지기 시작했다.

"잠깐만. 최정민, 너……. 여기……."

"이제 알겠어?"

"……우리 고등학교잖아."

정민이 씩 웃으며 우산 속에서 한이에게 입을 맞추었다.

한이가 눈앞에 떡하니 서 있는 모교의 정문을 바라보았다. 늦은 저녁이라 눈이 가득 쌓인 운동장은 발자국 하나 없이 텅 비어 있었고, 꼭대기 층에 있는 교실 몇 개만 불이 켜져 있었다. 아마 지금 시간까지 자율학습을 하는 아이들이 있는 곳일 것이다.

"여기를 왜……."

"들어가자."

"어? 드, 들어가도 되는 거야!"

"이미 다 허락받아놨어."

"아, 아니. 무슨 허락…… 도, 도대체 뭘 하려고?"

"조용히 하고 따라와 봐. 내가 언제 너한테 안 좋은 거 한 적 있어?"

정민이 웃으며 한이의 손을 붙잡고 건물 1층으로 들어서 뚜벅뚜벅 걸었다. 한이가 엉겁결에 따라가며 학교 안을 눈으로 살폈다.

10년도 더 됐지만 내부는 조금 낡은 거 빼고는 여전했다. 이곳에 다시 오리라 생각해본 적도 없었다. 그녀에게는 정민을 제외하고는 암울하고 우울한 장소였으니까. 그러나 정민과 손을 잡고 오자 고등학교가 왠지 새롭게 보이는 것 같았다.

"정민아. 근데 지금 어디로 가는⋯⋯."

"여기."

때마침 정민이 걸음을 멈췄다. 한이가 정민이 손으로 가리킨 곳을 바라보았다.

"어⋯⋯ 여긴⋯⋯."

정민이 열일곱 살 때 첫 연극을 올렸던 학교 대강당이었다.

"들어가."

정민이 빙긋 웃자 움푹 보조개가 파였다. 그가 문을 열어주고 그 틈으로 한이가 조심스럽게 발을 내디뎠다.

대강당 안에는 불만 켜져 있을 뿐 아무도 없었다. 정민이 한이의 손을 잡고 이끌어 세 번째 줄 정중앙에 앉혔다.

"이하니."

"⋯⋯정민아?"

정민이 꼭 열일곱 살이 된 것처럼 앳된 표정과 순수한 눈빛을 지었다. 게다가 한이를 하니라고 불렀다. 한이는 어리둥절하면서도 가슴이 두근거렸다.

마치, 십여 년 전으로 돌아가 그 시간 속에 있는 것 같았다.

"난 네가 내 연극을 꼭 봤으면 좋겠어. 이하니 너는 보는 눈이 있는 것 같아."

열일곱 살 때, 그가 자신에게 비슷한 말을 했었다.

"그러니까 이번에도 보고 난 후에 나한테 감상을 말해줘."

한이가 놀라서 아무 말도 못하고 있는 사이, 정민이 무대 위로 올라가 중앙에 섰다. 후우. 숨을 마시고 내쉬는 소리가 조용한 공간 안에 적나라하게 울려 퍼졌다.

큼큼, 정민이 목을 가다듬었다.

곧 정민 혼자만의 짧은 연극, 독백이 시작되었다.

"……쉿! 저게 뭘까? 저 창문으로부터 새어 나오는 빛은 무엇인가? 저곳은 동녘. 줄리엣은 태양이다! 아름다운 태양이여. 솟아오르라. 시기하는 달님을 죽여다오. 달의 시녀인 그대가 주인보다 더 아름다운 탓으로……."

한이가 손으로 입을 가리며 작게 웃었다. 정민이 고등학교 시절에 첫 주연으로 짧게 극을 올렸던 셰익스피어의 '로미오와 줄리엣' 중 한 장면이었다.

첫눈에 반해서 사랑을 토해내는 대사를 읊으며 정민이 한이를 빤히 바라보았다. 연기는 고등학교를 졸업하고 난 후에는 거의 한 적이 없다고 들었는데, 그래도 여전히 발성도 좋고 표정도 좋았다.

정민은 끝까지 웃지 않고 대사를 마쳤다. 한이가 짧게 박수를 치며 빙긋 웃었다.

"여전히 잘하는데?"

"아직 안 끝났는데."

"응?"

정민이 진지한 표정으로 주머니에서 무언가를 꺼냈다. 한이가 고개를 갸웃거리며 무대 위를 바라보았다.

정민의 손바닥 위에는 작은 곽이 들려 있었다. 달칵, 곽이 열리더니 그 안에 있던 반지가 반짝였다. 한이가 눈을 동그랗게 뜨고 입술을 톡 벌렸다.

"정민아……."

"나랑 결혼해줘."

"……."

잠시 동안 아무런 말도 할 수가 없었다.

결혼. 정민과 함께하는 시간이 너무나 행복하고 소중해서 결혼을 떠올려보지 않은 건 아니었다. 정민이 이한이 것이라 도장이라도 찍고 싶다고도 수십 번 생각했다. 불과 한두 시간 전에도 그랬으니.

그러나 쉽사리 입 밖으로 꺼내지는 못했다. 연애와 결혼은 다른 거였으니까. 내가 정말로 정민의 곁에 평생 있어도 되는 걸까? 하는 불안감도 아직 미약하게 남아 있었다.

정민이 빙긋 웃으며 무대 아래로 내려왔다.

"왜 아무 말이 없어. 감상 말해달라고 했잖아."

"난……."

"싫어? 사귀자는 고백은 네가 먼저 해버려서 청혼은 꼭 내가 해야겠다고 생각했는데."

한이가 결국 앉아 있던 자리에서 벌떡 일어났다.

후들거리는 다리에 가까스로 힘을 주고는 그대로 정민에게로 뛰어갔다. 고요한 대강당 안에 한이의 발소리만 크게 울려 퍼졌다. 한이가 거세게 그의 품 안으로 달려들어 허리를 꽉 껴안았다.

"⋯⋯싫을 리가!"

"허락이야?"

정민이 하하 웃으며 한이의 정수리에 뺨을 묻댔다.

"백만 번 오케이지."

한이가 물기 어린 눈으로 정민을 쳐다보았다. 정민이 반지를 한이의 손가락에 끼워주었다. 큰 눈에 그렁그렁 맺히는 눈물을 꼼꼼히 닦아주고는 콧잔등에 짧게 키스했다.

둘만 있는 대강당 안을 웅웅 진동시키는, 낮지만 달콤한 목소리로 정민이 말했다.

"행복하자. 우리 둘이."

한이는 말로 하는 대답 대신 정민의 볼을 붙잡고 키스했다.

꿀꺽. 한이가 차에서 내리며 침을 삼켰다. 긴장돼서 숨 쉬는 것조차 쉽지 않았다. 괜히 옷매무새를 다시 한 번 만져보지만 영 예쁘지 않은 것 같다.

정민이 떨고 있는 한이의 손을 꽉 붙잡았다.

"걱정 마."

"그, 그, 그래⋯⋯."

"가자."

오늘은 한이가 정민의 집에 인사를 드리러 가는 날이었다.

한이가 골목 주변을 두리번거렸다. 정민의 집이 잘살 거라는 건 대충 짐작했지만, 말로만 듣던 부촌 한가운데였다니.

한이가 상념에 빠져 있는 사이, 정민이 벽이 높다란 고급 주택 앞에 섰다.

"여, 여기가 너희 집이야?"

"응."

"……윽."

"왜 그래?"

"더 긴장돼서……. 너 알고 보니 재벌인 건 아, 아니지?"

한이가 불안하게 떨리는 눈동자로 정민을 바라보았다. 정민이 하하 웃더니 고개를 저었다.

"에이. 재벌까지는 아니야. 아, 우리 고등학교가 우리 집 거긴 해."

"……뭐, 뭐라고!"

"겁먹지 말라니까."

왜 미리 말 안 해줬냐고 따질 여력도 없었다. 한이가 잔뜩 몸이 굳어진 채 열린 대문 안으로 들어갔다. 손이 땀으로 축축해졌다. 대문에서 집 현관까지는 또 어찌 그리 먼지.

정민이 차가워진 한이의 손을 꽉 붙들어 잡았다.

"나, 바, 반대하시면 어떡해? 너 부, 부잣집 아가씨랑 결혼해야 되는 거 아니야?"

한이가 덜덜 떨며 묻자 정민이 피식 웃었다.

"내가 열아홉부터 진로 문제로 반항이란 반항은 다 해놔서 이제 나에 대해서는 포기하셨으니 걱정 마."

"……정말?"

"응. 반대하시면 서른 넘어서 큰 반항 한 번 더 하지, 뭐."

"무슨 소리야! 그, 그러면 안 돼."

"농담이야. 형이 부잣집 아가씨랑 결혼한댔으니 난 괜찮을 거야."

그걸 들으니까 더 걱정이 되는데. 한이가 안절부절못하며 입술을 우물거리는 사이, 정민이 현관을 열고 들어갔다. 히익. 한이가 숨을 집어삼키며 뒤따랐다.

"아버지, 저희 왔어요."

집 안은 드라마에서 보는 것처럼 화려하지는 않았다. 집이라는 생각이 들지 않을 만큼 넓었지만, 깔끔하고 검소한 분위기였다.

거실 쪽에서 정민의 부친과 여동생이 걸어왔다. 모친은 몇 년 전에 병사했다고 한다. 한이가 최대한 예의 바르고 밝게 웃으려 노력하며 인사했다.

"안녕하세요."

"어서 와요."

정민의 부친은 그와 똑 닮아 있었다. 정민이 늙으면 저런 모습이겠구나 싶을 정도로. 머리는 반 백발이었는데, 키도 크고 정정했다.

정민의 여동생인 은정이 한이를 빤히 바라보았다.

"와아……. 되게 예쁘시다."

은정이 감탄하듯 말했다. 한이가 눈을 깜빡거리다가 얼굴을 붉혔다.

"가, 감사합니다. 아가씨도 엄청 예쁘신걸요."

"어머! 정말요? 오빠, 들었어?"

"어. 그래. 형은?"

"일 때문에 바빠서 못 온대. 요즘 아빠 일 거의 다 큰오빠가 하거든. 오빠 혼자 그렇게 쏙 도망가니 좋아?"

"형은 회사 일 하는 거 좋아하잖아."

정민이 머쓱하게 웃으며 부친을 바라보았다. 부친이 뒷짐을 지고 부엌으로 걸어갔다.

"우선 먹으며 얘기하자. 오느라 수고했다."

식탁 위에는 온갖 음식들이 가득했다. 한이가 눈이 동그래져서 고개를 숙이며 감사의 인사를 하자, 부친이 손만 휘 저어보였다. 자리에 앉아 숟가락을 집자마자 부친이 입을 열었다.

"정민이한테 얘기 많이 들었다. 그래서 둘이 결혼하겠다고?"

마음의 준비도 하기 전에 돌직구로 들어오는 질문에 한이가 놀라서 딸꾹질이 나올 뻔했다. 정민은 부친의 날카로운 화법이 익숙한 듯 고개를 끄덕였다.

"예. 최대한 빨리요. 집부터 합치면 더 좋고요."

"M사 다닌다고?"

한이가 재빨리 미소를 유지하며 고개를 끄덕거렸다.

"네, 아버님."

"대학은?"

"한국대에서 공연 기획 전공했습니다."

"좋은 대학 나왔네. 공부 열심히 했나 보군. 가족 관계는?"

드디어 올 것이 왔다. 한이가 긴장해서 식탁 아래에서 주먹을 꼭 쥐었다. 한이가 떨리는 티를 내지 않기 위해 무던히 애쓰며 입을 열었다.

"다섯 살 때 부모님이 사고로 돌아가셔서 그 이후로 보육원에서 지냈습니다."

잠시 식탁 주변에 정적이 흘렀다. 한이는 등 뒤로 식은땀이 나는 것 같았다. 정민의 부친의 얼굴이 구겨질까, 혹시 심기가 불편한 목소리가 들려올까. 심장이 쿵쾅거렸다.

그러나 짧은 침묵 후 들려온 부친의 말은 예상 밖이었다.

"힘든 환경에서 이렇게 자랐으면 굉장히 성실하게 살았겠군."

딱히 동정하지도, 깔보지도 않는 덤덤한 말투였다. 고아임을 밝혔을 때 돌아오는 반응과는 사뭇 달라서 한이가 눈을 동그랗게 떴다.

"나는 성실한 사람이 좋네. 자기 일을 열심히 할 줄 아는 사람 말이야."

"……감사합니다."

"성실한 게 최고야. 살다 보니 그래. 요행을 노리고 살면 한 번은 고꾸라지게 돼 있더군."

그리 다정한 말투는 아니었지만, 한이의 마음을 한껏 어루만져 주는 목소리였다.

"은정이 네가 새언니 좀 본받아야겠구나. 이제 밥 먹자."

부친이 묵묵한 표정으로 숟가락으로 밥을 떴다. 은정이 헤헤 웃으며 둥글둥글 휘어진 눈매로 한이를 바라보았다.

"많이 먹어요, 새언니."

한이가 숟가락을 꽉 쥐었다. 여러 사람이서 이렇게 식탁에 둘러앉아 밥을 먹는 게 참 오랜만이었다. 새언니라는, 가족을 부르는 호칭이 문득 귓가에 쿡 박혔다.

정민이 부드럽게 웃으며 한이에게 살짝 속삭였다.

"걱정 안 해도 된다고 했잖아."

한이가 국을 한 숟가락 떠서 입안에 넣었다. 따뜻하고 짭쪼름한 맛이 퍼지자 괜스레 울컥 감정이 차올랐다.

오늘 같은 날 눈물샘이 고장 나면 안 되는데. 슬퍼도 울고, 좋아도 울고. 정민이 울보라고 가끔 놀려댈 정도였다. 한이가 목에 힘을 꽉 주고 웃었다.

"아버님. 밥이 너무 맛있어요. 이렇게 신경 써주셔서 감사합니다."

"입에 맞는다니 다행이구나."

그렇게 긴장이 풀리고 나자 그제야 정민과 꼭 닮은 부친의 다정한 눈빛이 보였다.

정말 정민과 많이 닮으셨구나. 정민이 지금같이 따스한 마음을 지닌 어른으로 자라난 데에는 다 이유가 있구나.

어젯밤부터 현관문을 들어서는 순간까지도 머리에 온통 가득했던 걱정이 녹아내리는 기분이었다. 정민이 식탁 아래로 조용히 손을 뻗어와 한이의 손을 잠깐 붙잡았다가 놓았다.

행복하자. 우리 둘이.

문득 정민이 청혼할 때 했던 말이 떠올랐다. 그와 함께 있으면 이 행복이 얼떨떨하고 가끔 벅차지만, 조금씩 받아들여볼 생각이었다.

가슴을 펴고 솔직해진 채 정민을 마음껏 사랑하면서.

-마침-

작가의 말

안녕하세요. 한기라입니다.

두 번째 종이책이고, 첫 현대물이네요. 첫 번째 종이책 때는 후기를 어떻게 써야 할지 고민만 계속하다가 결국 못 쓰고 낸지라 아쉬웠는데, 이번에는 씁니다!

초반에는 '찐한 19금을 써야지.' 하고 시작했던 건데, 내용을 추가하다 보니 지금의 이야기가 되었어요.

내면의 상처가 많은 여주인공과 그녀를 보듬어줄 수 있는 다정한 남주인공이 만나서 함께 성장하는 이야기예요. 첫사랑이라는 소재도 좋아해서 그것도 꼭 써보고 싶었고요.

짧은 글이지만 쓰면서 이상하게 고민이 참 많았네요. 고민한 만큼 부디 재밌게 읽히는 글이었기를 바랍니다.

감사합니다. 또 뵈었으면 좋겠어요. 언제 어디서나 행복하세요!

-한기라 드림.